EL BAILE DEL REBELDE

RBA MOLINO

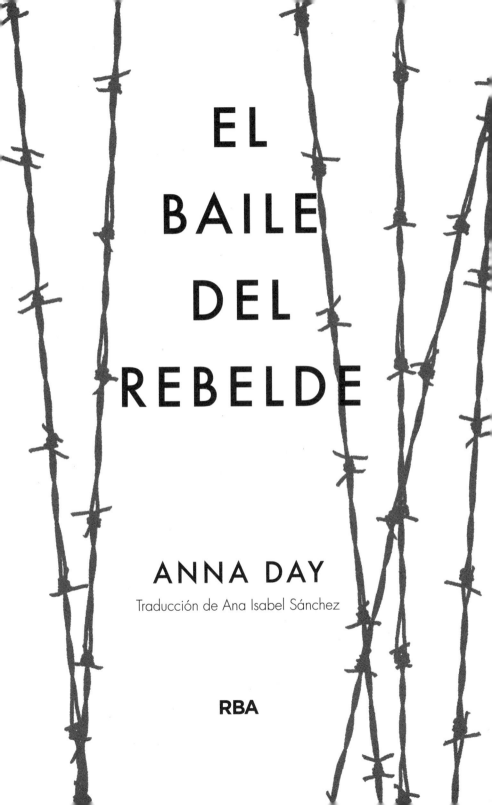

EL
BAILE
DEL
REBELDE

ANNA DAY

Traducción de Ana Isabel Sánchez

RBA

Edición original inglesa publicada en 2019 con el título *The Fandom Rising*
por The Chicken House, 2 Palmer St, Frome, Somerset, BA11 1DS, Reino Unido.

© Anna Day, 2019.
A partir de una idea original de Angela McCann
© The Big Idea Competition Limited.
Todos los nombres de personajes y lugares en este libro son
© Anna Day © 2017 y no se pueden usar sin permiso.

La autora hace valer sus derechos morales.
Todos los derechos reservados.

© de la traducción: Ana Isabel Sánchez Díez, 2019.
© de esta edición: RBA Libros, S. A., 2019.
Diagonal, 189 - 08018 Barcelona.
rbalibros.com

Primera edición: septiembre de 2019.

RBA MOLINO
REF.: MONL444
ISBN: 978-84-272-1344-9
DEPÓSITO LEGAL: B.16.725-2019

COMPOSICIÓN • EL TALLER DEL LLIBRE

Impreso en España • *Printed in Spain*

A MAMÁ Y PAPÁ

PRÓLOGO

Dentro de menos de una semana, mi hermano morirá. Me he repetido estas palabras una y otra vez; sin embargo, por algún motivo, no parecen reales. Porque mientras Nate siga tendido en esa cama de hospital, entreverado de tubos y con el pecho subiendo y bajando, continúa habiendo esperanzas de que pueda salvarlo. Aunque eso signifique hacer lo que más temo: volver a ese horripilante lugar.

CAPÍTULO 1

VIOLET

Alice se queda mirando la lista que hay encima de mi escritorio.

—Es increíble que ya hayas hecho una lista, ¡todavía faltan siglos para la universidad! Cómo te gusta planificar las cosas...

Aparto la hoja de papel de debajo de sus narices, cabreada conmigo misma por haberla dejado a plena vista, y más teniendo en cuenta que lleva las palabras «tampones super plus» garabateadas en la parte de abajo.

—Las listas me ayudan a dejar de angustiarme, ya lo sabes.

Empiezo la universidad en septiembre y estoy cagada. Esta es la vigesimoquinta lista que hago, y aún estamos en julio.

—¿Qué razón hay para angustiarse? —pregunta Alice—. Iremos juntas, y vamos a petarlo en la semana de bienvenida para los de primero. —Curva la boca hasta esbozar una media sonrisa—. Sobre todo, equipadas con esos tampones super plus.

Pero es evidente que ella también está cagada. Se le tensa la piel de alrededor de los ojos y se toquetea el pelo.

Katie está tirada en mi cama, aferrada a su iPad y echando un vistazo a la página de la revista musical *NME*.

—Espero que esos tampones super plus no sean lo único que le enseñes a tu vagina este año, Violet.

—¿Queréis parar con la chorrada de la virginidad? —protesto—. Es como volver al instituto.

Cierro las cortinas para ocultar los restos del anochecer con la esperanza de que mis amigas capten la indirecta y se vayan para que yo pueda acostarme. Desde que cesaron los sueños raros —aquellos en los que aparecía una anciana extraña con los ojos del color de las manzanas verdes—, me he dedicado a dormir de forma compulsiva. Es maravilloso no sentirme agotada a todas horas.

Katie se echa a reír y las pecas de la nariz se le ensanchan con la sonrisa.

—Solo era una broma. Sé que te estás reservando.

—«Tal vez muy pronto ya, mi príncipe vendrá» —canta Alice con un agudo gorjeo de Blancanieves.

—No quiero un príncipe —digo—. Quiero justo lo contrario, un antipríncipe, una persona auténtica y honesta...

Me interrumpo antes de que esas imágenes ya familiares vuelvan a horadarme el cerebro como si fueran gusanos; antes de que me confundan por completo, de que me revuelvan las tripas con un amasijo de excitación, miedo y nostalgia. Son imágenes de plumas que restallan en el aire, de ojos del color del invierno, de pelo negro sobre una piel traslúcida.

Alice da vueltas en mi silla giratoria, a todas luces aburrida ahora que ha terminado «Queer Eye».

—Bueno, en la semana de bienvenida de la uni habrá un montón de chicos adolescentes carentes de higiene personal y habilidades sociales. Allí encontrarás a tu antipríncipe.

Se oye el tintineo de su móvil. Se lo saca del bolsillo y comienza a deslizar los dedos sobre la pantalla y a escribir con un repiqueteo de uñas.

—¿Crees que será raro? —pregunta Katie—. Lo de que seamos un año mayor que todos los demás.

—No. —Me siento a los pies de mi cama—. Habrá muchos alumnos que se hayan tomado un año sabático.

—¿Podemos llamar a lo nuestro «año sabático»? —pregunta Katie.

—Podemos llamarlo como queramos —respondo.

—Fred —dice—. ¿Podemos llamarlo Fred?

Me río.

—Estás chalada. No me extraña que tengas que hacer terapia.

Las palabras se me escapan de la boca antes de que mi cerebro pueda contenerlas. Pero, por suerte, Katie no se lo toma mal. Odiaría que pensara que me burlo de ella por ir al psicólogo. Tiene pesadillas y recuerdos recurrentes, eso es lo único que nos ha dicho. Aunque todas sabemos por qué, intentamos no hablar del gigantesco elefante que dormita en un rincón de la habitación.

Las tres nos presentamos tarde a los exámenes de acceso a la universidad, nos las ingeniamos para aprobarlos no sabemos muy bien cómo y luego nos tomamos un año de descanso. A Alice y a mí nos tanteó un editor justo después de que despertásemos del coma, supongo que gracias a la combinación de su fama como escritora de *fanfic* con la atención mediática que había despertado el incidente de la Comic-Con. Coescribimos y publicamos *El baile del rebelde*, secuela de *El baile del ahorcado*, en tiempo récord. Nos proporcionó la excusa que necesitábamos para escondernos en nuestras respectivas habitaciones y soñar con un Nate sano y salvo.

Le lanzo una mirada a la chaqueta de nuestra novela, que está enmarcada y colgada en la pared, justo detrás de una Alice con el ceño fruncido. Parece un bocadillo de pensamiento rectangular que le surge de la cabeza. La portada del libro siempre me recuerda a Nate o, más en concreto, a la pérdida de Nate. No es que esté muerto, pero a veces tengo la sensación de que está a medio camino, parado en un área de servicio de la autopista antes de llegar a su destino. Vida... descanso para comer algo carísimo... muerte. Y me recuerda a lo estúpida que fui, estaba convencida por completo de que, de alguna manera, crear un personaje a su imagen y semejanza le infundiría vida a su cuerpo ceroso y medio muerto. Así que cada vez que miro esa chaqueta, recibo un golpe doble. El de la pérdida de Nate. El de mi estupidez. Solo la mantengo en la pared porque fue un regalo de mis padres.

—¿Crees que la gente sabrá quiénes somos? —le pregunto a Katie.

—Claro que sí —dice ella—. Habéis escrito un superventas entre las dos, y aquí la amiga Anime Alice se ha tirado a Russell Jones.

—Qué más quisiera yo —murmura Alice, que sigue frunciendo el ceño sin desviar la mirada del teléfono.

Katie se ríe y se aparta el pelo rojo de los hombros. Se ha dejado crecer la melena, y le queda muy bien.

—Nosotras ya lo sabemos, pero el resto del mundo no.

Alice levanta la vista y nos clava una mirada de color azul tinta.

—Estuve a su lado en la Comic-Con. Una vez. A menos que tenga una polla supersigilosa y flexible, no entiendo cómo podría haber ocurrido.

Vuelve a su pantalla.

—Vaya, eso sí que es un buen titular —digo—: «Tenía una polla tan sigilosa que ni siquiera la oí llegar».

—¡Ja! —dice Katie—. Qué bueno. Vais a sacaros la carrera de escritura creativa con la gorra, las dos. No sé ni por qué os molestáis en estudiarla, si ya habéis escrito un superventas.

—Para sentirnos normales, supongo —es mi respuesta.

Nos quedamos calladas. Mis palabras se acercan peligrosamente a todas las cosas extrañas por las que pasamos hace un año.

Alice suspira y se guarda el teléfono en el bolsillo trasero. Tiene cara de querer darle un buen puñetazo a alguien.

—¿Qué ha pasado? —le pregunto.

Ella se obliga a sonreír.

—Nada.

De inmediato sé que se trata de una mala crítica. Desde que me eché a llorar tras nuestra primera calificación de una estrella, siempre intenta ocultármelas. Pero ahora ya me he vuelto inmune a ellas.

—No te preocupes, podré soportarla.

15

—Es que es un poco mierda —dice Alice—. A ver, que incluso me han etiquetado en la crítica, ¿a quién se le ocurre hacer algo así?

Tiendo una mano, decidida a demostrar lo fuerte que soy ahora.

Pero Alice se mantiene firme.

—En serio, Violet, creo que esta no deberías leerla. Es algo... personal.

Mantengo la mano donde está, suspendida ante ella, como prueba mi valentía.

Exhala un suspiro y la reticencia ralentiza sus movimientos mientras desbloquea el teléfono y me busca la página.

Escaneo la pantalla con la mirada.

—*La Gaceta Distópica* —murmuro—. Ya hicieron una reseña de *El baile del rebelde* cuando se publicó.

Es una página web destinada a los fans. Tienen decenas de miles de seguidores, y su maravillosa reseña ayudó a darle alas a nuestra secuela.

Alice se encoge de hombros.

—Ya te he dicho que era una mierda. Nos han pasado de cinco estrellas a una.

—¿Pueden hacer eso? —pregunta Katie, que se ha puesto de pie a mi lado para poder leer la pantalla.

—Pueden hacer lo que quieran —contesta Alice.

Escudriño las líneas; el valor que sentía con tanta claridad se deshace a toda prisa y convierte mis entrañas en nieve pisoteada.

Como ya sabéis, nos encantó la novela de Sally King, *El baile del ahorcado*, un libro en el que los humanos genéticamente mejorados (los gemas) subyugan a las personas no genéticamente mejoradas como vosotros y como yo (los imperfectos o «impes»). Compartimos una reseña de su secuela *El baile del rebelde*, escrita por Alice Childs y Violet Miller, cuando esta se publicó y, si lo recordáis, le dimos todo nuestro apoyo. Bueno, pues desde entonces *La Gaceta Distópica* se ha reestructurado y queríamos actualizar nuestra opinión. Por desgracia, no es buena, amigos. *El baile del rebelde* está fuera de tono y desafinada por completo.

—Venga ya, no mezcles la música con esto, dolor de pezón hipócrita —dice Katie, que sigue leyendo por encima de mi hombro.

Tras la trágica muerte de Rose, Willow suma sus fuerzas a las de algunos de los demás personajes de la fascinantísima novela de Sally King: Ash, Baba y, por supuesto, Thorn. Pues bien, dentro del grupo la tensión se eleva tanto que solo podría compararse a la de una maratón de episodios del programa de Jeremy Kyle. Pero al final se las arreglan para liderar una revolución, derrocar al ruin presidente gema y encarcelarlo en un sitio lleno de alta tecnología y de lo más gema. Se lleva a cabo una reforma del gobierno con nuevos colaboradores como el padre de Willow, y a cada ciudad grande se le asigna una alianza que supervisará la emancipación de los impes. La alianza de Londres está formada por Ash, Willow, Baba y Thorn, así que no puedo evitar pensar que esto sentará las bases para más magia a lo Jeremy Kyle.

El único soplo de aire fresco es un personaje nuevo, Nate, un joven impe con un ingenio y una inteligencia excepcionales que pasa a formar parte de la alianza londinense. El hecho de que carezca de familia es un tropo un poco manido, pero nos encantó su nueva forma de verlo todo. Por desgracia, ni siquiera Nate podía salvar esta secuela. Y, la verdad, que Miller intentara sacar provecho de la larga enfermedad de su hermano nos dejó mal sabor de boca.

Se me escapa un gemido herido, gutural. Katie me aprieta el hombro, así que está claro que ha llegado a la misma parte.

El libro termina con un final abierto, extraño, un intento fallido de desarrollar una utopía. El único cambio concreto es la eliminación del baile del ahorcado, que sin duda era la parte más entretenida de la novela original de King.

En resumen, Childs y Miller se deshicieron de todas las partes buenas de la distopía. En resumidas cuentas, le quitaron el «dis-» a la distopía y nos dejaron con una nada sosísima. Apuesto a que Sally King está revolviéndose en su tumba en estos momentos.

Me entran ganas de vomitar, muchas. Alice y yo nos entregamos en cuerpo y alma a *El baile del rebelde*, nos reconstruimos palabra por palabra a partir del coma en el que habíamos estado sumidas. Esta reseña hace que me sienta como si estuviera desnuda en una habitación enorme y todo el mundo me señalara y se riera. Y lo que dice de Nate, lo de sacar provecho de su accidente, despierta una ira negra en mi interior.

—¿Cómo han sido capaces de escribir algo así sobre Nate? —consigo articular con los ojos rebosantes de lágrimas.

Alice me abraza.

—Joder, sabía que esto te sentaría mal. No les hagas ni caso, Vi. Solo pretenden generar polémica y aumentar sus visitas; mañana se dedicarán a criticar a otros.

Katie me pasa un pañuelo de papel y de pronto me da vergüenza estar llorando por una crítica de mierda. Otra vez. Pero Alice tenía razón: esta me ha tocado en lo personal.

—No pasa nada por disgustarse —dice Katie—. Acepta la emoción; atraviésala, no la rodees.

Sus palabras me hacen sonreír, me encanta que de vez en cuando me repita los mantras de su psicóloga. Es como si recibiera terapia de segunda mano.

—Será mejor que me vaya a casa —anuncia Katie, que recoge sus cosas y se arrebuja en su chaqueta—. Pero os veré mañana cuando salga de clase de violonchelo, ¿vale? —Me abraza con fuerza—. «Reseña» es sinónimo de «opinión», recuérdalo.

Me da un apretón extra y se marcha, lo cual nos deja a Alice y a mí solas con esas palabras odiosas suspendidas entre ambas.

El móvil de Alice vuelve a tintinear. Se me había olvidado que sigo aferrada a él. Se lo devuelvo con las manos sudadas y temblorosas.

—Un mensaje de Timothy —dice ella.

Timothy es nuestro editor. Alice sostiene la pantalla en alto para que yo también pueda leerlo.

Mañana en mi despacho a las 14.00.
Muy importante. Yo pongo
las galletas.   T. x

19

Miro mi teléfono, aunque ya sé que a mí no me habrá escrito. Durante un instante, me pregunto si querrá que yo también vaya, pero Alice y yo somos un pack, así que, si está intentando excluirme, ya puede irse a la mierda.

—¿Crees que ha leído la crítica?

—Tal vez —responde ella.

—¿De verdad piensa que va a convencernos con unas galletas? Te juro que a veces piensa que somos crías de cinco años.

Alice rompe a reír.

—¿Te apuntas o no?

Agita un dedo sobre la pantalla, impaciente por teclear una respuesta.

No puedo evitar fijarme en que no ha dicho «¿Nos apuntamos o no?», y eso me lleva a inferir que ella va a ir de todas maneras, así que contesto:

—Me apunto.

Esboza su preciosa sonrisa.

—Te han convencido las galletas, ¿a que sí?

—Como siempre.

Teclea una frase tamborileando de nuevo con las uñas.

De acuerdo. Pero solo si están rellenas de chocolate.

A. x

—¿Quieres que nos veamos ya allí? —pregunta.

La editorial está cerca del Museo de Historia Natural, y Alice sabe que me gusta aprovechar para dar una vuelta por él mientras me tomo un café con leche para llevar y finjo que estoy con Nate. Era su excursión favorita cuando éramos pequeños. Se atiborraba la cabeza rubia de datos aleatorios y los acumulaba con gran cuidado solo para soltarlos en los momentos más inoportunos, como cuando la tía Maud vino a merendar y se enteró de todo lo relacionado con los rituales de apareamiento de los hipopótamos pigmeo. «Hipopótamos pigmeo». Es curioso que los techos altos y las paredes frías de ese museo me llenen de calidez y que sin embargo mi propio libro, *El baile del rebelde*, me deje vacía por dentro y helada de pies a cabeza. Algún día lo entenderé.

Asiento con la cabeza.

—Sí, nos vemos fuera. Pero no subas sin mí, la recepcionista me odia.

—No te agobies, esa arpía odia a todo el mundo. —Me tira un beso y dice—: Que duermas bien, y prométeme que no vas a volver a leer a esa víbora bocachancla.

Yo también le lanzo un beso.

—Lo prometo.

CAPÍTULO 2

ALICE

Estoy acaparando el único espejo de cuerpo entero que hay en Karen Millen con un vestido de color lavanda pegado al cuerpo. Mi madre cumple años dentro de unas semanas y quiero comprarle algo que le encante, algo que la haga abrazarme y exclamar: «¡Oh, Alice, eres la mejor hija del mundo entero!». Los pájaros cantarán, el cielo se llenará de arcoíris... ya te haces una idea. Tenemos más o menos la misma complexión y compartimos el mismo tono de piel; de hecho, me llama su «Mini Yo». Si a mí me queda bien, a mamá le quedará bien. El problema es que no me queda bien. Me vampiriza la piel y me acentúa las venas.

Miro a la vendedora y ella sonríe. Aparto la vista. Está claro que piensa que soy una gilipollas vanidosa. Que soy tan narcisista que bien podría quedarme contemplando mi reflejo en un río hasta morir. Bueno, pues a lo mejor Narciso era inseguro. A lo mejor Narciso estaba pensando en que necesitaba depilarse las cejas con urgencia. A lo mejor murió suspirando no por sí mismo, sino por unas pinzas.

Camino despacio hacia la caja registradora, sintiéndome un poco perdida. Esta es la cuarta tienda en la que pruebo, y todavía no he encontrado ese vestido perfecto que congregue arcoíris. Derrotada, dejo caer la prenda sobre el mostrador y le ofrezco a la empleada mi tarjeta de crédito y una medio sonrisa.

Mientras pago, me suena el móvil. Es Violet.

—Alice, ¿dónde estás? Timothy nos espera dentro de diez minutos.

Miro el reloj.

—Mierda. Lo siento, llego enseguida. Dile que tengo la regla o algo así; ya sabes, algo que lo ponga tan colorado que no pueda enfadarse. Espera un momento. —Cojo la bolsa de la tienda y le doy las gracias entre dientes a la dependienta—. Vale, ya me voy de la tienda.

Me abro paso entre la colección de otoño y salgo a la cúpula climatizada del centro comercial.

—¿Estás de compras? —sisea Violet.

—Tal vez. Solo un poco. Pero estoy a apenas unos minutos, en serio. Ahora nos vemos, te quiero.

Me guardo el teléfono en el bolso.

Me cruzo con un grupo de chicos en las escaleras mecánicas. Casi se les cae la baba, pero, por suerte, no dicen nada. Estoy más que de vuelta de todo ese rollo de los hombres. En Villa Coma hubo algo que me hizo cambiar. Desde que llegué a la pubertad, lo que siempre me ha definido ha sido mi relación con los chicos. Si me acostaba con ellos, era una guarra.

Si no lo hacía, era una calientapollas. Si estaba soltera, era presa fácil. Si tenía pareja, era Alice e *insertar nombre*.

Creo que se me ha olvidado cómo ser solo Alice.

Cumpliendo con lo prometido, llego al despacho de Timothy diez minutos después, justo a tiempo. Ya he embutido el vestido de color lavanda en mi bolso para que Violet no me lance «esa mirada». Es mi mejor amiga y la adoro, pero a veces se pasa de «mojigata que todo lo juzga».

Cuando me ve, sonríe con ganas, sin duda aliviada por no tener que reunirse con Timothy a solas. De repente, mi incapacidad para encontrar un vestido que satisfaga a mi madre me preocupa mucho menos.

—Buenos días —le digo a la recepcionista de cara agria.

Me contesta con una sonrisa forzada.

—Buenos días. Timothy os está esperando.

El despacho forrado con paneles de roble de Timothy siempre me recuerda al interior de un ataúd. Un ataúd espléndido y lujoso, pero un ataúd, al fin y al cabo. Un escalofrío me recorre la espalda a pesar de que hace tanto calor que podría freír un huevo en su escritorio.

Nos ve y se le ilumina el rostro.

—Queridas —dice, y nos da un abrazo a cada una.

Finge que está a punto de alcanzar la treintena, pero Violet y yo calculamos que está más bien cerca de los cuarenta. Debajo de esa camisa de marca, se oculta todo un cuerpo de fofisano, y Violet dice que una vez le atisbó indicios de calvicie.

—Qué alegría veros a las dos. Por favor, sentaos.

Señala varias sillas de cuero situadas en una esquina de su despacho, justo al lado de las estanterías que llegan hasta el techo. Una de las librerías es un piano de cola reconvertido, tumbado de lado, con las cuerdas y los martillos reemplazados por una hilera de libros tras otra. Es justo el tipo de mierda pretenciosa que se comprarían mis padres. Alguien ha dispuesto una bandeja con café y galletas rellenas de chocolate en espera de nuestra visita. Me siento al lado de Violet, me recuesto en la silla y me pongo las gafas de sol en la cabeza. Con Timothy la clave está en actuar con seguridad, en no mostrar nunca tus debilidades. «Las máscaras importan», eso es lo que siempre dice mi padre. La imagen que transmites al mundo te define y, una vez que dejas que esa máscara caiga, no hay vuelta atrás.

Timothy se sienta frente a nosotras.

—Alice, estás estupenda. —Tiene los dientes tan blanqueados que me planteo volver a ponerme las gafas—. Cuando rueden la película de *El baile del rebelde*, tenemos que encargarnos de que hagas de extra; de gema, claro está. Te dará buena publicidad.

Sonrío con educación. Todos sabemos que la oferta es inútil; Violet y yo apenas hemos salido de casa en un año y ahora estamos a punto de empezar los estudios universitarios.

Mira a Violet.

—Y, Violet, mi dulce caramelo de violeta, ¿cómo está tu hermano?

—Sin novedades —contesta ella.

Le aprieto la mano. Sobre todo por su bien, pero también por el mío. Echo tanto de menos a Nate que hasta me duele el estómago.

La sonrisa de Timothy se transforma en una expresión de pena.

—Lamento oírlo; de verdad, lo siento mucho.

La mirada de cachorrito se desvanece y Timothy se pone en modo negocio con tanta facilidad que resulta algo inquietante.

—Bueno... os he pedido que vengáis para hablar de algo muy importante, de algo que no quería escribiros en un correo electrónico. —Levanta la cafetera y se dispone a servir, pero se detiene justo en el momento crucial—. Vuestro próximo libro —dice.

Noto una burbuja de entusiasmo en el estómago.

—Ah, sí. Violet y yo hemos tenido unas cuantas ideas. Una amiga nuestra toca el violonchelo y se nos ha ocurrido que una orquesta podría funcionar como telón de fondo...

Timothy se ríe.

—No, no. El próximo libro de la trilogía de «El baile del ahorcado».

Violet y yo nos miramos con fijeza. Veo en su cara una expresión que no consigo identificar. El libro tres es un asunto delicado para ella. Nunca he averiguado por qué, pero con Nate en coma y sus padres al borde del colapso, no la he presionado para que me lo explique.

Espero su respuesta, consciente de que esta batalla es suya, pero cuando se queda bloqueada, intervengo:

—No es una trilogía.

Timothy me pasa una taza de café. Quema una barbaridad, pero que me parta un rayo si dejo que vea que me estoy abrasando.

Me mira de hito en hito.

—Venga, Alice. Esto es una distopía. Las cosas malas pasan de tres en tres.

Violet recupera la voz, aunque le tiembla un poco.

—No va a haber un tercer libro. *El baile del rebelde* se escribió como la última parte de una bilogía, ya lo sabes. Por eso lo llamamos así, «canción» por el canto del cisne y «patíbulo» porque ahí es donde acaba todo. Alice y yo dejamos a los personajes en un mundo en el que querrían vivir. Un mundo en el que Nate querría vivir. Sé que parece una locura.

Timothy abre los ojos como platos, como si se muriera de ganas de gritar: «Y que lo digas, pedazo de chiflada».

—Querer un final feliz no es ninguna locura —digo yo.

Violet me dedica una sonrisa de agradecimiento.

—Al menos, escuchad lo que tengo que deciros —dice Timothy, que a continuación junta las palmas de las manos—. *El baile del rebelde* solo lleva un par de meses en el mercado, pero ya es un éxito internacional. Convertisteis una distopía en una utopía. Pero hay un pequeño problema. —Bebe un sorbo de café que le sirve de excusa para prolongar la pausa dramática—. Las utopías son una mierda.

—Te ruego que me disculpes, ¿cómo dices? —dice Violet.

A veces le pasa esto cuando algo la pilla por sorpresa: envejece cincuenta años de golpe y habla como mi abuela.

—Es un hecho —dice—. Supongo que visteis la reseña de ayer. Chicas, *La Gaceta Distópica* es una de nuestras plataformas más importantes, tenemos que hacerles caso.

—«Reseña» no es más que un sinónimo de «opinión» —dice Violet, que canaliza la lucha de Katie.

Nuestro editor enarca una ceja.

27

—Pero tienen parte de razón. El mundo es un lugar aterrador, nuestro futuro está lleno de incertidumbres. Las ventas de *Divergente, La naranja mecánica, 1984, El cuento de la criada* y *Los juegos del hambre* se han disparado por un motivo. Los lectores no quieren un final inaccesible, de cuento de hadas, que jamás podrán alcanzar; quieren un libro que explore sus miedos, que refleje sus preocupaciones y capte el ambiente actual. —Levanta un plato y se lo planta a Violet justo delante de la cara—. ¿Una galleta?

—Eh... No, gracias —responde ella.

Le quito el plato de la mano y vuelvo a dejarlo en la mesa. Nadie alimenta a la fuerza a mi mejor amiga.

—¿Has ensayado este discurso frente al espejo, Timothy? —pregunto en tono brusco.

—Varias veces. ¿Tan obvio os ha parecido, queridas mías? —Siempre hace lo mismo: envuelve las malas noticias en encanto, como si fueran paquetitos de mierda. Luego desatas el gran lazo rojo, doblas con mucho cuidado el papel de seda y te encuentras una boñiga—. Nuestros investigadores han estado observando con mucho detenimiento a vuestro *fandom* en internet, han rastreado *chats, fanfics, blogs, vlogs* y demás. Todo apunta justo en la misma dirección. —Se pone de pie y camina hasta la estantería-piano. Distingo los pelos oscuros y bien afeitados de su barbilla—. El *fandom* está hambriento. Y cuando algo está hambriento, ¿qué es lo que hay que hacer?

—Alimentarlo —digo.

Él asiente.

—Y este *fandom* en concreto parece desear una buena ración de conflicto.

Violet vuelve a hablar.

—Vale, el mundo es aterrador, pero estoy segura de que eso significa que los lectores quieren algo bueno a lo que aferrarse. Por eso los cuentos de hadas gozaban de tanta popularidad en las épocas difíciles: prometían una vida mejor llena de amor, amistad y consuelo. Transmitían esperanza a la gente.

Timothy comienza a sacar libros de la estantería.

—Estás hablando de historias dirigidas a niños, Violet. Vuestro *fandom* está formado sobre todo por jóvenes adultos. —Coloca los libros sobre la mesa y, con un solo movimiento fluido, los dispone en abanico para que pueda leer las portadas. *Divergente. La naranja mecánica. El cuento de la criada. 1984. Los juegos del hambre*—. Los jóvenes adultos quieren paranoia, porque el Gran Hermano está observándolos. Quieren violencia y venganza, porque eso es lo que ven en los medios de comunicación todos los días. Quieren sexo, porque su cuerpo está a rebosar de deseo y hormonas. —Por último, saca *El baile del ahorcado* de Sally King y lo coloca en lo alto de la pila, triunfante—. Quieren esto. Tragedia, pasión, pérdida... Por eso ha cambiado vuestra calificación *La Gaceta Distópica*, queridas mías; para alimentar a la bestia. Y vosotras tenéis que hacer lo mismo.

—Pero ya te lo dijimos —insiste Violet con una voz algo estridente—. Te dejamos claro desde el principio que solo escribiríamos un libro. Nos prometiste que con eso bastaría.

Violet ha palidecido por completo. «¿Por qué será esto tan importante para ella?». Tengo que averiguarlo, pero ahora no es el momento; tiene cara de estar a punto de vomitar.

Timothy exhala un suspiro, largo y lento.

—Vale, ¿por qué no os venís el sábado a la Comic-Con? Participaré en una mesa redonda con Russell Jones, el actor que interpreta a Willow.

—Ya sabemos quién es Russell Jones —le espeto.

Timothy pasa de mí.

—Venid y conoced a vuestro *fandom*, firmad unos cuantos libros... Pensad en lo que ese tercer libro significaría para vuestros lectores. La Comic-Con es... bueno, es donde el *fandom* demuestra su fuerza.

La mera idea de volver a la Comic-Con hace que el corazón se me acelere y la cabeza me dé vueltas. Me obliga a pensar en temblores de tierra y en despertarme en el hospital al cabo de una semana. Me obliga a pensar en que Nate sigue dormido. Y me obliga a pensar en... en... cosas que ni siquiera logro empezar a entender. En cosas que se emboscan en los márgenes de mis sueños y en las que NO pensar me exige tanto esfuerzo que me entran ganas de llorar.

No. Nunca podré volver a la Comic-Con.

Me pongo las gafas de sol, por si acaso se me están llenando los ojos de lágrimas, y me levanto de la silla. Entonces, tras cuadrar los hombros y buscar mi mejor voz de «que te den», digo:

—Mira, Timothy, la Comic-Con está descartada por completo. Y si necesitas preguntarnos el porqué a cualquiera de las dos, entonces es que no tienes derecho a llamarte ser humano, la verdad.

Tenía planeada una salida teatral, con la cabeza bien alta y Violet a mi lado dedicándole un corte de mangas mental. Pero el escritorio me bloquea el paso.

Timothy aprovecha la oportunidad para tomar mi mano entre las suyas, secas y firmes.

—Por favor, pensáoslo, queridas. —Y justo antes de irnos, a modo de despedida, nos lanza una última bomba de mierda desde una gran altura—: Ambas tenéis mucho talento y odiaría tener que pedirle a otro de mis autores que lo escriba.

CAPÍTULO 3

ALICE

Violet y yo caminamos hasta la estación del metro en silencio. Noto el cuerpo pesado y me duele hasta el cerebro. Ni siquiera el bullicio del centro de Londres consigue animarme.

Al final es Violet la que se decide a hablar:

—Estoy convencida de que no está permitido que otra persona escriba el tercer libro. A ver, ¡que nos inventamos nuevos personajes, por el amor de Dios! ¡Toda una nueva línea argumental! No puede entregarle todo eso a otro autor para que siga a partir de ahí. ¿No sería un robo?

—Sería lo esperable.

—¿Qué decía el contrato? —pregunta.

Recuerdo bien el contrato. Violet estaba tan hecha polvo por lo de Nate que me dejó a mí todo el rollo legal. Le pedí a Olivia, nuestra agente, que lo revisara. Me dijo que era lo justo, que otra persona podría escribir la secuela si así lo deseaban los editores y los herederos de Sally King. El concepto no era nuestro.

Trago saliva y noto un desconocido sabor amargo.

—No sé. Vaya con los puñeteros agentes, son peores que los editores, ¿eh?

—A lo mejor deberíamos hablar con Olivia —propone Violet.

El pánico me revolotea en el pecho.

—¿Qué importa ya? Es lo que hay.

—Pero es que nunca debe haber un tercer libro, Alice. Da igual quién lo escriba. No puedo explicarlo, pero tengo la sensación de que deberíamos dejar en paz de una vez por todas el mundo de *El baile del ahorcado*. Les escribimos un final precioso, diga lo que diga la reseña de ese capullo. Era un final lleno de esperanza y posibilidades, y ahora son libres para vivir su vida.

El dejo de pasión de su voz me inquieta. «¿Por qué será esto tan importante para ella?». Ha dicho que no puede explicarlo. Y lo cierto es que me da miedo preguntar. Me da miedo escarbar en esas preguntas sin respuesta. Me da miedo hurgar en esa costra. Acelero el paso y siento el hormigón tranquilizadoramente duro bajo los tacones.

—Violet, sé que te molesta que diga esto, pero no son más que personajes. Incluido el de Nate. Sí, lo basamos en tu hermano pequeño, pero solo porque sabíamos lo contento que se pondría cuando se despertara.

—Ya, pues todavía no se ha despertado, por si no te habías dado cuenta.

Es como si acabara de darme un puñetazo.

—Por supuesto que me he dado cuenta. —Bajo la voz—. Yo también lo quiero.

Doblamos una esquina y vemos el letrero del metro en la distancia.

—Lo sé. —Me acaricia la mano y suaviza la voz—. Lo siento.

Le paso un brazo por encima de los hombros estrechos y la aprieto contra mí.

—No pasa nada. Las dos lo echamos de menos y eso hace que estemos un poco... sensibles.

A mis ojos les cuesta adaptarse a la falta de luz mientras bajamos por los escalones de la estación del metro. Aun así, me dejo las gafas de sol puestas.

—Sigo pensando que deberíamos llamar a Olivia —insiste Violet—. Solo para asegurarnos de que Timothy no se está marcando un farol.

Oh, mierda. Mierda. Ahí está otra vez ese sabor amargo. Puede que sea mi conciencia, que se me repite como una guarra. «Debería haberle dicho lo del contrato». Llegamos al final de la escalera y le agarro las manos de manera que quedamos la una frente a la otra. Respiro hondo y me fuerzo a hablar:

—No se está marcando un farol, Violet.

Le cambia la expresión.

—¿Tú lo sabías? ¿Sabías que otra persona podía escribir la secuela si nosotras nos negábamos?

Tiene la misma cara que a los cuatro años, cuando Gary Walsh la empujaba una y otra vez contra el seto espinoso que rodeaba la guardería. Está demasiado dolida hasta para llorar. En aquel entonces, fui yo quien la salvó, quien ahuyentó a los malos. Esta vez, yo soy Gary Walsh. Peor aún, soy el puñetero seto.

—Olivia me dijo que no podíamos hacer nada al respecto.

Hay cierta frialdad en mi voz, lo cual es extraño, porque el pecho me arde por culpa del esfuerzo que tengo que hacer para contener las lágrimas.

—Bueno, podrías habérmelo dicho —dice.

—¿Y qué habrías hecho?

—No lo sé. Pero al menos habría intentado que se cambiara el contrato.

Violet reanuda la marcha. No creo que me esté haciendo el vacío, es solo que no soporta mirarme.

—No pensé que fuera importante —digo cuando llego a su altura.

—Sabías que era importante para mí. —De repente se detiene, como si un pensamiento terrible le hubiera dado una colleja—. ¿Lo tenías planeado?

—¿A qué te refieres?

—Sabías que la amenaza de que otra persona pudiera escribir el tercer libro me obligaría a acceder a escribirlo.

Estampa su tarjeta bancaria contra el lector.

Guau. Otro puñetazo en el estómago.

—Ostras, Violet. No soy un genio malvado.

Llegamos al andén. El traqueteo del tren que se acerca se filtra a través de las suelas de mis Jimmy Choo.

Violet mira hacia la boca abierta del túnel.

—No te creo —susurra.

Comienza a levantarse una corriente de aire que me separa el pelo del cuello. Y de repente, Violet ya no parece

35

Violet. Parece cualquiera de esas chicas que me juzgan por la altura de mis tacones. La ira se me acumula en el estómago. La agarro del brazo y la fuerzo a mirarme.

—¿Por qué te molestas en ser mi amiga? Está claro que piensas que soy imbécil.

Aparenta estar igual de cabreada que yo. Tiene la mandíbula apretada y las fosas nasales hinchadas. El tren se acerca y el aire le lanza el pelo delante de la cara. Está en modo Carrie total. Menos mal que no hay crucifijos cerca. Me grita por encima del estruendo:

—O sea que, si me niego, ¿escribirás otra secuela sin mí?

Las ventanillas de los vagones pasan una detrás de otra a nuestro lado cuando el tren llega a nuestra altura. El reflejo de mi cara me devuelve la mirada. Por debajo de mis gafas de sol corren lágrimas manchadas de rímel. Mi padre se llevaría las manos a la cabeza, pero no podría darme más igual.

—Claro que no, ¿cómo puedes pensar siquiera algo así?

—Porque ya me has traicionado antes —grita.

Sus palabras nos aturden a las dos. Nos quedamos quietas, zarandeadas por los turistas que suben y bajan del tren.

—¿Cuándo? —digo—. ¿De qué estás hablando?

Ella niega con la cabeza a toda prisa. Está claro que Carrie ha abandonado el edificio y que Violet se siente completamente perdida. Desconcertada. Estoy a punto de repetir la pregunta, pero se zafa de mis manos y se adentra en la marea de pasajeros para dejar que la arrastren hacia el otro lado de las puertas del vagón.

No la sigo.

—¿Cuándo? —le pregunto sin voz a través de la ventana.

Se queda de pie cerca de la puerta, agarrada al poste amarillo como si fuera lo único real de su vida.

—Violet, ¿cuándo? —repito solo moviendo los labios.

Pero el tren se aleja y ella ni siquiera me mira.

VIOLET

Esa noche, vuelvo a soñar con la anciana extraña.

Estoy en un huerto. Está lleno de hojas, de luz dorada y del olor espeso del verano. Las ramas tiemblan por encima de mi cabeza y una red cambiante de luces y sombras me recorre la piel. Acabo de empezar a pensar en lo familiar que me resulta este lugar, cuando veo de nuevo a la anciana. Está de espaldas a mí, y en cuanto se da la vuelta, veo lo verdes que son sus ojos.

Parpadea despacio.

—Violet, hija mía. Cómo me alegro de volver a verte.

—¿Dónde has estado? —le pregunto.

Cuando me desperté del coma, la anciana me visitaba la mayoría de las noches, me hablaba en tonos suaves, calmaba mis pesadillas. Pero han pasado meses desde la última vez que vino.

Ella sonríe.

—Hace tiempo que no me necesitas, hija mía.

Sin previo aviso, el cielo se oscurece, las nubes se amontonan hasta formar un dosel gris y denso que absorbe todo el calor del aire. La mujer se mueve mucho más rápido de lo que su viejo cuerpo debería permitir, me agarra de las muñecas y las aprieta con ganas. La fuerza de sus dedos me sorprende.

Contengo un grito.

—Me estás haciendo daño.

Pero no me suelta.

—Nunca debe haber un tercer libro, Violet. Alice y tú os superasteis, nos devolvisteis la libertad en más de un sentido. Rompisteis el círculo y por fin somos felices.

—No es más que un libro —digo mientras intento liberarme.

—¿De verdad crees eso?

La lluvia le salpica la cara.

Me crujen las muñecas. Retuerzo los brazos y los sacudo hacia delante y hacia atrás para intentar zafarme de ella, pero es demasiado fuerte y, al final, me quedo inmóvil.

Sigo la línea de su mirada y termino mirando hacia arriba, a través de las hojas, las ramitas y los frutos, hacia el cielo furioso. ¿Qué tiene este lugar? Ya he estado aquí antes. Siento que me sumerjo en lo más profundo de mis recuerdos, que me asomo cuanto me atrevo a un estanque de ruidos, olores e imágenes confusos, pero, aun así, hay algo que queda justo fuera de mi alcance, algo de vital importancia, una pieza de rompecabezas perdida.

—¿No es más que un libro?

Niego con la cabeza.

—No. Es algo más.

Abre la boca de par en par; solo distingo la forma de sus dientes bajo las encías.

—Es como si las cosas ya hubieran empezado a invertirse, como si los vientos hubieran cambiado y yo no pudiera hacer nada al respecto.

La brisa le agita el pelo y le sacude la falda, cargada de un aroma a lirios y humo de leña.

—¿Qué quieres decir? —pregunto.

Las nubes se hunden bajo su propio peso y liberan un torrente de agua. La ropa se me pega al cuerpo en cuestión de segundos.

—Mis poderes ya no son lo que eran —grita, y su voz lucha por superar el estruendo de la lluvia sobre la tierra—. Nate está a salvo, al menos por ahora. Pero presiento problemas en el futuro, problemas en ambos mundos.

Y justo antes de que empiece a darme vueltas la cabeza, justo antes de que los colores del huerto se fundan en los tonos suaves de mi dormitorio, la anciana me posa las manos en las sienes empapadas y dice:

—Ha llegado el momento de que recuerdes, Florecilla.

Me despierto sobresaltada, cubierta de sudor, con el corazón desbocado y un zumbido en los oídos, con un único pensamiento claro en el cerebro: «La anciana es Baba».

No es Baba la del libro ni Baba la de la película. No es un personaje ficticio. Es la Baba auténtica, de la vida real, la Baba que respira aire, absorbe pensamientos y habla con acertijos.

Me incorporo en la cama a toda velocidad y engullo grandes bocanadas de aire.

Baba es real.

Claro que lo es. Ahora me parece muy obvio. Recuerdo su piel suave y pastosa, su sonrisa desdentada, el dolor de sus manos al apoyarse en mis sienes.

Baba es real.

Entonces caigo en la cuenta.

—*El baile del ahorcado* es real —susurro. Suena ridículo, así que lo repito, esta vez más alto—: *El baile del ahorcado* es real. —Aparto el edredón y mi pijama empapado de sudor deja de ser de algodón y se transforma en una película pegajosa—. Estuve allí.

Y por primera vez desde que me desperté del coma, pensar no equivale a nadar entre gachas de avena. Los retales de imágenes, sonidos y olores desarticulados comienzan a entretejerse hasta formar algo significativo y sin fisuras.

Un mapa.

No. Algo más que eso.

Una historia.

Mi historia: con sus clímax y giros, pérdidas y alegrías, terrores y traiciones.

Me acuerdo de todo.

Rose murió. Yo ocupé su lugar. Me enamoré del chico de los ojos del color del invierno. «Ash es real —pienso—. Ash es real».

Intento ponerme en pie, pero no lo consigo y me desplomo sobre la alfombra.

—Me comí una rata —le digo al felpudo que tengo junto a la cama.

Veo a los duplicados en mi mente, con absoluta claridad, y el hueco donde deberían haber estado las piernas de casi-Willow. Veo una guadaña alzada que refleja el brillo del sol. «Nate estuvo a punto de perder las manos». Giro las muñecas, me miro las venas como si estuviera viéndolas por primera vez. Noto los rasguños que las ramas me hicieron en la piel mientras trepaba por aquel árbol de mierda, veo extremidades bronceadas entrelazadas... Alice se acostó con Willow. «Sabía que me había traicionado». Veo la luz color cereza de la Carnicería, capto el olor a carne asada atrapada entre las llamas de un helicóptero gema. Y oigo el implacable lamento continuo del monitor cardíaco; Nate está desangrándose en mi regazo, con los ojos marrones mirando hacia las estrellas. «La herida de bala. Siempre dije que esa cicatriz tenía algo especial». Me llevo la mano al estómago, a la zona donde dispararon a Nate, y las lágrimas me resbalan por la cara. De repente, siento aquellos tentáculos de metal retorcido sacándome a rastras del río. Conocí al presidente Stoneback. Me habló del bucle infinito. Del *fandom*.

—Dios mío —susurro—. El *fandom*. La conciencia colectiva. Ellos lo hicieron realidad.

Estuve en el patíbulo con una soga alrededor del cuello.

—Yo también te quiero —les susurro a las paredes de mi habitación mientras acaricio con los dedos mi colgante del corazón partido.

Alice lo sacrificó todo por mí.

Y entonces caí.

Morí.

Mi mirada se topa con la portada enmarcada de *El baile del rebelde*. Todo encaja a la perfección. Baba me llevó a su universo para que después volviera al nuestro y escribiera una secuela proimpe que rompiera el bucle y permitiera el predominio de los impes. Empiezo a reírme, vagamente consciente de lo perturbada que debo de parecer arrodillada en la alfombra, con los mocos colgando de la nariz y riéndome en voz baja.

Pero no me importa. Porque si el *fandom* creó un universo alternativo, si *El baile del ahorcado* es real, entonces todo lo que Alice y yo escribimos en *El baile del rebelde* también es real.

Me rodeo con los brazos, me da miedo darme permiso para creerlo, por si estoy equivocada.

En algún lugar muy muy lejano, mi hermano pequeño está despierto y sano.

CAPÍTULO 4

ALICE

Durante todo el trayecto de regreso a casa, sus palabras se reproducen en mi cabeza. «Ya me has traicionado antes». ¿A qué se refería? Ambas la hemos cagado alguna que otra vez en el pasado, cuando éramos más pequeñas y aún no teníamos del todo claro de qué iba la vida, pero nada que dejara cicatriz. Nada que esperase que me echara en cara años después. Y nunca la he traicionado. Nunca la he dejado vendida, ni tuiteado su mayor secreto, ni le he robado el novio.

Enfilo el camino de entrada. Mi casa siempre parece compacta y maciza a la luz del sol. Está mucho más bonita en invierno, puede que porque esté acostumbrada a las temperaturas frías. Y ahora que las menciono: mi madre está holgazaneando en la cocina, con una revista abierta junto a una botella de champán. Es pronto para beber, incluso para ella. Lleva un vestido camisero de Calvin Klein y se ha rizado el pelo. Está preciosa. Y de repente, estoy tan orgullosa de ser su Mini Yo que incluso siento una punzada en el pecho.

—Hola —dice sin levantar la mirada.

—Hola —respondo.

—Tu padre tiene que trabajar hasta tarde, así que he pedido sushi.

—Gracias —digo, y cojo un zumo de la nevera.

Con el ceño fruncido, mira el vaso que tengo en la mano. Estoy a punto de recibir otro sermón sobre el azúcar, aunque quizá esta vez sea sobre los ácidos frutales, pero la tela de color lavanda que me sobresale del bolso me lo ahorra. Mi madre tiene un sexto sentido cuando en lo que a las compras se refiere.

—¿Has comprado algo bonito? —pregunta.

Me encojo de hombros y finjo no darle ninguna importancia.

—Solo tu regalo de cumpleaños.

—Por favor, dime que no es ropa. Siempre te equivocas de talla.

Una sonrisa falsa se me dibuja en la cara.

—No, no, no. Por supuesto que no.

Me bebo el zumo de un trago. Luego me sirvo un segundo vaso y también me lo bebo de golpe, pero sigo sin lograr deshacerme de ese sabor amargo.

—Alice, ¿estás bien? —me pregunta mi madre.

—Sí, muy bien.

—No lo parece.

—Estoy bien, de verdad.

He descubierto que, si lo repito las veces suficientes, empiezo a creérmelo. Y me parece que, como tengo buena apariencia, la gente también lo acepta sin más. «Por supuesto que está bien. Lleva ropa de Gucci y no cabe duda de que está exfoliada».

Bueno, pues no estoy bien. Hoy no. Hoy me siento como si todo estuviera patas arriba.

Primero Violet, luego esto.

Subo corriendo al piso de arriba y tiro el vestido a la papelera.

Me despierta el tintineo de mi móvil. El nombre de Violet ilumina la pantalla y noto un zumbido de alivio en la cabeza. Abro el mensaje, todavía parpadeando para quitarme las legañas de los ojos.

Reunión de emergencia, 9.00,
cafetería Frank x

Hay un beso. ¡Alabado sea el Señor, hay un beso! Respondo de inmediato:

Si saco el culo de la cama,
¿me perdonarás por ser tan gilipollas
con lo del contrato? x

Mi uña repiquetea con impaciencia contra la pantalla, marcando los milisegundos que transcurren antes de que Violet responda con dos mensajes separados por unos instantes.

No, pero te invitaré a un café x

Aunque no puedo prometer que no vaya a escupirte en él.

Katie es la siguiente en intervenir en el chat de grupo con su inimitable estilo:

¡Acabas de despertarme, pedazo
de esmegma!

Me muerdo el labio mientras tecleo las palabras «¿Cuándo te he traicionado?». Mi dedo se cierne sobre el botón de envío. Pero estoy demasiado asustada para empezar a hurgar. Esa costra contiene una riada de algo aterrador, lo sé. Borro el mensaje, pues de pronto me siento muy frágil.

Me pongo unos vaqueros y me aplico mi pintalabios rojo favorito con la esperanza de que despierte a mi guerrera interior. No la despierta, así que bajo las escaleras en silencio. El miedo a despertar a mis padres me impide ir al baño; no puedo enfrentarme a ellos tan temprano. Cojo mi bolso y ni siquiera me paro a tomar un zumo rápido. Estoy a punto de subirme a los tacones cuando mi madre aparece en lo alto de la escalera envuelta en su kimono de seda. Maldita sea.

—¿Adónde vas tan pronto? —pregunta.

—He quedado con Violet y Katie para desayunar.

Me entretengo manoseando los zapatos, que no tienen ni cordones ni hebillas, así que es una táctica de evitación bastante obvia.

Mi madre baja los escalones hacia mí; está descalza y su perfecta pedicura aparece en mi campo de visión.

—Pensaba que solo os gustaba ir de *brunch*.

Levanto la vista y me planto una sonrisa en la cara.

—Estamos entrenando para la universidad. No podemos pasarnos toda la mañana en la cama.

—¿Cara lavada y pintalabios rojo? —pregunta.

Respondo con un gruñido.

—¿Quieres un capuchino rápido antes de irte? —pregunta—. Puedo encender la cafetera.

Mi madre casi nunca prepara café. A lo mejor ha encontrado el vestido color lavanda metido en la papelera del baño, como era mi intención. La tentación de aceptar un café y de que se comporte como una verdadera madre conmigo es abrumadora, pero después de la extraña pelea con Violet, de su acusación de traición, quiero llegar puntual para variar.

—No, gracias, mamá, me lo tomaré allí.

Se encoge de hombros y se dirige de vuelta a su habitación sin siquiera despedirse.

Llego a la cafetería de Frank a las nueve. Solemos venir aquí antes de visitar a Nate, para hacer acopio de valor y llenar el depósito de café. Violet está en el mostrador pidiendo las bebidas. Parece tensa, como si ya se hubiera metido varios chutes de cafeína. En cualquier caso, lleva puesto el colgante del corazón partido, así que debe de haberme perdonado.

Me coloco a su lado, demasiado asustada para tocarle el hombro, como haría por lo general.

—Eh —digo.

Me ve y sonríe.

—Hola.

Tiene el pelo muy alborotado y está claro que tampoco se ha duchado, pero hacía una eternidad que no la veía tan llena de vida. Me muero de ganas de abrazarla, pero me da miedo que me rechace.

—Siento lo del contrato —digo—. Debería habértelo dicho, ya lo sé, pero estabas hecha polvo porque Nate no se despertaba... —Bajo la mirada hacia el suelo de la cafetería cuando el recuerdo de Nate tumbado en el hospital me estalla en la cabeza—. Todos estábamos mal.

—Sí, yo también lo siento. Sé que nunca escribirías ese libro sin mí, es solo que estaba... muy enfadada.

Sonrío.

—Lo pagaste conmigo, te pusiste en modo Hulk.

Emite un gruñido ridículo, su mejor imitación de Hulk. Me entra la risa. Ahora se parece menos a Carrie y más a un caniche cabreado. Quiero preguntarle por ese rollo de la traición, pero las cosas van bien y no quiero agitar las aguas.

—¿Qué es tan importante? —pregunto cuando nos acomodamos en un reservado de una esquina.

Está sentada frente a mí, con la espalda recta y expresión preocupada. Es evidente que está deseando soltarlo, pero, de alguna manera, se las ingenia para contenerse. Revuelve la espuma de su capuchino con un mezclador de madera y contempla cómo las motas se convierten en vetas.

—Antes quiero esperar a Katie.

—No seas capulla, sabes que odio las sorpresas.

—Voy a esperar a Katie.

No puedo evitar que la irritación me corra por las venas. Antes de que Katie apareciera en escena, a Violet jamás se le habría ocurrido hacerme esperar. Justo en ese momento, Katie entra por la puerta, con su habitual sonrisa relajada en la cara.

Se sienta a mi lado en el reservado.

—¿Qué cojones pasa, Vi? Son las nueve de la mañana. Es como estar otra vez en el instituto.

—Buenos días a ti también —dice Violet mientras le acerca un café con leche.

Katie lo ve y suspira.

—Gracias.

Se quita la chaqueta y veo que tiene dos manchas oscuras de sudor bajo los brazos. Está claro que ha corrido para llegar hasta aquí, que se ha enfrentado a los primeros viajeros del metro y cruzado Londres a toda prisa recién salida de la cama. Una cosa que siempre hemos tenido en común: las dos queremos a Violet.

—¿Ahora ya nos lo puedes decir? —pregunto.

—Sí, ¿cuál es la gran emergencia? —dice Katie—. Iremos a visitar a Nate de todas formas, ¿no?

Violet asiente con la cabeza.

—Solo tengo que contaros algo antes. Algo grande.

Respira hondo y abre la boca. Luego se queda ahí como un pasmarote, inmóvil y en silencio.

—¿Violet? ¿Te ha dado un derrame? —digo, y chasqueo los dedos ante su cara.

Katie le da un trago a su café con leche.

—Sí, déjate de rodeos, chica. El papel de reina del drama de nuestro trío ya lo tiene Alice.

Me guiña un ojo y no puedo evitar reírme.

Violet niega con la cabeza.

—Vale, de acuerdo. Pero ¿me prometéis que no pensaréis que estoy loca? ¿Juráis que escucharéis todo lo que tengo que decir?

49

—En serio, nos estás matando —respondo.

«¿Qué demonios podría ser tan importante?». ¿Estará a punto de levantar la costra? Me siento como el niño de *El resplandor* cuando se queda mirando las puertas del ascensor... a la espera del tsunami de sangre.

Violet vuelve a respirar hondo.

—Bueno, ha pasado más de un año desde que despertamos del coma...

La palabra «coma» restalla en mi cabeza como una alarma.

—De eso no se habla —le espeto.

—Es la regla secreta —interviene Katie—. No rompas la regla secreta, Vi, o Alice y yo te daremos una patada en el culo y nos buscaremos otra mejor amiga.

Lo dice con una sonrisa en la boca, pero con los ojos rebosantes de pánico.

—Pero ¿por qué no hablamos de ello? —pregunta Violet en tono suplicante.

El café se convierte en algo ácido que soy incapaz de tragar.

—Porque es aterrador —respondo—. Estuvimos inconscientes durante una semana sin justificación médica alguna. —Bajo la voz, noto el dolor de las palabras en la garganta—. ¿Y si vuelve a ocurrir?

Katie rodea su taza con ambas manos, como si intentara protegerla.

—Y Nate sigue dormido. Es *hardcore*.

Violet se inclina hacia delante, con una expresión urgente en el rostro.

—Pero es algo más que eso, ¿verdad? Es decir, sí, es aterrador, pero no solo porque entráramos en coma, sino porque... porque... —Se queda mirando la espuma de su café como si las palabras correctas fueran a aparecer ahí de repente, garabateadas con fideos de chocolate—... en realidad no estábamos en coma.

Katie la agarra de la mano como para intentar silenciarla, pero al hacerlo su café con leche se vuelca y se derrama sobre la mesa. No parece que le importe.

—Para, Violet, por favor.

«No puedo escuchar esto. Me va a explotar la cabeza».

Pero Violet no se detiene.

—¿Alguna vez tenéis sueños locos o se os pasan imágenes extrañas por la cabeza? No me refiero a las cosas normales de todos los días, sino a cosas locas de verdad. ¿Alguna de las dos recordáis haber estado... allí?

La última palabra es un susurro.

«No, no, no. No puedo pensar en la Comic-Con. No puedo pensar en esos recuerdos que me acechan en sueños».

—Es una reacción al trauma —dice Katie, que de pronto se percata del vertido. Pone unas cuantas servilletas sobre la piscina de café—. Me lo ha dicho mi terapeuta. Es normal tener sueños y recuerdos recurrentes extraños después de un trauma. Saber que estuviste en coma amenaza tu sensación de seguridad. —Da la sensación de que está citando a su terapeuta palabra por palabra, y sigue limpiando, a pesar de que la mesa ya está seca del todo—. Y estábamos en la Comic-Con, tupidas de cosas de *El baile del ahorcado*, ¡hasta conocimos a Russell Jones y Julia Starling! Pues claro que teníamos *El baile del ahorcado* metido en la cabeza...

Violet da un manotazo en la mesa.

—¿O sea que tú también sueñas con *El baile del ahorcado*?

Katie deja de frotar, pero sigue con la mirada clavada en la mesa.

—Continuamente.

Violet me mira.

—¿Alice?

«No puedo escuchar esto».

—¿Alice? —repite.

—Sí —digo con voz ronca—. Yo también tengo sueños extraños. Pero Katie tiene razón. Es una reacción al trauma o algo así.

—No —dice Violet con expresión resuelta—. Estuvimos allí. Estuvimos en *El baile del ahorcado*.

Katie se echa a reír, un gorjeo frenético.

—No seas tan gilipuertas.

Trato de parecer segura de mí misma. Y me supone un esfuerzo ingente.

—Violet, *El baile del ahorcado* no es real.

Ella vuelve a echarse hacia delante en su asiento.

—La anciana se me apareció anoche en sueños. Ya me había visitado antes, pero no sabía quién era; bueno, tal vez parte de mí sí lo supiera, pero no quería reconocerlo, como os está pasando a vosotras. Era Baba, Baba la de *El baile del ahorcado*. Me desbloqueó los recuerdos. En serio, fue como si todas esas imágenes extrañas cobraran sentido de repente. Cuando estuvimos inconscientes, pasamos toda una semana *El baile del ahorcado* intentando corregir la historia para poder volver a casa.

Se hace un silencio prolongado. Es como si mi cuerpo se hubiera desconectado. Mi cerebro no funciona. «No puedo escuchar esto. No puedo pensar en esto». Miro a Katie, pero parece tan aterrada como yo.

Es lo más extraño que puedo hacer teniendo en cuenta la situación, pero mis manos toman el control, rebuscan en mi bolso y dan con mi pintalabios. Abro mi espejo de mano favorito, el que tiene una libélula en la parte de atrás, y me lo reaplico despacio. Para cuando termino, tengo las manos firmes otra vez y la sensación de que mi cara vuelve a pertenecerme. Guardo mis cosas de nuevo en el bolso y consigo darle un sorbo a mi bebida.

—Madre mía, Violet —digo al final—. ¿Exactamente cuántos cafés te has tomado antes de que llegáramos?

Katie se obliga a reírse.

—No es el café lo que me preocupa, sino qué será lo que hay en el azucarero.

Violet se deja caer contra el respaldo de su asiento, con los ojos llenos de lágrimas.

—Sabéis que tengo razón, lo que pasa es que no queréis que os tomen por locas, ni pensar en lo cerca que estuvimos de quedarnos allí atrapadas. Pero lo recuerdo todo. Todo. Katie, te hiciste amiga de Thorn; al principio pensamos que le gustabas porque te pareces a Ruth, pero luego descubriste que Ruth estaba embarazada cuando murió y que en realidad a quien le recordabas era a su bebé nonato. Me salvaste la vida, fuiste muy valiente. —Las lágrimas empiezan a rodarle por la cara—. Y Alice, te tiraste a Willow y estuviste a punto de descarrilar por completo el canon. A eso me refería al decir que me has traicionado, aunque en ese momento no lo sabía con exactitud.

«¿Esa es la traición? ¿A eso se refería?».

Se me revuelve el estómago y empiezan a pitarme los oídos. Si tuviera una palabra de seguridad, a estas alturas ya la estaría gritando a pleno pulmón. Pero, en vez de eso, me río y murmuro:

—Creo que si me hubiera tirado a Willow me acordaría.

Violet me ignora.

—Estaba tan enfadada contigo que empecé a pensar que te habías pasado al lado oscuro. Pero al final, cuando Willow se acobardó y no pronunció las frases que le correspondían, fuiste tú quien las dijo en su lugar. Fue un momento precioso, estuviste increíble.

Katie está como en trance.

—¿Y qué hay de ti?

—Yo ocupé el lugar de Rose —responde Violet—. Me convertí en ella. Pero no me enamoré de Willow, me enamoré de Ash, el antipríncipe.

—Te ahorcaron —susurra Katie, que se tapa la boca con una mano—. Lo vi. Yo estaba en una jaula gigante con otros impes y tú estabas de pie en una plataforma con una cuerda alrededor del cuello. El verdugo tiró de la palanca, y... —Agarra a Violet de la mano—. Te vi morir.

Violet ríe aliviada, una de esas carcajadas extrañas que se le escapan a la gente cuando aún no han dejado de llorar y que consiguen que esparzan lágrimas más o menos por todas partes.

—Sí. Eso es. Tenía que completar la historia para que pudiéramos volver a casa.

Katie también se echa a llorar, y tengo la sensación de que estamos llamando un poco la atención con tanto reír, llorar y derramar cafés. Y de golpe, ya no estoy aterrorizada, estoy cabreada. No solo es que Violet esté hablando del tema del que nunca hablamos, es que además Katie la está animando. Ya no están hurgando en la costra, más bien me están desgarrando la carne.

Estampo las dos manos contra la mesa, la rabia me chisporrotea en el cuerpo.

—Por el amor de Dios, basta ya. Lo que estáis diciendo es una ridiculez.

Katie se enjuga los ojos.

—No sé, Alice. A veces sueño con Thorn, y todo parece muy real. Estábamos juntos en aquella extraña habitación naranja juntos y...

—Sí, y yo a veces sueño con Willow —replicó—. Pero eso no significa nada.

—Deja de menospreciarnos —interviene Violet, que sin duda se ha contagiado de mi rabia—. Caímos en un coma médicamente inexplicable justo al mismo tiempo, permanecimos inconscientes durante justo el mismo período tiempo y nadie sabe por qué nos despertamos. Eso ya suena a locura de por sí, y lo que os estoy sugiriendo es solo un paso más.

—Es más que un paso. Es un salto lunar gigantesco —le espeto.

Katie se estudia las manos.

—Sí, Violet. ¿Y qué pasa con Nate? ¿Por qué sigue dormido?

Violet se queda callada un instante, la expresión luchadora se desvanece de su cara. Por fin, dice:

—¿Recordáis la cicatriz de su abdomen?

Asentimos con la cabeza.

—Es una herida de bala.

Esto es demasiado. Vuelvo a ser el niño de *El resplandor*, pero esta vez las puertas del ascensor ya se han abierto y la tromba de sangre mana a borbollones hacia mí. Me pongo de pie, derramo las bebidas e intento no gritar.

—No puedo seguir escuchando estas mierdas.

Zigzagueo a toda prisa entre las mesas, torpe a causa de la rabia, y choco con muebles y codos.

—Alice, por favor —grita Violet a mi espalda.

Abro la puerta de un empujón. Noto el aire fresco y fuerte en la cara. Ahora mismo desearía no llevar tacones para poder correr y correr y no volver a escuchar esas palabras nunca más: *El baile del ahorcado* es real.

—Alice, espera. —Violet me persigue dando tumbos—. Os lo he contado por una buena razón: Baba me ha dicho que no debemos escribir otra secuela. —Llega a mi altura, me agarra del brazo y me da la vuelta para que la mire a la cara—. El *fandom* de nuestro mundo creó su mundo. El poder de la conciencia colectiva. Elaboramos esa utopía por un motivo, lo que escribimos en *El baile del rebelde* ha sucedido de verdad y hemos liberado a los impes. Si escribimos otro libro, una distopía como quiere Timothy, se lo fastidiaremos todo. ¿No lo entiendes?

Parpadeo, confusa.

—¿De eso va todo esto? ¿Estás intentando convencerme de que se me está yendo la olla para no tener que escribir otro libro?

—Joder, Alice. Esto es importante de verdad. Esas personas son reales, y te estás olvidando de algo fundamental.

—¿De qué?

—De que creamos un personaje nuevo cuando escribimos *El baile del rebelde*.

Sus palabras son como una bofetada. «No puedo escuchar esto. No puedo escuchar esto». Trago saliva con dificultad.

—Nate —consigo susurrar.

Me mira con sus enormes ojos marrones. Con los enormes ojos marrones de Nate.

—Por favor, Alice. Necesito que me ayudes.

Pero como estoy aterrorizada, como me niego a reconocerlo, como no quiero ahogarme en un alud de sangre, me voy.

CAPÍTULO 5

VIOLET

—Deja que se vaya —dice Katie a mi espalda.

Observo a Alice mientras se aleja.

—Tú me crees, ¿verdad? —le pregunto a Katie.

—No lo sé, Vi. La verdad es que parece un disparate.

Me doy la vuelta para mirarla a la cara.

—Pero tú me viste en la horca, me viste colgada.

—Sí, lo sé, y también conservo un vago recuerdo de Alice encaramándose al escenario y gritando...

—«Te quiero, Violet» —termino la frase por ella.

Katie me escudriña la cara, la estudia con gran detenimiento.

—Hablaré de esto con Carol, a ver qué me dice.

—¿Carol?

—Mi terapeuta.

—Te pedirá que me pases su número.

—Pues a lo mejor no es tan mala idea.

Por instinto, echamos a andar hacia el hospital.

—No estoy sufriendo una crisis, Katie, te lo juro. Estuvimos allí de verdad. Tú, yo, Alice y Nate estuvimos en *El baile del ahorcado*. Por favor, dime que me crees.

—No sé qué creer.

Recorremos el resto del camino en silencio.

Siempre hay un momento, justo antes de entrar en la habitación de Nate, en el que espero que su cama esté vacía, las sábanas estiradas sobre el colchón y las máquinas que tiene al lado abandonadas y silenciosas. Junto a esa cama lisa y sin usar, espero verlo a él; de pie, alto, con los ojos abiertos, sonriendo. Nunca es así, por supuesto. Quizá sea un pensamiento ilusorio, pero, sea lo que sea, es una forma de autoflagelación, porque en cuanto mi mirada recae sobre su piel cerosa y su rostro inmóvil, no puedo evitar sentir la bofetada de la decepción.

Pero hoy, por primera vez en más de un año, no me siento decepcionada. Me siento enfadada como una puñetera mona, porque ahora sé el motivo por el que Nate no se despertó a la vez que Alice, Katie y yo. Murió mientras estábamos atrapados en *El baile del ahorcado*. Por supuesto, no conozco los pormenores, la explicación científica. Si la supiera, lo más probable es que me explotara el «cerebro de simio», como me dijo una vez el presidente Stoneback, ese cabrón condescendiente. Pero me hago una idea aproximada. Cuando Nate murió en *El baile del ahorcado*, murió en el mundo real. Los médicos consiguieron revivirlo, pero no por completo.

Me apoyo en la cama de Nate, el cuerpo me tiembla de emoción. Si es verdad que mi hermano está despierto y a salvo en un universo alternativo, ¿qué significa eso para este Nate, para el muchacho ceroso que yace a mi lado? ¿Es posible que este Nate esté vinculado de alguna manera al personaje que creamos Alice y yo? Observo su rostro y no puedo sino preguntarme qué estará pasando en su cabeza. ¿Estará soñando con ciudades destrozadas y rostros hermosos y simétricos o no será más que una nada vacía?

Intento acompasar el ritmo de mi respiración con el crujido de su ventilador, puesto que hace que me sienta conectada a él de algún modo. Parece mayor que cuando le dispararon, a pesar de que se le están atrofiando los músculos. Puede que ahora sus facciones sean más angulosas, sus pómulos más pronunciados. Tenía catorce años cuando entró en coma, aunque aparentaba alrededor de doce. Recuerdo su decimoquinto cumpleaños, que fue solo un par de meses después de que me despertara. Le preparé su tarta de chocolate favorita, igual que todos los años, y se la puse debajo de la nariz por si podía olerla. Entonces mis padres, Alice, Katie y yo cantamos juntos el «Cumpleaños feliz» con la voz cargada de lágrimas. A lo mejor nos oyó de verdad.

Pronto cumplirá dieciséis años, así que no es de extrañar que por fin empiece a parecerse más a un chico joven y menos a un niño. Es una gran lástima que no esté despierto para verlo; siempre ha odiado tener un aspecto tan infantil. Sé que sus compañeros de instituto solían llamarlo «renacuajo» o, cuando querían ser crueles, «la maravilla lampiña». Le acaricio la mejilla: no tiene mucho vello, pero sin duda necesita un afeitado. Le preguntaré a la enfermera si puedo hacerlo más tarde.

Tenía la esperanza de que ver a Nate me aclarara las cosas, de que me permitiera vislumbrar cómo le afectaría todo ese rollo del universo alternativo. Pero sigo sin tener ni la más mínima idea. La decepción y la frustración se entremezclan hasta formar una sensación de pesadez, plomiza, que me invade el cuerpo entero.

—¿Estás bien? —pregunta Katie.

Me pone una mano en el hombro y me sustrae de mis pensamientos.

No puedo resolver esto sola, necesito que ella también recuerde. Rápidamente, compruebo si la enfermera se ha marchado —sí, se ha ido— y después aparto las sábanas y le levanto la camiseta del pijama a Nate.

—¿Qué estás haciendo? —inquiere Katie.

—Ya sabes lo que estoy haciendo.

El círculo que antes era rojo se ha convertido en una cicatriz nacarada, algo abultada y arrugada.

—Podría ser cualquier cosa —dice mi amiga.

—Es una herida de bala. —Vuelvo a arropar a mi hermano con las sábanas—. Nate murió en *El baile del ahorcado*, por eso no puede despertarse.

Katie frunce el ceño.

—Recuerdo un montón de mierdas raras, pero no me acuerdo de que Nate muriera.

—Porque no estabas presente cuando ocurrió.

—¿Es esa la razón por la que introdujiste su personaje en *El baile del rebelde*? —pregunta Katie—. ¿Para darle vida en otro universo?

—Tal vez. Aunque en ese momento no lo sabía.

Deja caer la mano que mantenía en mi hombro y de repente siento muchísimo frío. Le acaricio el brazo a Nate y pienso que ojalá no me sintiera tan sola.

—Intentaron cortarle las manos cuando estuvimos allí —digo mientras paso los dedos por la línea de sus nudillos—. Solo porque no llevaba puestos los guantes reglamentarios.

—En serio, Violet, creo que deberías hablar con alguien, con un profesional quiero decir. Sé que esos recuerdos te parecen reales, pero no pueden serlo.

La ignoro y levanto la mano de Nate de la cama para señalarle la muñeca.

—Le pusieron un torniquete justo aquí. Recuerdo lo asustado que parecía, arrodillado en el suelo con los brazos extendidos delante de él.

La imagen de la guadaña reluciente irrumpe en mi cabeza y hace que se me contraiga el estómago. Empiezo a trazarle una línea invisible alrededor de la muñeca, justo por donde la guadaña se la habría seccionado de no haber aparecido Alice. Despacio, le giro la mano para verle la parte anterior de la muñeca, tan pálida y suave que las venas azules reposan justo por debajo de la superficie, como ríos tenues en un mapa.

Y es entonces cuando la veo.

Varios centímetros por encima de la muñeca. Una marca pequeña, oscura. Un lunar, tal vez. Pero falta el centro, así que más bien parece un anillo negro y minúsculo tatuado en su piel.

Conozco esta marca, la he visto antes. Cierro los ojos con

fuerza, examino mis recuerdos lo más rápido que puedo. «¿Dónde he visto esta marca?».

—¿Violet? ¿Qué pasa? —pregunta Katie.

—Esta marca, es nueva.

—¿Estás segura?

Se agacha para verla mejor.

—Sí, estoy segura.

—No es más que un lunar, ¿no?

Paso el dedo por encima de la mancha. Lisa por completo.

—No, tiene un ligero matiz azul, como de tinta, y le falta el centro.

—Uy, sí, eso es raro. ¿Crees que se la habrá hecho una de las enfermeras?

Niego con la cabeza.

—¿Por qué razón iban a hacérsela?

Se encoge de hombros.

—Ya la he visto antes, pero no consigo recordar dónde.

—Me acerco tanto que estoy a punto de rozarle el brazo con la nariz. No es un aro perfecto, tiene los bordes irregulares y se afina antes de volver a hacerse grueso. Es demasiado pequeño para conferirle algún sentido. Me incorporo, frustrada—. ¿Qué crees tú que es?

—Es solo un poco de tinta —contesta Katie—. Seguro que una de las enfermeras lo salpicó con una pluma estilográfica mientras apuntaba algo.

Pero, por cómo le vacila la voz, me doy cuenta de que no está convencida.

—En serio, échale un vistazo. Es algún tipo de símbolo.

—No quiero hacerlo.

Su actitud es de miedo, no desafiante.

—Katie, no seas cagona. Ahora mismo te necesito.

Parpadea un par de veces. Durante un instante creo que va a largarse, pero mis palabras deben de causar efecto, porque se mete el pelo detrás de las orejas, inexpresiva, y se agacha.

—Sí, es raro. ¿Qué es? ¿Una corona de flores, tal vez?

—No, se afina demasiado, justo aquí. —Lo señalo. Mi yema del dedo parece muy gorda a su lado—. Joder, es demasiado pequeño, necesito una lupa.

—Claro, Sherlock, llevo una en el bolsillo, justo al lado de la pipa.

Recurro a mi móvil. Es un teléfono buenísimo, me lo compré con parte de mi anticipo diciéndome que lo usaría para escribir, pero, siendo sincera, solo quería un móvil bueno. Hago zum sobre la marca, me acerco todo lo posible sin llegar a desdibujar los detalles. Clic.

—Eres un genio —dice Katie.

Se sienta a mi lado en la cama y siento el temblor de su muslo contra el mío.

Aumento la marca hasta que llena la pantalla. Es una rata, enroscada en un círculo.

Katie ladea la cabeza hacia un lado.

—¿Es un ratón dormido?

Hago un gesto de negación con la cabeza.

—No está dormido.

—Pues a mí me parece que está muy a gusto.

—Se está comiendo la cola.

Señalo la boca abierta que, en efecto, se está tragando la mitad de la cola.

—Uf —dice Katie.

—¿Sigues creyendo que es una salpicadura de pluma estilográfica?

Sacude la cabeza y veo que se ha puesto blanca. Noto una punzada de culpa al pensar en lo asustada que debe de estar, pero no le he mentido: ahora mismo la necesito.

—¿Cómo ha llegado ahí? —pregunta Katie—. Alguien debe de haberse colado en su habitación y haberle hecho el tatuaje sin que nadie se enterara, y eso es raro de narices.

La miro a los ojos de color verde guisante.

—¿Y si ese alguien no era de este mundo?

Vuelve a perder el color. No sabía que una persona pudiera palidecer tanto. Las pecas de Katie —por lo general claras— ahora destacan en un tono rojizo oscuro contra la piel de sus mejillas.

—¿Qué quieres decir?

Intento hablar despacio, por ella, pero aun así las palabras se me escapan de los labios a borbotones.

—¿Y si esto le ha pasado al otro Nate, al Nate del universo alternativo, y ha cruzado hasta el cuerpo de este Nate?

—¿Qué?

Empiezo a reírme, el entusiasmo me corre por las venas.

—Están conectados, Katie.

—¿Quiénes están conectados?

—Este Nate y el otro Nate, el Nate que Alice y yo creamos, Nate de *El baile del rebelde*. Están conectados.

Katie se tapa los ojos con las manos.

—Violet, esto no tiene gracia. Llevo un año en terapia, un año entero.

Despacio, le aparto las manos de los ojos, como si así pudiera ayudarla a ver con mayor claridad.

—Si es verdad que Nate está allí, entonces tal vez pueda traerlo de vuelta a casa. A lo mejor este Nate, el Nate real, se despierta.

Llego a casa justo antes de la hora de la merienda, agotada por la emoción y la falta de sueño. El vestíbulo huele a pollo asado, y las tripas me rugen en consecuencia. Entro en la cocina-comedor, y los azulejos de damero y las superficies brillantes hacen que me sienta tranquila, aunque solo sea un momento.

Mi madre levanta la vista de la cacerola.

—He preparado tu plato favorito, cariño. Pollo asado con todas las guarniciones.

Hoy es viernes. Mi madre solo prepara un asado no dominical cuando intenta reunir a la familia por algún motivo: una mala nota en un examen, una discusión entre Nate y yo, ese tipo de cosas. Mi hermano y yo siempre bromeábamos diciendo que mamá pensaba que podía volver a unir las cosas usando salsa de pan y jugo de carne a modo de pegamento. Lleva puestos unos vaqueros y un suéter en lugar de su ropa de trabajo, y las medias lunas que luce bajo los ojos están tan oscuras que parecen dibujadas. Algo no va bien.

—¿No has ido hoy al trabajo? —pregunto.

Niega con la cabeza, evitando el contacto visual.

Mi padre entra por la puerta, vestido con una camiseta de Nirvana que debe de datar del siglo pasado. Los dos se han tomado el día libre, y los dos parecen agotados. Una sensación de inquietud se propaga en mi interior.

—Hola, cielo. —Me acaricia la parte superior de la cabeza—. ¿Qué has estado haciendo?

Me encojo de hombros.

—Solo he ido a visitar a Nate.

Intercambian una mirada con la expresión tensa.

—¿Qué? —pregunto.

Mi madre empieza a servir, a moverse entre las cazuelas y las sartenes con la soltura de una mujer acostumbrada a hacer malabarismos con los niños, el trabajo y las tareas domésticas. Papá empieza a poner la mesa y coloca los cuchillos y los tenedores al revés, como de costumbre.

—¿Qué? —repito mientras cambio la posición de los cubiertos para que tenga sentido.

Mamá acerca los platos servidos —zanahorias, pollo, patatas asadas—, y su comida tiene aún mejor pinta ahora que recuerdo mi dieta a base de pan seco en la finca Harper de *El baile del ahorcado*.

—¿Por qué no comemos primero? —propone mientras le lanza una mirada significativa a papá.

Odio que los padres se piensen que son supersutiles, que tienen un código parental mágico que sus hijos son incapaces de descifrar, cuando en realidad lo único que están haciendo es poner los ojos en blanco y esbozar muecas o guiños a plena vista de todos. No podría resultar más obvio, joder.

—Decídmelo ya —exijo irritada.

Ocupamos nuestros asientos habituales. La silla vacía de Nate siempre parece más grande que las demás.

Papá empieza a cortar su pollo.

—Se trata de Jonathan.

—Sí, ya me lo imaginaba. Cuando he dicho su nombre os habéis quedado tan de piedra que dabais miedo. ¿Han dicho algo los médicos? Porque yo he estado allí y no os he visto, y nadie me ha comentado nada.

Mi madre dedica demasiado tiempo a echarse sal en el plato; veo que los cristales brillan sobre sus zanahorias y se deshacen en la salsa.

—Creo que ya te has puesto suficiente sal, mamá —digo.

Estiro un brazo desde el otro lado de la mesa y se la quito de la mano.

Se ríe, rígida y frágil, como si estuviera intentando no llorar. He llegado a conocer esta pose como su «risa de tarro de cristal». Un contenedor frágil y transparente incapaz de ocultar la tristeza del interior.

—¿Ha empeorado su puntuación ECG? —pregunto.

La escala de coma de Glasgow es una medida que utilizan los médicos; que la puntuación de Nate empeorara sería muy malo. Se me revuelve el estómago y el olor del pollo se transforma en algo avinagrado y desagradable para mis fosas nasales.

Papá mira su plato con fijeza.

—No es eso, Violet. —Respira hondo—. Hoy tu madre y yo hemos tenido una charla larguísima. —La mira y trata de sonreír—. Hemos tomado una decisión muy difícil, una decisión importante, y espero que nos apoyes.

No me gusta nada cómo suena esto. Empiezo a tener ganas de vomitar.

—¿Cuál?

Vuelve a clavar la mirada en su pollo.

—Vamos a renunciar a los cuidados médicos de Nate.

Mi primera reacción es romper a reír, pero mis carcajadas se alimentan de la conmoción y el terror creciente.

—¿Renunciar a los cuidados médicos? ¿Qué significa eso?

Al fin me mira, con lágrimas en los ojos.

—Vamos a desconectarle el respirador.

CAPÍTULO 6

VIOLET

Mi tenedor cae con estrépito contra la mesa y proyecta una mancha de salsa sobre el mantel.

—¿Que vais a qué?

La cara de mi padre ya no le pertenece; ahora es la de un hombre mucho mayor, un hombre más triste. La han despojado de todo su brillo.

—Lo siento, cariño, pero ha pasado más de un año y no hay mejoría.

—¿Mamá?

Articulo la palabra como si volviera a tener cinco años.

Mi madre se pone de pie y rodea la mesa para poder estrecharme contra su pecho. Está caliente y huele a anís estrellado y jazmín. Noto que el corazón le late muy rápido.

—Tenemos que dejarlo marchar, Violet. Necesitamos llorar a nuestro hijo.

La aparto de mí con brusquedad.

—Nate no está muerto.

Ella intenta abrazarme de nuevo, así que me levanto de la silla y doy un paso atrás.

—Solo está dormido.

Mi madre me sostiene la mirada, con esos enormes ojos llorosos de madre. Empiezan a temblarle las manos y cobro conciencia de que está deseando abrazarme.

—No va a despertarse. Los médicos nos lo han dicho, hemos estado esperando... no sé muy bien qué...

—Un milagro —interviene mi padre.

—Pues los milagros ocurren —digo—. Alice, Katie y yo nos despertamos de repente, con pocos minutos de diferencia. Eso fue un milagro.

—Por favor, Violet —insiste mi madre con expresión de súplica—. Esto ya va a ser bastante difícil sin que tú te pongas en nuestra contra. Necesitamos que nos apoyes.

—Nunca apoyaré que matéis a mi hermano.

—No vamos a matarlo —me corrige—. Vamos a liberarlo.

—Y una mierda —grito—. Y una puta mierda. —Doy puñetazos al aire, la conmoción inicial se cristaliza en algo duro y furioso—. ¿Cómo podéis planteároslo siquiera? ¡Asesinar a vuestro propio hijo, a mi hermano! ¿Y qué? ¿Se os ha ocurrido en un solo día? ¿Os habéis tomado el día libre y lo habéis decidido sin más? ¿Como si estuvierais planeando unas vacaciones, una mudanza o algo así?

Ambos se quedan estupefactos, como si acabara de asestarles una bofetada. Nos sumimos en un silencio prolongado, y me da la sensación de que es posible que mi padre esté a punto de cambiar de opinión —se toquetea la cara con las manos, nervioso—, pero al final no lo hace.

—Por favor, intenta entenderlo —dice.

—No podéis matarlo ahora —digo, y se me quiebra la voz hasta convertirse en un jadeo susurrante—. Ahora no. Hay algo que no entenderíais, algo que en realidad yo tampoco entiendo, pero voy a descifrarlo... Le he encontrado una marca en la muñeca, aún no sé lo que significa, pero creo que quiere decir que están conectados.

Cuando salen de mi boca, las palabras dejan un regusto intenso y caliente.

—¿De qué estás hablando? —pregunta mi padre.

—Creo que puedo hacer que regrese —respondo.

—No digas eso —interviene mamá—. No se te ocurra decir eso. —Rompe a llorar. Y no es ese llanto delicado y femenino que se ve en la televisión; estamos hablando de mocos, lágrimas como puños y un estertor extraño, como si no pudiera respirar, como si por fin el tarro de cristal se hubiera roto y le hubiera bloqueado la garganta con esquirlas diminutas—. No soporto ni pensarlo —consigue decir con la voz entrecortada.

Entiendo de dónde viene todo esto, por supuesto que lo entiendo: las falsas esperanzas hacen más daño que una pérdida clara y real. Y aunque sigo enfadada, aunque sigo desesperada, quiero a mi madre y no tolero verla tan deshecha. La abrazo y ella se aferra a mí, como si yo fuera la madre y ella la hija. Un instante después, papá está detrás de nosotras. Ni siquiera lo he visto levantarse. Nos estrecha a los dos en un enorme abrazo de oso y apoya la cabeza sobre la mía. Balancea el cuerpo mientras traga enormes y espasmódicas bocanadas de aire.

Dedico un segundo a ordenar mis pensamientos: no puedo contarles lo de *El baile del ahorcado*. No lo entenderían. Seguramente me internarían en un psiquiátrico, y entonces, ¿qué utilidad tendría para Nate? Tengo que ganar tiempo. «Piensa, Violet, piensa». Y de pronto, incrustada entre mis padres, a salvo en una bolsa de aliento caliente y lágrimas, tengo una idea.

—Su cumpleaños es dentro de unos días. Cumple dieciséis. —Mi madre empieza a llorar aún con más fuerza y ese no era el efecto deseado, pero aun así sigo hablando—: Dejad que le haga su tarta favorita, como siempre. Dejad que le prepare su tarta de chocolate favorita y que le cante el «Cumpleaños feliz». Es lo único que os pido; después, le diré adiós.

Mis padres se destraban poco a poco, así que volvemos a convertirnos en tres entidades distintas. Intercambian una mirada de ojos hinchados. Creen que vuelven a estar haciendo eso del código secreto de los padres, pero yo ya sé lo que van a decir antes de que lo digan.

—De acuerdo —accede mamá.

Dentro de menos de una semana, mi hermano morirá. Me he repetido estas palabras una y otra vez; sin embargo, por algún motivo, no parecen reales. Porque mientras Nate siga tendido en esa cama de hospital, entreverado de tubos y con el pecho subiendo y bajando, continúa habiendo esperanzas de que pueda salvarlo. Aunque eso signifique hacer lo que más temo: volver a ese horripilante lugar.

Es casi medianoche, pero no puedo dormir. Estoy tumbada en la cama contemplando la grieta que hay en el techo de mi habitación, sintiendo que mi cuerpo es como un moratón gigante. Tengo que volver al mundo de *El baile del ahorcado*. En realidad, creo que siempre lo he sabido; desde el momento en que Baba me abrió el cráneo, metafóricamente, y vertió dentro esos recuerdos, en algún rincón de mi mente siempre he sabido que tendría que volver para intentar traer a Nate de vuelta a casa. ¿Qué fue lo que dijo Baba anoche? «Nate está a salvo, al menos por ahora». ¿A qué Nate se refería? ¿Al Nate durmiente (mi Nate) o al Nate de su universo? Puede que sean la misma persona. Desde luego, esto es lo que sugiere la marca.

La marca. Me provoca una incómoda sensación de pesadez en el estómago. Alice y yo no escribimos nada relacionado con una marca en *El baile del rebelde*, pero supongo que su universo tiene la costumbre de embellecer la historia añadiendo detalles y giros que no estaban en el canon. Las palabras de Baba vuelven a mí. «Es como si las cosas ya hubieran empezado a invertirse, como si los vientos hubieran cambiado y yo no pudiera hacer nada al respecto». ¿Están empezando a ocurrir cosas malas allí?

La grieta del techo comienza a desdibujarse al mismo tiempo que mi concentración se desvanece: otra grieta idéntica aparece a su lado, así que parecen unas vías ferroviarias borrosas. Parpadeo con fuerza para que las grietas vuelvan a ser solo una. ¿Cómo podrían ocurrir cosas malas allí? *El baile del rebelde* los dejó con la esperanza de una utopía, incluso rompió el ciclo. Lo sé porque Baba me lo dijo. Puede que alguien de este mundo haya empezado a escribir esa tercera novela. A fin de cuentas, Timothy dijo que había otros autores.

Me tumbo de lado, frustrada, y clavo la mirada en la taza de té ya frío que mi madre me trajo hace varias horas. Tengo que entrar en el mundo de *El baile del ahorcado*. La última vez, estábamos en la Comic-Con. Hubo un accidente extraño, aunque después nos dijeron que no había habido accidente alguno, que ni se soltó un foco ni se cayó un andamio. Solo se produjo un temblor de tierra sin importancia y, entonces, los cuatro nos desplomamos sin razón aparente. Así que lo diré de otro modo: creímos que hubo un accidente extraño. El presidente Stoneback me dijo que había utilizado tecnología gema para llevarse a Alice a su mundo, y que al final también nos había transportado a Katie, a Nate y a mí por error. Por supuesto, luego me enteré de que aquello tampoco había sido un accidente. Baba aprovechó la idea del presidente para asegurarse de que yo también llegaba hasta allí.

Simple.

Empiezo a reírme.

Cierro los ojos con fuerza. La última vez, hace más de un año, estábamos en la Comic-Con. ¿Por qué la Comic-Con? Abro los ojos de golpe al recordar las palabras de Timothy: «Es donde el *fandom* demuestra más su fuerza». A lo mejor el *fandom* se amplificó, tal vez sea ese el motivo por el que cruzamos en la Comic-Con. Y entonces todo encaja en su lugar. Hoy es viernes, lo cual significa que mañana hay otra Comic-Con.

¿De verdad podría tratarse de una coincidencia que la Comic-Con se celebre al día siguiente de que hayamos descubierto la marca de Nate y de que mis padres hayan decidido desconectarle el soporte vital? Por alguna razón, lo dudo. Baba siempre ha tenido un plan maestro.

Atacada, les mando un mensaje a Katie y a Alice. Deslizo los dedos por la pantalla y dejo un laberinto de rastros de sudor. No les cuento lo del soporte vital de Nate porque no sería capaz de soportar verlo escrito en mi móvil: las letras son demasiado nítidas y definitivas. En lugar de eso, tecleo:

> Mañana voy a ir a la Comic-Con.
> ¿Quién se apunta?

Katie no pregunta por qué. Ni siquiera me recuerda la cantidad de terapia que esto le va a joder. Se limita a contestar:

Ok, pero esta vez no
me disfrazo x

Alice, sin embargo, se muestra más prudente:

¿Por qué quieres ir a la
Comic-Con?

Una pregunta tan corta que requiere una respuesta tan larga. Opto por:

> ¡¡¡Ya sabes por qué!!!

¡Pues entonces dímelo!

> ¡¡¡PARA RECUPERAR A NATE!!!

Estoy preocupada por ti,
¡voy a llamar a tu madre!

> No, no la llames. ☺ ¿Vienes o no?

Lo siento, no puedo.

ALICE

Me quedo mirando el móvil durante lo que me parecen horas.

«Lo siento, no puedo».

Ese mensaje me afecta de verdad. Ahí plantado, en mitad de mi pantalla, es como si lo hubiera enviado una máquina perfecta. El mensaje no transmite lo asustada que estoy ni lo confusa que todo esto hace que me sienta. ¡Por más emojis que hubiera utilizado, no me habría acercado ni de lejos! Intento tragar saliva, pero tengo la boca demasiado seca. Violet ha dicho que iba para recuperar a Nate. ¿En serio cree que Nate está atrapado en el mundo de *El baile del ahorcado* y que ella puede rescatarlo de algún modo? Dios, esto es una locura lo mires por donde lo mires. Costras a un lado, cosas aterradoras y acechantes a un lado, está claro que me necesita. Y hay una vocecita en el fondo de mi mente que se niega a guardar silencio: «¿Y si tiene razón?».

Me lavo la cara, me pinto los labios y bajo las escaleras. Voy a ir a la Comic-Con. Así, pase lo que pase, estaremos juntas.

«Voy a ir a la Comic-Con».

Me cago en todo.

CAPÍTULO 7

VIOLET

El centro Olympia es justo tal como lo recordaba: dos semicírculos de cristal suspendidos uno a cada extremo de un túnel gigante; pilares oscuros que se extienden hacia un entramado de metal blanco, como si hubieran decorado toda la estructura con fragmentos de la Torre Eiffel. Y el olor —a perritos calientes, sudor y perfume— hace que me dé un vuelco el corazón. Me fijo en los carteles gigantes que aletean en los balcones, en los globos enormes que se ciernen por encima de nuestras cabezas, en la colorida masa de *cosplayers*.

—Es justo tal como lo recordaba —dice Katie, que parece haberme leído la mente.

—Y sin embargo me siento distinta por completo.

Ella asiente.

—Del todo.

Vemos a Gandalf simulando una pelea con Harry Potter, y durante un instante me pregunto si Katie también siente envidia. Deberíamos estar disfrazadas y divirtiéndonos, apuntándonos con nuestras respectivas varitas, sacudiendo la capa, no aferradas la una a la mano de la otra, con la cabeza a reventar de recuerdos terribles y las mejillas humedecidas por las lágrimas. Un grupo de Tropas de Asalto pasa a nuestro lado y nos impide continuar viendo a los magos. Sus armas de imitación parecen aterradoramente reales y noto que se me revuelven las tripas.

—¿Y ahora qué? —pregunta Katie.

Sus palabras hacen que me ponga en marcha, así que empiezo a zigzaguear entre las mamparas para examinar los distintos puestos.

—Vamos donde el *fandom* demuestre más su fuerza.

Poso la mirada sobre el estand de *El baile del ahorcado* y me dirijo en línea recta hacia él, apartando a Wonder Woman de mi camino de un empujón accidental.

—¿Qué quieres decir? —pregunta Katie, que acelera el paso para llegar a mi altura—. ¿Por qué tiene que demostrar su fuerza el *fandom*?

—Porque el *fandom* fue lo que hizo su mundo realidad. El poder de la conciencia colectiva. Creo que la última vez que estuvimos aquí entramos en *El baile del ahorcado* porque, de alguna manera, la Comic-Con lo magnificó; al *fandom*, me refiero.

Se queda parada un instante y yo reduzco la velocidad para igualarla a la suya.

—¿Qué significa lo de que «el *fandom* hizo su mundo realidad»? —pregunta.

—No lo sé, es complicado... Es como si hubiera tantas personas que creen en *El baile del ahorcado* que hubieran terminado por infundirle vida.

Parpadea unas cuantas veces, incrédula, y reanudamos la marcha hacia el estand. De pronto, me agarra. A pesar de las risas, las bandas sonoras y el zumbido de los puestos ambulantes de comida, oigo su grito ahogado. Debe de haberlo visto antes que yo. Thorn. Al menos, un atractivo joven vestido de Thorn.

—Menuda mierda, menuda mierda, menuda mierda —murmura.

Entiendo por qué está perdiendo los papeles. Es un *cosplayer* bastante convincente: piel oscura, sonrisa perfecta, un parche que le secciona el rostro uniforme. Pero su físico es sin duda impe: mide menos de uno ochenta y tiene los hombros estrechos, a diferencia del líder rebelde, que es más alto y corpulento y está genéticamente mejorado. Además, como no podría ser de otra manera, parece demasiado simpático para ser Thorn.

—Señoritas.

Nos embute un par de folletos en las manos.

—¿Qué cajones es esto? —susurra Katie.

—O sea que sois fans de *El baile del ahorcado*, ¿eh? —pregunta, pues es obvio que registrando la extraña reacción de Katie—. Tranquilas. Es solo un disfraz.

Aparto a mi amiga de él y me obligo a fingir una risa.

—Sí. Ya lo sabe. Es solo que tiene debilidad por los parches.

Continúo avanzando hacia el puesto de *El baile del ahorcado* y, cuanto más nos acercamos, más arrastra Katie los tacones. Ha vuelto a ponerse de ese color blanco nuclear, y noto que tiene los músculos de los brazos tensos y contraídos. Siento una repentina punzada de culpa por haberla arrastrado hasta aquí. Si esto no funciona, la habré vuelto a traumatizar sin razón. Y si esto funciona, la estoy empujando hacia un universo peligroso, impredecible y violento, sin ofrecerle garantía alguna de poder volver a casa. Me detengo en seco. Rapunzel y una Cenicienta *steampunk* chocan contra nosotras. Ellas mascullan una disculpa, a pesar de que está claro que ha sido culpa mía, y yo consigo esbozar un gesto despreocupado con la mano.

Me vuelvo hacia Katie.

—Mira, no debería haberte pedido que vinieras. No pasa nada si quieres marcharte. Puede que esto sea algo que tengo que hacer sola.

Su pelo parece aún más rojo bajo el sol de media mañana, por eso el aspecto de su tez descolorida resulta todavía más alarmante. Entrecierra los ojos de color verde guisante.

—No me seas vendelefas. Acabo de toparme con un hombre al que le cortaron la garganta delante de mí. No voy a dejarte aquí plantada.

Una sonrisa me recorre el cuerpo hasta la boca.

—Entonces, ¿ya me crees? *El baile del ahorcado* es real.

—Tal vez. A veces. Puaj. —Saca la lengua y finge vomitar—. En cualquier caso, aunque sea real, eso no quiere decir que vayamos a entrar de nuevo.

Pero no parece convencida, así que salvamos muy despacio los últimos metros que nos separan del estand porque me preocupa que vaya a vomitar de verdad.

Varias dobles de Rose me rodean y vuelvo a tener esa sensación de ser un moratón de pies a cabeza. Una cámara dispara desde algún lugar lejano. Y luego otra, y otra. Es una especie de centelleo distante, el titilar de un árbol de Navidad en mi visión periférica. Tengo la irracional impresión de que ya está ocurriendo, de que estamos empezando a cruzar. Cierro los ojos apretándolos con fuerza. Le ordeno a mi estómago que no vacíe su contenido, pero no pasa nada. Las cámaras paran y la sensación de proximidad de un drama inminente desaparece.

—¿Así que este es el *fandom* que demuestra su fuerza? —pregunta Katie.

Echó un vistazo a las camisetas, a las tazas, veo mi nombre estampado en la portada de *El baile del rebelde;* miro de reojo la cara de Russell Jones, que me parece un error tremendo ahora que he conocido al verdadero Willow.

—Supongo —respondo.

—No está funcionando.

—Ya me he dado cuenta.

No estoy segura de si es el miedo o la decepción lo que convierte mi voz en algo agudo e irritable.

—Bueno, ¿vas a ir? —pregunta alguien.

Va vestido de Ash. Al menos creo que es de Ash de quien se supone que va disfrazado. Lleva puesto un mono de impe y tiene el pelo negro. Noto una especie de pinchazo en el pecho.

—¿Vas a ir? —repite.

Al principio, pienso que me está preguntando si voy a entrar en *El baile del ahorcado*, así que me quedó boquiabierta. Pero luego señala el folleto que sujeto en la mano. Miro por primera vez lo que me ha entregado el falso Thorn.

—Katie, mira —digo.

Mi amiga lee las letras púrpuras con la voz entrecortada:

—*El baile del ahorcado*. Conversación entre Russell Jones y Timothy O'Hara. Comic-Con. Sábado, 11.00 horas.

—Aquí es donde el *fandom* demostrará más su fuerza —digo.

—Tenemos cinco minutos —responde Katie.

ALICE

Cojo un típico taxi londinense. Me cuesta una fortuna y el olor del conductor se filtra incluso a través de la pantalla de plexiglás, pero no hay mucho tráfico y consigo ganar algo de tiempo. Paramos ante la entrada del Olympia y cumplo con mi deber cívico del día: le doy al taxista una propina suficiente para que se compre un bote de desodorante. Veo la cola y suelto un gruñido. No tengo tiempo para esto. Tengo que encontrar a Violet lo antes posible. Tengo que ser la amiga que sin duda necesita ahora mismo. Así que meto tripa, saco tetas y me adueño del tramo de hormigón que me separa de la puerta principal. Nadie me planta cara por saltarme la cola con tanta desvergüenza, al menos, hasta que llego a la puerta.

—¿Entrada? —dice la mujer de la puerta.

—Soy Alice Childs, autora de *El baile del rebelde*, he quedado aquí con mi editor.

Por suerte, la voz no me tiembla tanto como las manos. Pensaba que me lo pondría difícil, pero la mujer se limita a sonreír.

—Un segundo, Alice. —Rebusca entre las credenciales identificativas—. Hum, Alice Childs. No te encuentro, ¿participas en alguna mesa redonda?

—No, vengo a firmar libros. Se ha organizado a última hora.

Es una mentira descarada. Pero a veces las mentiras son buenas.

Coge una acreditación de la que cuelga la palabra «Invitado».

—Esto debería valer. Lamento el error.

—No pasa nada —respondo un poco avergonzada de que la mujer se esté disculpando cuando soy yo la que está mintiendo a teta suelta.

Me paso la cinta por la cabeza y me dirijo lo más rápido que puedo hacia el vestíbulo principal. Miro el reloj. Falta muy poco para las once. No tengo ni idea de dónde estarán Violet y Katie, aunque tendría lógica empezar por el estand de *El baile del ahorcado*. Después echaré un vistazo en las charlas sobre distopías y en la sala verde.

Llego al vestíbulo principal. Noto un zumbido en la cabeza cuando capto el olor. No es que sea particularmente desagradable (aunque un puesto provisional de Axe tampoco estaría de más), es solo que me trae recuerdos aterradores. No tengo tiempo para pensarlo, y tampoco para maravillarme ante la belleza de la sala. Joder, ni siquiera tengo tiempo para echarles un buen vistazo a los *cosplayers* buenorros. Tengo que encontrar a Violet e impedir que celebre una puta locura de sesión de espiritismo por el alma perdida de Nate.

Avanzo a grandes zancadas entre la multitud hacia el descomunal póster de Russell Jones, pero camino más rápido de lo que mis tacones consideran razonable y, antes de que pueda darme cuenta, me he abalanzado sobre Deadpool y estampado la cara contra los azulejos. La humillación eclipsa por completo el dolor, y rezo para que, si hay un Dios, no esté a mi lado con un móvil con cámara y conectado a YouTube. Trato de hacer acopio de fuerzas para levantarme como si no hubiera pasado nada, pero me quedo ahí tumbada, observando los pies disfrazados que me rodean, sintiéndome aturdida, estúpida y sola por completo.

—¿Alice? —Me tumbo de costado esperando ver a Deadpool, pero es Gandalf quien me mira desde lo alto. Parpadeo un par de veces. ¿Cómo sabe Gandalf mi nombre? Bajo la barba gris y el sombrero puntiagudo, hay unos ojos marrones rodeados de pestañas espesas y una media sonrisa preocupada. Me ayuda a sentarme en el suelo—. ¿Estás bien?

—Sí. Solo avergonzada.

—No lo estés —dice—. Deadpool ha salido peor parado.

Enarco una ceja y Gandalf se echa a reír mostrando unos dientes algo grandes para su boca.

—No te preocupes, tengo entendido que posee un notable poder de autocuración. —Se quita la barba y el sombrero. Tiene la piel de color marrón oscuro, los ojos bastante separados y unos rizos negros que le rozan las orejas—. No me reconoces, ¿verdad?

Aunque digo que no con la cabeza, lo reconozco de sobra. Tengo el ego magullado a consecuencia mi épica caída, y no hay forma más rápida de recuperarte que hacer que otra persona más se sienta pequeña. Odio lo mucho que me parezco a mi padre a veces.

—Soy Danny —dice con naturalidad, como si jamás hubiera podido esperar que yo recordara ese dato—. Danny Bradshaw, de cuando ibas a sexto.

Siempre me cayó bien Danny. Era un empollón de campeonato en el instituto, le encantaban la informática, la tecnología y todas esas mierdas aburridas. Pero nunca se me quedó mirando embobado, y me prestó su calculadora de repuesto en varias ocasiones. ¡A eso es a lo que me refiero! Tenía una calculadora de repuesto: #festivaldelosempollones.

—Ah, sí —digo—. Claro que sí. Lo siento, el disfraz me ha dejado fuera de juego.

—Sabía que en el instituto habría triunfado con este aspecto, fallo mío.

No puedo evitar que se me escape una sonrisa. Me ayuda a levantarme y me sacudo los vaqueros. Vuelvo a recorrer el vestíbulo con la mirada.

—¿Buscas a alguien? —pregunta Danny.

—A Violet y a Katie. ¿Te acuerdas de ellas?

—Sí, claro que sí.

—No las habrás visto, ¿verdad? —pruebo, consciente de que es una posibilidad remota.

—No, pero puede que vayan a ver a ese idiota de Russell Jones; va a dar una especie de charla sobre *El baile del ahorcado* con no sé qué editor de libros. Ahora que lo pienso, a lo mejor hasta los conoces. —Se le ponen las mejillas coloradas—. Lo siento.

Hago un gesto con la mano para dejarle claro que no me ha ofendido.

—¿Cuándo?

Danny mira su reloj de pulsera.

—Creo que ha empezado hace unos minutos. Puedo acompañarte, si quieres, y así te protejo con mi enorme bastón. —Se da un palmotazo en la frente—. Por Dios, Danny, no digas ni una palabra más.

—Sería fantástico —digo conteniendo una risita.

Juntos, nos sumergimos entre la multitud de *cosplayers*.

CAPÍTULO 8

VIOLET

La sala está repleta de fanáticos de *El baile del ahorcado*. Dobles de Thorn, de Rose, de Willow e incluso una de Daisy. Mierda. Daisy. Me había olvidado por completo de Daisy. Le creé una novia a Ash en *El baile del rebelde*. Una novia gema, alta, guapa y con la piel de color caramelo. En resumen, escribí un personaje que es todo lo que yo anhelo ser. Hasta la llamé Daisy, «margarita» en inglés. Otra florecilla. Se me escapa la risa, porque estoy celosa de una chica que yo misma inventé y cabreada con un chico que no sabe quién soy. Estoy fatal de la puñetera azotea.

En fila india, vamos buscando acomodo entre hileras de sillas endebles que miran hacia un pequeño estrado situado en la parte delantera. Percibo un olor a polvo y a loción para después del afeitado, y el aroma acre de la cerveza rancia. Detrás cuelga un mural pintado del Coliseo; bueno, del de la versión cinematográfica. Tengo la sensación de que mi caja torácica ha encogido y apenas es capaz de contener mi corazón.

—Por Nate —susurro para mí—. Estoy haciendo esto por Nate.

—Tenías razón, aquí el *fandom* demuestra toda su fuerza —dice Katie. Mira al grupo de dobles de Thorn y el blanco de sus ojos prácticamente engulle el verde—. Porque esto es como el peor puñetero *flashback* de todos los tiempos.

—Si esto funciona, si cruzamos, será peor que cualquier *flashback*. Lo sabes, ¿verdad?

Asiente con la cabeza.

—Y esa es justo la razón por la que no puedo dejar que hagas esto sola.

Le doy un apretón en la rodilla temblorosa. Está empezando a creerse que esto funcionará, que pasaremos al otro lado. Su confianza siembra una emoción extraña en mi interior. Miedo, esperanza y una sensación de enajenamiento, como si en realidad no estuviéramos aquí, sino ya tumbadas en una cama de hospital.

—No será tan malo como la última vez —le digo—. No es tan horrible desde que Alice y yo escribimos *El baile del rebelde*. Para empezar, ya no ahorcan a los impes.

Vuelve a asentir.

—Lo sé. Dios, me alegro de haber leído los libros esta vez.

—Aun así, será una mierda. —Siento que es mi responsabilidad dejárselo claro, para que sepa en qué se está metiendo—. Sigue habiendo violencia, pobreza y enfermedad. Y al parecer Baba piensa que están empezando a ocurrir cosas malas.

—¿A qué te refieres con «cosas malas»?

—No lo sé, no me lo dijo. Pero creo que podría tener algo que ver con la marca que encontramos en el cuerpo de Nate. Creo que alguien de este universo podría haber empezado a escribir el tercer libro.

—No me... ¿Quién?

Hago un gesto de negación.

—No lo sé. Timothy nos dijo que tenía otros autores. Tal vez alguno de ellos haya comenzado a esbozar algo, quizá un grupo reducido de lectores ya haya tenido acceso a él, una especie de *minifandom*, y los cambios se estén manifestando en el mundo de *El baile del ahorcado*.

Cierro los ojos e intento no pensar en todas las cosas aterradoras que nos esperan si esto funciona. La brutalidad, el odio, el hedor a pájaro en descomposición. Así que mejor me concentro en las plumas, en los ojos azules más pálidos que he visto en mi vida y, por supuesto, en la cara de mi hermano.

Comienza a sonar la banda sonora de *El baile del ahorcado*. Los violines, los violonchelos y los bajos invaden la sala. Por razones obvias, no he vuelto a ver la película desde que me desperté del coma, así que escuchar esta música en este momento es como oír la voz de un examante, aunque no es que eso sea algo de lo que yo sepa mucho. Una combinación de nostalgia y rabia se amontona en mi interior.

La melodía aumenta de intensidad y la multitud prorrumpe en aplausos. Katie y yo estamos sentadas en medio de una fila. Me siento como atrapada, el pánico engendra más pánico y se me acumula por capas en el estómago. Timothy sube a la tarima y su traje azul brilla bajo el resplandor de las luces esmeralda del escenario. Se sienta junto a una mesa pequeña sobre la que le espera un vaso de agua. Russell Jones lo sigue de inmediato. Tiene un aspecto tan atractivo y arrogante como la primera vez que lo vimos. La multitud comienza a gritar y a vitorearlo, y él hace una sutil reverencia mientras se dirige hacia su silla, situada en la parte delantera.

Bajan el volumen de la banda sonora, pero no la quitan. Timothy espera a que los aplausos se apaguen con una sonrisa plantada en el rostro bronceado.

—Hola. —Es como si su voz llegara desde algún punto situado a nuestra espalda. Debe de llevar un micrófono—. Gracias a todos por venir hoy. Es un gran placer darle la bienvenida a Russell Jones, también conocido como Willow Harper.

Russell comienza a saludar y la sala prorrumpe en aplausos de nuevo. Un par de personas lo aclaman, y el chico disfrazado de Nate que hay detrás de mí lanza un silbido que me estalla en el oído como la bocina discordante de un tren de vapor.

Timothy vuelve a esperar a que los aplausos se calmen.

—Queríamos hablar sobre el futuro de la franquicia del baile del ahorcado en lo que se refiere tanto a libros como a películas. Por desgracia, las autoras Alice Childs y Violet Miller no han podido venir —dice.

El público gruñe, y siento una oleada de algo placentero. Una sala llena de gente me quiere. Tal vez debería ponerme de pie y gritar «¡Sorpresa!». Pero nunca se me ha dado bien hablar en público, y además quiero ver adónde nos lleva todo esto.

Timothy se pone serio.

—Huyen de la Comic-Con como de la peste, y es comprensible. No es nada personal, ya lo sabéis.

El foco que tiene encima debe de estar medio fundido, porque sus mejillas saltan constantemente del bronceado al verde. Y esos puñeteros violines están empezando a sacarme de mis casillas, es como si nadie se hubiera molestado en afinarlos desde hace mucho tiempo.

Timothy no parece darse cuenta.

—Pero primero, tengo una noticia emocionante para vosotros...

«Esto no tiene buena pinta».

La pausa se alarga y todo el público contiene la respiración de forma colectiva. Está claro que a Timothy le encanta el poder. El parpadeo de las bombillas aumenta, como si ellas también estuvieran impacientes.

Se echa hacia delante en la silla.

—Va a haber otra entrega.

La sala se llena de aplausos y vítores. Un par de Thorns golpean el suelo con los pies y me siento como si se acercara una estampida. Empiezo a encontrarme mal de nuevo. Revuelta de rabia, revuelta de confusión, revuelta porque ese maldito foco no para de parpadear.

Me vuelvo hacia Katie y le digo con voz frenética:

—Alice y yo no hemos accedido a eso, Timothy tiene que tener otro autor.

Pero Katie ni siquiera me mira. Está estudiando el techo con la mirada perdida en la lejanía.

—Algo no va bien —dice—. Estoy un poco mareada.

Es entonces cuando lo recuerdo. Luces parpadeantes, igual que la primera vez que cruzamos. Un olor a medicamentos y tela quemada me satura las fosas nasales.

Intento concentrarme en Katie, pero su cara parece desplazarse repentinamente hacia la izquierda.

—Está sucediendo —digo.

Y por encima del chirrido de los violines, los aplausos de la multitud y el golpeteo de las botas, oigo a Timothy. Alto, claro y arrogante.

—Habrá otra entrega, mi querido *fandom*. Y tened por seguro que habrá traición, muerte... Habrá conflicto.

La multitud estalla en una estruendosa ovación. Abro la boca para gritar: «Nunca debe haber un tercer libro». Pero las palabras se me atascan en la garganta. Sin saber muy bien cómo, consigo ponerme de pie apoyándome en la silla de delante. Empiezo a llamar la atención de los *cosplayers*, pero me da igual. Tengo que llegar hasta Timothy antes de cruzar al otro lado. Tengo que hacerle entender que nunca debe haber un tercer libro. Jamás.

Voy abriéndome camino hacia el pasillo, con el cuerpo cubierto de sudor. La sala empieza a dar vueltas y me parece que ese jadeo entrecortado procede de mí, pero aun así sigo adelante. Le piso los pies a un doble de Thorn, me choco contra un par de aspirantes a gemas y termino estrellándome contra otro imitador de Nate. Se me parte el corazón al verlo, y estoy tan confundida que empiezo a pensar que tal vez ya haya entrado en el otro mundo, que tal vez este chico sea Nate.

Pero antes de que me domine el entusiasmo, oigo la voz de Timothy, que se funde con el quejido de los violines.

—¿Violet? ¿Violet? ¿Eres tú, cariño?

Ahora oigo a la multitud, murmurando unos con otros, y los aplausos se reducen a un mero residuo. No creo que tengan muy claro cómo reaccionar, debo de ser todo un espectáculo.

«Nunca debe haber un tercer libro». Las palabras me suben por la garganta, pero es como si se me quedaran pegadas a la lengua y, por más que lo intento, no consigo escupirlas. Estoy a punto de entrar en el mundo de *El baile del ahorcado*, Katie está a punto de entrar en el mundo de *El baile del ahorcado*, y Timothy está hablando de muerte, traición y conflicto como si no fuera más que un libro o una película. Tengo que hacérselo entender.

Llego al pasillo dando traspiés. Un guardia de seguridad aparece de la nada y me coloca dos manos firmes bajo las axilas. Creo que podría tratarse de una inmovilización sutil, pero siento un agradecimiento enorme hacia esas manos, porque acaban de salvarme de caerme de cara al suelo.

Timothy ríe con suavidad. Por encima del equipo de sonido, a través de mi cerebro abotargado, su risa resulta de lo más siniestra y, durante un instante, me recuerda al villano de una pantomima.

—¿Estás bien? —pregunta.

Me obligo a mirarlo a la cara. Verde, bronceado, verde, bronceado.

Veo que su boca se abre en un bostezo gigante, que un resplandor esmeralda le ilumina el blanco de los dientes.

—Oigámoslo de boca de Violet Miller, coautora de *El baile del rebelde.*

Los aplausos esporádicos cobran fuerza y el suelo truena bajo mis pies. El guardia de seguridad me guía hasta la parte frontal del escenario y el tufo a medicamentos me provoca náuseas. Ahora estoy muy cerca de Timothy. A lo mejor logro emitir un levísimo susurro. «Nunca debe haber un tercer libro». A lo mejor puedo decírselo antes de cruzar al otro lado. Pero tengo la cabeza a punto de estallar y una serie de imágenes se despliegan ante mis ojos: los ojos azules más pálidos que he visto en mi vida; una guadaña alzada que refleja el brillo del sol; Nate desangrándose en mi regazo; una soga que se estrecha alrededor de mi cuello; mis pies bailando en el aire, buscando la tierra firme.

La sala se llena de plumas, de burbujas y de vilanos de cardo. Si no estuviera tan aturdida, tan mareada, disfrutaría de toda esta belleza, del aire que ha cobrado vida y se arremolina a mi alrededor como si estuviera atrapada en la más extraña de las tormentas de nieve. Pero tengo el corazón desbocado y la boca llena de bilis, y que el presidente Stoneback me esté mirando, con la cara distorsionada por una burbuja que se cruza ante él, no ayuda. «¿Ha ocurrido? ¿He entrado ya?». No. No es más que otro *cosplayer*. Sigo oyendo la melodía de la banda sonora, el estruendo de la multitud. Sigo en el mundo real y todavía puedo llegar hasta Timothy a tiempo.

Huelo su loción para después del afeitado —miel y especias— y él se inclina desde el escenario. Me dedica una sonrisa que brilla entre más plumas y vilanos de cardo, pero tras ella acecha la desesperación. Sabe que la ha cagado. Me tiende una mano y el guardia de seguridad me alza hacia la tarima.

—Violet, cariño, ven a conocer al *fandom* —dice.

Y justo antes de oír a Katie gritar mi nombre, justo antes de caer de bruces, agarrarme del telón de fondo y arrancarlo de su soporte, al fin brotan las palabras. Altas y claras cuando resuenan en el micrófono de Timothy.

—Nunca debe haber un tercer libro.

Y luego solo hay tinieblas.

ALICE

Danny me guía por unas escaleras hacia una puerta. Hay un póster que anuncia la mesa redonda sobre *El baile del ahorcado* y una foto gigantesca de Russell Jones con aspecto de príncipe de cuento de hadas, el tipo de príncipe que mataría al dragón y besaría a la princesa con la sangre aún caliente en las mejillas.

Siento que el suelo tiembla justo cuando estiro la mano hacia el pomo de la puerta.

—Ostras —dice Danny. ¿Has notado eso?

Asiento, y el miedo se me agolpa en el pecho.

—Seguro que no es nada de lo que preocuparse —continúa Danny—. No como el año pasado.

«Nada de lo que preocuparse. Ya». De pronto, mis piernas cobran vida propia y cruzo la puerta a toda velocidad. Sé exactamente lo que veré: oscuridad y humo, el titilar de un foco destrozado, andamios caídos, mis amigas tiradas en el suelo sangrando.

Entro en la sala con el corazón martilleándome a lo loco en el pecho.

No parece haber sufrido el menor daño. No hay humo, ni foco aplastado. Es una sala del todo normal, llena de sillas y de *cosplayers*. Pero hay algo que no va bien. Se ha formado una aglomeración, y entre el cúmulo de piernas y zapatos, apenas alcanzo a distinguir a dos personas tumbadas en el suelo.

—¿Alice? —me llama Danny—. ¿Estás bien? Tienes cara de haber visto un fantasma.

Ojalá hubiera visto un puñetero fantasma. A un fantasma podría plantarle cara. No sé muy bien cómo, logro abrirme paso entre la multitud a pesar de que tengo la sensación de que están a punto de fallarme las piernas y de que soy incapaz de respirar con normalidad. En el centro de la multitud están Violet y Katie. Alguien ya las ha colocado en la posición lateral de seguridad, así que parece que se están echando una siesta en un lugar bastante inapropiado. Madre mía. Violet tenía razón, fue real. «¿Cómo va a ser verdad? Es un libro, una película. Es imposible que sea real»... pero recuerdo el accidente del año pasado en la Comic-Con como si fuera ayer. Recuerdo haberme despertado en el Coliseo.

La culpa me invade de inmediato, me llena de arrepentimiento y de odio hacia mí misma. Se me escapa un sollozo sonoro, por fin lista para quitarme la máscara.

«He llegado demasiado tarde».

CAPÍTULO 9

VIOLET

Oigo un ruido extraño, animal, a medio camino entre un rugido y un llanto. Una respiración caliente me inunda el oído. Trato de abrir los ojos, de mover las manos, pero es como si me hubieran desconectado el cerebro del cuerpo. Me pregunto si estoy soñando, si estoy atrapada en ese limbo entre el sueño y la vigilia. El olor a medicamentos aún persiste en mis fosas nasales, espeso como el humo... a lo mejor es que es humo. «¿Estoy soñando con fuego?». Oigo el extraño ruido animal de nuevo. Es alguien que tose.

La tos se convierte en una serie de palabras.

—Por favor, Vi, tienes que andar.

Reconozco la voz. «¿Katie?». Intento decirlo, pero no puedo mover la lengua.

—Pesas demasiado —me dice.

Está suplicándome... suplicándome y arrastrándome. Siento sus manos, afiladas como cuchillas, bajo mis axilas. Mi pie golpea algo puntiagudo. Una punzada de dolor me sube por la pantorrilla.

—¡Joder! —exclama, y vuelve a toser.

Consigo abrir los ojos. Me pican por culpa del humo y solo veo oscuridad. Oigo una especie de zumbido, el repiqueteo repetitivo de algo que gira sin control, el estallido del metal contra el metal: ruidos directamente sacados de mis pesadillas. Un foco parpadea en lo alto —una luz estroboscópica verde— y empiezo a identificar una maraña de patas de silla, el telón caído y el destello de los cristales rotos recortados contra los paneles oscuros, como un cielo nocturno.

Las sillas, el telón de fondo, el cristal... Estoy en la Comic-Con. La sala estaba llena de *cosplayers*, del *fandom*, pero ahora solo estamos Katie y yo. Esto me resulta extraño, incluso en este estado de confusión. Creo que esto también pasó la primera vez que cruzamos. Russell Jones y Julia Starling desaparecieron sin más... o, mejor dicho, nosotras desaparecimos.

Por fin caigo en la cuenta. «Me cago en la puta, lo hemos conseguido, hemos vuelto a cruzar». Empiezo a notar palpitaciones intensas, provocadas por la emoción o el terror, o tal vez por ambas cosas.

—Por Dios, Vi, ¿qué te ha dado por comer últimamente?

Katie me arrastra sobre otro bache. La sacudida y el subidón de adrenalina hacen que mi cuerpo entre en acción; los pies me responden de forma repentina y se alinean debajo de mí para poder soportar mi peso. Me doy la vuelta para que Katie pueda pasarme un brazo por la cintura y ambas nos tambaleamos hacia la puerta de incendios, tosiendo y dando tumbos, intentando no caernos.

Katie se apoya en el marco de la puerta y me mira a los ojos. Pese a la cortina de humo y al pánico, alcanzo a ver lo que está pensando: «No hay vuelta atrás».

Y juntas, abrimos la puerta.

ALICE

Estoy aturdida. Es como si me hubiera convertido en el maniquí que todo el mundo piensa que soy. Me quedo mirando a mis dos mejores amigas y lo único que consigo pensar es: «Yo también debería estar ahí».

Una voz se impone sobre el rumor de la multitud.

—¿Alice? ¿Alice? ¿Eres tú?

Miro a lo lejos con los ojos entornados y la vista nublada por las lágrimas. Timothy se dirige hacia mí dando grandes zancadas. Nunca lo había visto tan alterado.

—Uf, Alice, gracias a Dios que tú estás bien. No sé qué ha pasado, en serio, no tengo ni idea... —se queda callado.

Russell aparece a mi lado. Levanta la voz y habla con gravedad, como si estuviera interpretando un papel en una película.

—Hay una ambulancia en camino. Por favor, despejad la sala y no saquéis fotos.

Tiende la mano hacia un imitador de Thorn, que le entrega su móvil con una sonrisa avergonzada. Russell borra la imagen y se lo devuelve.

Los guardias de seguridad empiezan a echar a la gente y la multitud disminuye. Me arrodillo entre mis amigas y les acaricio las manos. La culpa me aplasta. Apenas puedo respirar.

«He llegado demasiado tarde».

Un par de brazos fuertes me rodean los hombros. Mi primer instinto es hundirme en ellos, pero mi cerebro racional se activa a toda prisa. «Alguien me está tocando y no sé quién es». Me doy la vuelta para enfrentarme a su dueño.

Es Russell.

Sonríe con expresión compasiva.

—Anime Alice, ¿cómo demonios es posible que haya vuelto a pasar algo así? ¡Pero si yo pensaba que todo ese rollo de la maldición de la Comic-Con era una broma!

Empieza a temblarme el labio inferior.

—Qué delicadeza... —oigo murmurar a Danny.

Russell se contiene.

—Vaya, lo siento mucho, soy un bocazas.

—No pasa nada —digo mientras intento ponerme de pie con algo de dignidad—. La verdad es que es una coincidencia tremenda.

Llegan los sanitarios, una mancha de uniformes verdes y movimientos precisos.

Danny me agarra del brazo y me acompaña hasta una silla cercana.

—Ven y siéntate antes de que te desmayes.

Dejo que me acomode en un asiento y me abrazo las rodillas para intentar que dejen de temblarme. Danny me dedica una sonrisa tranquilizadora y yo trato de devolverle el gesto, pero en este momento mi cara no responde como quiero. Los sanitarios atienden a mis mejores amigas colocándoles una máscara de oxígeno y comprobando sus constantes vitales. Al cabo de solo unos minutos, las cargan en sendas camillas y se las llevan. Tengo muchas cosas en que pensar, muchas cosas que dilucidar, pero le doy al botón de pausa de mi cerebro. Tengo que ir al hospital con ellas.

—¿Puedo ir en la ambulancia? —le pregunto a un sanitario.

Niega con la cabeza.

—Lo siento, tendrás que ir por tus propios medios.

Estoy tan impactada que ni siquiera se me ocurre sacar a relucir mis atributos femeninos y obrar mi magia. Me vuelvo hacia Danny.

—¿Qué hago?

Parezco una niña.

—Cogeremos un taxi. Iré contigo.

—Gracias.

Entonces interviene Russell.

—No te preocupes. Le pediré a mi chofer que te lleve al hospital.

—Yo también iré —repite Danny.

Russell le dedica una sonrisa perezosa.

—Lo siento, colega. Timothy también viene, así que el coche está lleno.

Danny me mira con expresión decidida, con la barba de Gandalf aún sujeta en la mano izquierda.

—Pues te veo allí.

Pero Russell ya me está guiando hacia la puerta.

—Tranquilo —le grito volviendo la cabeza por encima del hombro—. Luego te mando un mensaje.

No es hasta que llego al todoterreno de Russell cuando me doy cuenta de que no tengo el número de Danny.

El trayecto hasta el hospital es totalmente surrealista. Llamo a los padres de Violet y a los de Katie y les cuento lo que ha pasado. De alguna manera, me las ingenio para parecer serena; no me derrumbo ni siquiera cuando la madre de Violet empieza a llorar.

Seguimos a la ambulancia, así que avanzamos deprisa a pesar de que el tráfico se ha hecho más denso. La sirena y la luz azul parpadeante son lo único que refleja de verdad cómo me siento ahora mismo; todo lo demás parece muy tranquilo, como si fuera un día normal y mi mundo no se estuviera desmoronando, a pesar de que me arde la garganta y me duelen los ojos por el esfuerzo que tengo que hacer para contener el llanto.

Timothy mira su teléfono con nerviosismo cuando la pantalla se ilumina por millonésima vez en su mano (imagino que la prensa ya se ha enterado del segundo episodio de comas) y Russell no para de parlotear sobre no sé qué historias de Hollywood. Ojalá cerrara el pico de una vez.

—¿Alice? —dice—. ¿Alice?

—Perdona, ¿qué? —digo sin dejar de mirar por la ventanilla.

—¿Qué opinas, entonces?

—¿Sobre qué?

—Sobre cuándo vas a escribir el tercer libro. Como te iba diciendo, no me iría nada mal tener una tercera película a la vista.

«¡Imbécil! Es increíble que me gustara».

—La verdad es que ahora no es el momento —le espeto.

Él sonríe.

—Claro, lo siento, ha sido muy egoísta por mi parte. A veces soy un capullo.

—No pasa nada —contesto.

Timothy levanta la mirada del móvil.

—¿Quieres que llame a alguien?

—¿A quién?

Las tres personas más importantes de mi vida están inconscientes.

—¿A tus padres?

—¡Ja! —respondo.

—¿A tu... —titubea— ...hermana? ¿O a tu hermano?

—Soy hija única.

Me pasa un brazo por encima de los hombros y me estrecha contra su pecho prominente.

—Ya se despertaron una vez, y volverán a despertarse. Te lo prometo.

Timothy está siendo amable, y eso es algo que me sorprende. No es que sea una persona horrible ni nada por el estilo, es solo que siempre hemos tenido una relación estrictamente profesional. De repente se me ocurre que tal vez esté intentando colarse en mis bragas. Pero nunca me había dado esa sensación. Daba por hecho que era gay. Jamás me ha mirado las tetas. Ni una sola vez.

El coche aparca detrás de la ambulancia.

—Entraré en el hospital contigo —dice Timothy.

Habla casi como lo haría un padre... no como el mío, por supuesto, sino como un padre normal. Eso hace que se me llenen los ojos de lágrimas, y me da miedo contestar por si me pongo a soltar mocos a diestro y siniestro.

—No... no... gracias. Estaré bien —logro decir.

—Bueno, alguien tiene que acompañarte —dice Russell.

Por Dios, no. Lo último que necesito es a Russell contándome gilipolleces toda la tarde.

—Gracias, pero estaré con los padres de Violet. Estamos muy unidos, estaré bien.

Russell me ayuda a salir del coche y Timothy se inclina sobre el asiento para poder mirarme a los ojos.

—Mantenme informado, Alice. Puedes llamarme en cualquier momento. Lo digo en serio: en cualquier momento.

El coche se aleja y me quedo sola por completo en la puerta del hospital.

Por fin, rompo a llorar.

CAPÍTULO 10

ALICE

Violet y Katie yacen la una junto a la otra. Solo una cortina divisoria y varios equipos de monitorización se interponen entre ellas. No puedo evitar sentirme excluida. Joder, soy una zorra celosa. Me siento en el borde de la cama de Violet y jugueteo con un mechón de su pelo ultrasuave. Acaricio con un dedo su colgante de corazón partido y luego aprieto mi mitad con el mismo dedo. Las lágrimas se me acumulan en los ojos. Al menos ahora entiendo por qué estaba tan desesperada porque nunca escribiéramos un tercer libro. Quería que Nate conservara su final feliz. Tendría que haberla escuchado en la cafetería. No debería haber sido tan cobarde.

Me agacho para pasar bajo la cortina y me siento al lado de Katie un instante. Ella aceptó de inmediato ir a la Comic-Con, sin hacer preguntas. Santa Katie. Por eso a veces la trato mal; me hace quedar mal. Y lo peor de todo es... que adoro a esta irritante pelirroja de Liverpool. A pesar de que me da cien patadas en los ovarios, a pesar de que se pasa la vida haciéndole la pelota a Violet, la quiero de todas formas. Solo me gustaría que se fuera a tomar por saco a Liverpool de vez en cuando. Le acaricio la mejilla y suspiro.

—Más te vale estar cuidándola, Weasley.

Bueno, tal vez haya llegado demasiado tarde para acompañarlas, pero todavía puedo ayudarlas de una forma: puedo asegurarme de que nadie escriba ese tercer libro. Lo último que Violet necesita es que alguien vuelva a ponerle el «dis-» a la distopía (odio ese juego de palabras con todas mis fuerzas) mientras está atrapada en ese mundo.

Marco el número de Timothy, convencida de que puedo persuadirlo para que no ponga a otro autor al timón. Me salta el buzón de voz. Pues menos mal que podía llamarlo «en cualquier momento». Reprimo otra oleada de lágrimas, porque había creído que su amabilidad era sincera, y luego apago el teléfono, furiosa.

Me paso por la habitación de Nate. Parece tan tranquilo, ahí tumbado en su cama... Me siento a su lado y le cojo de la mano. Está claro que necesita que lo afeiten y, ahora que su hermana está en coma, me pregunto si las enfermeras me dejarán hacerlo a mí. En su mensaje Violet decía que iba a recuperar a Nate. Una de las últimas cosas que me dijo cuando me marché de la cafetería fue: «creamos un personaje nuevo». ¿De verdad hicimos que Nate cobrara vida en otro universo cuando escribimos su personaje? Parece una ridiculez, pero, aun así, recuerdo con total claridad haber llegado al Coliseo... Trago saliva con dificultad. Tengo que pensar en ello, tengo que dejar que mi mente regrese a ese lugar. Si no es por mí, que sea por mis amigas. Porque quizá todavía exista una manera de ayudarlas.

Cierro los ojos y dejo que esa semana extraña, aterradora y extraordinaria se reproduzca en mi cabeza como una película. Aún no me creo que me tirara a Willow. Es decir, en primer lugar, ¡me tiré a Willow! Pero, en segundo lugar, hacerles eso a mis amigas fue una verdadera putada. Violet tenía razón, fue una traición. No habría sido de extrañar que aquello hubiera desviado el canon por completo y nos hubiese impedido volver a casa, pero no creo que en ese momento me importara. Era maravilloso encajar, no tener la sensación de que todo el mundo me estaba reprochando en silencio el tamaño de mis tetas o la longitud de mi falda. Era maravilloso sentir que formaba parte de algo.

Y Willow era tan bueno y cariñoso...

Me tapo la cara con las manos y me echo a llorar.

Hay cosas que aún no estoy lista para recordar.

Una voz me sobresalta.

—Sí, lo sé, es una pena. —Levanto la mirada y veo a un enfermero. Ni siquiera lo había oído entrar en la habitación. Me seco las lágrimas, avergonzada por haber ofrecido otro espectáculo público de lágrimas, pero al enfermero no parece importarle y me mira con expresión compasiva—. ¿Lo conocías bien? —pregunta.

Asiento con la cabeza.

—¿Vas a estar presente?

No sé de qué está hablando, pero le sigo la corriente.

—Sí, por supuesto.

—Ah, eso está muy bien, sobre todo ahora que su hermana no puede estar.

—Es lo que Violet querría —digo.

Una sonrisa de resignación triste se le asoma a los labios.

—Pensé que a lo mejor lo posponían, por eso de que la mayor también ha entrado en coma, pero han insistido.

Asiento como si supiera adónde quiere llegar.

Se agacha y le acaricia la mano a Nate.

—Se me rompe el corazón, desde luego. Pero así al menos podréis llorarlo.

De repente me doy cuenta de lo que quiere decir, y es como si me hubieran dado una patada en la tráquea. Van a desconectar a Nate.

—¿Podrías recordarme para cuándo está programado? —pregunto.

—Para el miércoles.

Llegan los padres de Violet.

Su padre, Adam, me abraza.

—Alice, cariño, gracias por venir.

Huele a salsa de carne y especias añejas. Creo que así es como se supone que huele un padre de verdad.

Después, la madre de Violet se abalanza sobre mí y me da un abrazo que parece casi rabioso. Lo más probable es que esté cabreada. ¿Por qué tienen que estar sus hijos en una cama de hospital mientras yo me paseo ilesa por ahí?

—Señora Miller, lo siento mucho —consigo decir.

No la llamo señora Miller desde que tenía cuatro años. Le gusta que la llame Jane. Pero es fácil dejarse arrastrar hacia el modo infantil cuando una madre encantadora y vestida con un jersey te envuelve en un abrazo.

—Ay, Alice, cariño, ¿qué ha pasado? —pregunta.

Me trago la culpa.

—No lo sé, yo no estaba.

Está de pie junto a la cama de Violet, las lágrimas le ruedan por la cara.

—Me envió un mensaje diciéndome que iba a ir a la Comic-Con —añado—. Fui, pero llegué demasiado tarde.

—¿Por qué iba a ir a la Comic-Con? —me pregunta Jane—. Después de lo que pasó la última vez, ¿en qué estaba pensando?

Quiero contarle que *El baile del ahorcado* es real, que Nate está atrapado allí, que Timothy quiere que escribamos el tercer libro. Creo que estoy a punto de hacerlo, pero en ese momento una médica entra en la habitación. Habla con Jane y Adam en voz baja y resulta evidente que no quiere que la escuche, así que me dirijo a la sala de espera. Está vacía. Enciendo el calentador de agua y me siento a la mesa.

El tictac del reloj rebota en las superficies duras hasta parecer un martillo. La soledad es algo peligroso cuando tus propios pensamientos te aterrorizan. Cierro los ojos y, de nuevo, permito que el tiempo que pasé en *El baile del ahorcado* se reproduzca en mi cabeza. Willow y yo nos acostamos, y Violet nos sorprendió. A saber cómo trepó a aquel árbol; cuando estábamos en sexto de primaria, le dio un tirón en un músculo al levantar su mochila, pero el caso es que nos sorprendió, y menudo cabreo se pilló.

Y a la mañana siguiente... Me duele la garganta solo de pensar en ello. A la mañana siguiente, Willow me sentó y me dijo que no me quería. No podía quererme porque estaba enamorado de otra persona. Supe a quién se refería, por supuesto. A Rose. A Violet. A mi mejor amiga. Incluso en un mundo en el que encajaba a la perfección, seguía sin ser más que un envoltorio bonito.

Jane entra en la sala con la cara toda hinchada y surcada de lágrimas.

—Han llegado los padres de Katie —anuncia—. Están destrozados, y no me sorprende. Les he dicho que les prepararía una taza de té.

Me enjugo los ojos.

—Yo me encargo.

Pero me aparta con un gesto de la mano.

—Tú ya has tenido bastante por hoy. Y además, ahora mismo necesito hacer de madre.

De eso es de lo que Jane no se da cuenta: ella siempre es madre, no podría dejar de ser madre aunque lo intentara, es algo que está cosido a las costuras de su ser. Al contrario que en el caso de mi madre, que se lo prueba de vez en cuando, como uno de sus modelitos.

Jane mete unas rebanadas de pan en la tostadora.

—Estás de suerte, tienen de semillas.

Sabe que es el que más me gusta. Escuchamos el zumbido de la tostadora, el tictac del reloj y, de nuevo, me planteo contarle lo de *El baile del ahorcado*, que Nate está vivo y atrapado allí. Pero las tostadas saltan e interrumpen el hilo de mis pensamientos.

Jane agarra las tostadas y empieza a untarlas de mantequilla como si le fuera la vida en ello. Se detiene solo el tiempo suficiente para decir:

—No puedo creerme que haya vuelto a pasar lo mismo.

—Parece un poco desquiciada—. Está ocurriendo algo demencial, Alice. A lo mejor es verdad lo de que se trata de algún tipo de maldición.

Me pasa una tostada y luego se saca una nota del bolsillo. Está escrita con la letra de Violet, y verla hace que me entren ganas de volver a echarme a llorar.

Mamá y papá:

Pase lo que pase, por favor, cumplid la promesa que me hicisteis. La receta de la tarta está en mi carpeta plateada, en el armario de encima del hervidor de agua.

Con todo mi amor,
Violet.

Jane se sienta a la mesa frente a mí, se inclina hacia delante y reduce su voz a un susurro:

—Es como si supiera que iba a entrar en coma. —Se endereza y suelta una carcajada histérica—. Pero eso es una absoluta locura, ¿no?

Me quedo callada, no sé muy bien qué responder. Al final, pregunto:

—¿Qué promesa?

—Ay, Alice. No me atrevo a decírtelo. Pensarás que soy horrible.

Extiendo un brazo por encima de la mesa y le doy un apretón en la mano.

—Te refieres a lo de Nate. Acaban de decírmelo.

Me mira, con la cara desfigurada por la vergüenza.

—¿Y no estás enfadada?

Empiezo a comerme la tostada, porque lo cierto es que estoy enfadada. Estoy que echo humo. ¿Cómo se les puede haber siquiera pasado por la cabeza la idea de desconectar a Nate? Pero Jane parece desolada, y no soportaría hundirla aún más cuando ya está arrasada.

—¿Por qué ahora? —es lo único que atino a decir.

—Vamos a liberarlo.

No sé qué decir, así que sigo comiéndome la tostada. De pronto desearía que estuviera untada en mermelada o chocolate, solo para deshacerme de este sabor amargo.

—¿No estás enfadada? —repite ella.

Niego con la cabeza y Jane parece relajarse un poco.

—Violet se enfadó muchísimo —dice—. La dejó destrozada. No puedo dejar de pensar que tal vez haya sido la conmoción lo que ha hecho que vuelva a entrar en coma. —Se le rompe la voz—. Pero supongo que eso no explica lo de Katie.

—¿Qué dijo Violet? —pregunto.

—Empezó a decir que podía hacer que Nate volviera. Nos suplicó que le diéramos más tiempo y accedimos a darle solo unos cuantos días, hasta el cumpleaños de su hermano, porque quería prepararle su tarta favorita. A esa promesa es a la que se refería en la nota.

—¿Y vas a concederle más tiempo ahora? ¿Podrías esperar hasta que Violet se despierte?

—No puedo —responde—, soy sencillamente incapaz. No espero que lo entiendas, pero necesitamos hacerlo ya. Verlo así a diario está acabando conmigo.

—Lo siento —digo como un robot.

No agradece mi disculpa, tal vez porque ha sonado muy plana. En vez de eso, se desploma en la silla que hay a mi lado.

—¿Qué quiso decir con que podía hacer que Nate volviera?

—No lo sé —respondo.

Se saca el iPhone de Violet del bolsillo.

—Los médicos me han dado esto. ¿Te sabes la clave? —me pregunta—. Quizá si pudiera leer sus mensajes...

—Lo siento, no me la sé.

Exhala un suspiro largo y lento.

—Iré a avisar a los padres de Katie de que hay té y tostadas.

Me deja sola en la cocina. Y lo que es aún más importante, me deja sola con el teléfono.

He mentido al decirle que no me sabía la clave del móvil de Violet. Como ya he dicho, a veces las mentiras son buenas. Es mi mejor amiga, ¡por supuesto que me sé su clave! Introduzco el número a toda prisa: 050710. Es la fecha en que Nate ganó su primer premio de ciencias. Aleatorio para todos los demás, pero, para Violet, fue uno de sus momentos de mayor orgullo. Me contó que esa fue la primera vez que se dio cuenta de que su hermano era un genio. Ella se había ofrecido a ayudarlo, pero al final se pasó toda la noche sin hacer más que pasarle la pistola de silicona. Siento una punzada de algo en el corazón. ¿Arrepentimiento? ¿Culpa? ¿Celos? No sé qué es, pero, joder, cómo duele.

Les echo un vistazo a sus mensajes antiguos. Aburridos. El móvil recuerda su contraseña, así que reviso sus correos electrónicos a toda prisa. Aburridos. Paso a su historial web. Ostras, es aburrida con avaricia. Ni una sola página sórdida. Oigo pasos que se acercan por el pasillo. Abro sus álbumes de fotos. La última foto que hizo es muy extraña... Entorno los ojos... y veo una especie de círculo. Distingo vellos rubios y una textura como de piel bajo la tinta, así que deduzco que es un primer plano de un tatuaje. Me acerco la pantalla a la cara. Una rata mordiéndose su propia cola. «Esto ya no es tan aburrido».

Vuelvo a dejar el teléfono en la mesa justo antes de que aparezcan Jane y Adam.

Adam me pone delante una taza de té. Se ha enfriado un poco, pero me lo bebo de todas formas. Repetimos prácticamente la misma conversación que antes. Hablamos de la Comic-Con, de Nate, de que no pueden por menos que desconectarlo. Empiezo a sentirme aturdida de nuevo.

Justo cuando estoy a punto de marcharme, Adam dice algo interesante:

—Violet nos dijo algo de una marca en el brazo de Nate. Le hemos echado un vistazo rápido y no hemos visto nada fuera de lo normal. ¿Sabes a qué se refería? Creo que solo lo dijo porque estaba muy disgustada.

Le contesto que no con la cabeza. Y esta vez, no estoy mintiendo, no sé a qué se refería Violet.

Pero voy a averiguarlo.

CAPÍTULO 11

VIOLET

La puerta de incendios se cierra de golpe a nuestra espalda. Al principio, solo noto la ausencia de cosas: del ruido, del olor a medicamentos, de la sensación de aplastamiento. Luego, de repente, el hedor a pájaro en descomposición me abofetea, el aire frío me azota la piel y un vasto cielo incoloro se cierne en las alturas hasta fundirse con el gris de la piedra y el hormigón.

Hemos llegado al Londres de los impes.

—Ha funcionado —susurro.

Oigo la voz de Katie de fondo, aguda y desorientada, disparando una pregunta tras otra como si yo tuviera las respuestas. Me aíslo de ella y avanzo a trompicones para intentar absorberlo todo. Los tejados irregulares, los ladrillos desmoronados que asoman entre una masa de cardos, el hormigón que intenta atravesarme las suelas de los zapatos. Pero hay algo que no va bien. Por encima del retumbar de mi propio pulso, del zumbido de mis oídos, oigo vítores, bramidos... el estruendo de una multitud enfurecida.

Hace que se me revuelvan las entrañas.

—¿Oyes eso? —le pregunto a Katie.

Asiente.

—Pero me llega el olor del río. Está claro que estamos a kilómetros de distancia del Coliseo. —Da una vuelta sobre sí misma y luego deja escapar un grito ahogado y se agarra a mi brazo con tanta fuerza que me hace daño—. Mira.

Sigo la dirección de su mirada. La iglesia se yergue alta y orgullosa, renacida de las cenizas como si de un extraño fénix de piedra se tratara.

Katie me aprieta aún más el brazo.

—La vi arder hasta los cimientos. ¿Cómo es que sigue en pie?

No solo está en pie, sino que la han restaurado, tal como Alice y yo escribimos en *El baile del rebelde*. Han sustituido el polietileno de las ventanas por cristal y han tapado con tejas los agujeros del techo; la aguja sigue elevándose hacia el cielo, desesperada por alcanzar el sol de una vez y liberar algo de color. Me quedo boquiabierta y, durante un instante, el asombro se impone a la adrenalina de haber conseguido cruzar. Sabía que *El baile del rebelde* cambiaría su mundo, pero verlo en persona es fascinante.

—¿Violet? —me llama Katie.

—El bucle infinito —respondo al fin.

—¿Qué bucle?

Me obligo a mover los labios pese a que se me han entumecido.

—Los impes y los gemas estaban atrapados en un bucle temporal en el que la historia de *El baile del ahorcado* volvía al principio cada vez que terminaba, y así eternamente. Solo unos cuantos gemas eran capaces de recordarlo, como el presidente, o Baba. Por eso nos trajeron la primera vez, para que regresáramos a nuestra Tierra y escribiéramos la secuela.

—Y rompierais el bucle infinito —dice ella.

Asiento con la cabeza.

—Cuando volvimos a casa, el bucle se reinició. En lo que respecta a todas las personas de este mundo, nosotras nunca hemos existido y Rose murió en la horca como se suponía que debía hacerlo. Y la iglesia, esta iglesia —la señalo con una mano temblorosa— nunca se ha quemado hasta los cimientos.

—¿Y qué pasa con *El baile del rebelde*? ¿Eso sucedió?

—Por lo que me dijo Baba, parece que sí. Así que... esto es el después. Una historia nueva.

—Territorio desconocido —dice Katie, e intercambiamos una mirada de nerviosismo.

Katie entorna los ojos, como hace siempre que se está concentrando.

—Un bucle infinito... como la rata del brazo de Nate. No se me había ocurrido antes porque estaba demasiado cagada, pero es como una versión del uróboros, la serpiente que se come su propia cola. Lo estudiamos en cultura clásica el año pasado. Significa lo infinito, un bucle constante. —Se vuelve hacia mí—. ¿Crees que tienen alguna relación?

Estoy a punto de contestar, con un nudo de ansiedad en el pecho, cuando el caótico estruendo de la multitud distante converge en cuatro duras palabras. Un cántico cada vez más intenso que me infunde terror en el corazón.

«MATA A LOS TRAIDORES... MATA A LOS TRAIDORES... MATA A LOS TRAIDORES...».

Katie abre los ojos de par en par a causa del miedo.

—Es como si estuvieran a celebrando una ejecución.

Antes de que pueda responder, antes de que tenga siquiera tiempo de pensarlo, se me empiezan a mover las piernas; corren lo más rápido que pueden, aporrean el hormigón una y otra vez y me transportan hacia ese cántico terrible.

—Violet, espera —grita Katie a pleno pulmón, y oigo el golpeteo de sus pasos a mi espalda—. Se supone que debemos escapar de la muerte, no ir hacia ella.

Pero no le hago caso y vuelo por el hormigón, salto por encima de piedras y escombros mientras el aire frío del río se me coagula en los pulmones. «El bucle infinito». De repente sé dónde he visto antes esa marca, la del brazo de Nate. Recuerdo la voz nasal del presidente Stoneback: «Un ciclo interminable. Un bucle infinito». El presidente tenía la marca en el brazo.

—Violet, por favor —jadea Katie—. ¿Qué está pasando?

—Es Nate —respondo a pesar de que me duele la garganta y de que ese cántico cada vez más penetrante me martillea la cabeza—. El traidor es Nate.

ALICE

Me apoyo en la barra amarilla del metro. Y esta vez la necesito de verdad. No creo que pudiera mantenerme en pie de otra forma. Una señora mayor me pregunta si estoy bien. Sonrío y contesto:

—Sí, gracias. Estoy bien.

Y como llevo ropa de Gucci y no cabe duda de que estoy exfoliada, la mujer me cree.

Mi madre me está esperando cuando llego a casa. Debe de haberse enterado de la noticia a través de sus amigas del gimnasio. Se ha saltado su clase de *spinning* por mí, y eso me arranca una sonrisa. De mi padre no hay ni rastro. También debe de haberse enterado de la noticia.

—¿Estás bien? —me pregunta.

Hago un gesto de asentimiento.

—He intentado llamarte, pero tenías el teléfono apagado.

—No me apetecía hablar con la prensa —digo.

Me pasa un dedo helado por debajo de los ojos.

—Se te ha corrido la máscara de pestañas. Ve a lavarte la cara y después comeremos algo aunque sea tarde.

—He comido tostadas.

—¡Carbohidratos! —Pronuncia la palabra como si fuera un pecado—. Estoy preparando salmón con espárragos.

La verdad es que no tengo ganas de comer, pero es tan raro que mi madre cocine que siento cierta curiosidad.

—De acuerdo. Gracias.

Me cambio de ropa y me lavo la cara. Notar la frescura del agua en la piel me espabila un poco, y de repente siento la necesidad de encender el móvil y comprobar si lo de que mi madre me ha llamado es verdad (mi madre nunca me llama). Resulta que es cierto, y eso me hace feliz. Muy feliz. Feliz nivel cuando Daddy Warbuck elige a Annie la huerfanita. La recompenso poniéndome un vestido de tirantes. Adora que me esfuerce.

Vuelvo a coger el móvil con la esperanza de poder rastrear a Danny en las redes sociales. Quiero darle las gracias y, para ser del todo sincera, quiero volver a hablar con él. He notado que tenía algo que me resultaba familiar, algo que me tranquilizaba. Pero los pensamientos sobre Danny desaparecen de inmediato cuando veo cuántas notificaciones tengo. Hay un montón de tuits y de mensajes de Facebook. Instagram se ha vuelto loco. Está claro que el mundo ya ha oído hablar de la maldición de la Comic-Con. Sé que me convendría leerlos cuando me sienta más fuerte, pero me puede la curiosidad. Me siento en el borde de mi cama y me sumerjo en el mundo de las redes sociales. A veces me da la sensación de que es como saltar a un río sin fondo, de que, si no tengo cuidado, jamás volveré a salir a la superficie.

Son sobre todo condolencias. Buenos deseos y cariño que los fans de *El baile del rebelde* me piden que le transmita a Violet. En algunos de los mensajes me preguntan si estoy bien. Pienso en tuitear rápidamente que (sí, lo has adivinado) estoy bien. Pero un tuit de alguien llamado @rosaeterna me llama la atención.

Tienes competencia, @animealice ☺

#fandalismo #fanboy #revolucióngema

Revolución gema. Dos palabras que, combinadas, hacen que se me pare el corazón.

Clico en la etiqueta de fanboy. Es un escritor de *fanfic* de *El baile del ahorcado* que se autodenomina «Fanboy» a secas. Tiene una página web sobre *fanfic*: «Fandalismo». Otro «fan-tástico» juego de palabras... Y resulta que, quienquiera que sea @rosaeterna, tenía razón. Es verdad que tengo competencia. Los tuits sobre su nueva página parecen no tener fin. Y según el *fandom*, a Fanboy no le da miedo escribir una auténtica distopía.

Hago clic en el enlace que me para el corazón. Fandalismo. Me lleva a una página de *fanfic* con algunos de los mejores gráficos que he visto en mi vida. Dibujos animados de Nate, Ash y Thorn, todos ellos con los ojos grandes y la barbilla puntiaguda. Además, un marco angular de alambre de espino envuelve el texto en una atmósfera de peligro. Hace tiempo que no escribo ningún *fanfic*, pero cuando lo hacía, nunca tenía esta apariencia. Ahora me preocupa un poco leerlo. Si la escritura se parece en lo más mínimo a los gráficos, Anime Alice está a punto de quedar como el puto culo. Trago saliva y me recuerdo que soy yo la que ha escrito un superventas internacional, no él.

Ojeo la página web. Lleva unas dos semanas publicando. Por lo que veo, sube una entrada nueva cada día, así que está haciendo que el tiempo real se corresponda con el paso del tiempo en el mundo de *El baile del ahorcado*. Inteligente. Le echo un vistazo a la última publicación. Está bien escrita, eso no puede discutirse, pero no es deslumbrante como los gráficos. Aun así, en cuestión de minutos estoy enganchada. No cabe duda de que sabe cómo mantener la tensión.

Está ambientada después de *El baile del rebelde*. Es como una especie de secuela *fanfic* narrada en entregas diarias.

—Alice, la comida está lista —me grita mi madre por la escalera.

—Tranquila, mamá, ya me la calentaré luego —respondo también a voces.

Voy a tener que leerme esto desde el principio, porque tengo la horrible sensación de que tiene algo que ver con que Violet y Katie estén en coma.

Clico en el primer post.

Nate se detuvo junto al grupo de rebeldes. Ellos lo miraron y se echaron a reír.

—¿Qué? ¿No vas a hacer los cálculos mentales solo para impresionar a Thorn? —se burló uno de ellos.

Nate se marchó.

Ya se lo demostraría, pensó. Algún día, les demostraría a todos lo que era capaz de hacer.

Continúo leyendo las entradas de las dos semanas siguientes, cautivada por la maestría con que Fanboy refleja la imparable espiral descendente de Nate. Comienza siendo nuestro Nate, el Nate que describimos en *El baile del rebelde*, el Nate que conocemos y queremos, pero poco a poco va transformándose en una sombra de sí mismo, amargada y solitaria. Muy hábilmente, Fanboy utiliza la sensación de aislamiento y de ser diferente de Nate como motivación para que termine contactando con Howard Stoneback —el sobrino del antiguo presidente— y traicionando a los suyos. Me provoca un escalofrío, porque me identifico por completo con él.

A medida que voy avanzando por las entradas, el número de «me gustas» y de veces que se han compartido aumenta de forma espectacular. Comienzan siendo decenas, saltan de forma precipitada a las centenas y llegan a las decenas de miles. Ha estado ocupado, el tal Fanboy.

Entonces, una publicación de hace unos días me deja sin aliento. O, siendo más concreta, el gráfico me deja sin aliento. Es la rata del teléfono de Violet.

Leo el texto que la acompaña:

Howard apartó el sello del brazo de Nate. Sobre la piel de este quedó plasmado un punto minúsculo.

—Este es el símbolo del Taleter, Nate —dijo Howard, que le entregó a Nate una lupa—. Es una rata que se traga su propia cola.

—¿Por qué una rata? —preguntó Nate—. Una serpiente tendría más sentido. El uróboros simboliza lo infinito y el crecimiento.

Howard sonrió.

—Lo diseñó el presidente, mi tío. Cuando era niño, le encantaba cazar alimañas para torturarlas. Siempre le han fascinado la biología básica y los mecanismos del dolor.

Nate contuvo el impulso de llamar sádico al presidente.

—El caso es —continuó Howard— que le gustaba que estuvieran vivas, porque torturar cadáveres le resultaba poco atractivo. Así que inventó una trampa que, cuando una rata entraba en ella, se cerraba y la dejaba encerrada en su interior, ilesa. Una vez, mi tío se marchó de vacaciones durante varias semanas y, a su regreso, las trampas estaban llenas de ratas. —Se quedó callado—. Todas estaban muertas, por supuesto.

—Y se habían comido su propia cola —concluyó Nate.

Tenía la fastidiosa costumbre de poner el punto final a las anécdotas de los demás, pero a Howard no pareció importarle.

Nate siempre se había fijado en que los gemas se sentían menos amenazados por la inteligencia que por los impes.

—Muy bien, Nate —dijo Howard—. Impulsadas por el hambre, el pánico o a saber qué. Pero todas ellas murieron con la cola sujeta entre los dientes o arrancada a mordiscos.

—Deja que lo adivine, ¿los impes son las ratas?

—Desde luego. Si mantienes a una rata con vida, se roerá su propia cola y terminará muriendo de todos modos. Una muerte rápida es mucho más compasiva. Y ese es nuestro principal objetivo, Nate: la rápida eliminación de las alimañas. Para siempre.

—Pero solo se comen la cola si están atrapadas —apostilló Nate.

Howard esbozó una sonrisa arrogante.

—Creo que sabes tan bien como yo que no son los gemas los que tienen atrapados a los impes, que no es una muralla lo que los sitia. Es la sangre de su sangre, la carne de su carne, la que los mantiene encerrados. —Clavó en Nate una mirada prolongada y dura—. Sin ánimo de ofender.

Nate sonrió. No se había ofendido ni por asomo.

—O sea que ahora que soy un Taleter, ¿soy uno de los vuestros?

Howard asintió.

—Es lo más cerca que puedes llegar a estar de ser uno de los nuestros, genética mediante.

La marca que ha mencionado Adam. El tatuaje del teléfono de Violet. Apuesto a que está en el brazo de Nate, en el hospital. Cojones. Cojones. Cojones. Unos cojones grandes, gordos y peludos. Ni siquiera tendríamos que habernos preocupado por el tercer libro. El problema son los *fanfics*.

Sin saberlo, Fanboy está cambiando el universo de *El baile del ahorcado*.

CAPÍTULO 12

VIOLET

El río aparece en nuestro campo de visión destellando como mil hojas de metal bajo la luz vespertina. Nos deslizamos por una colina y llegamos a un afloramiento rocoso que bordea una orilla encenagada. Más abajo, un multitudinario círculo de impes escupe esas cuatro odiosas palabras.

«MATAD A LOS TRAIDORES».

Y es entonces cuando veo la atracción principal de este espectáculo enfermizo: tres postes que se elevan hacia el cielo. Hasta el último músculo de mi cuerpo se solidifica y me convierto en piedra: pesada, fría y a punto de romperme. Había previsto la horca, por supuesto que me la esperaba. Me había imaginado una cuerda colgada de un puente elevado o balanceándose de una farola, como el péndulo de un reloj de pared que marca los segundos que faltan para la muerte, pero lo que me encuentro es aún más horrible. Los postes sobresalen de un gigantesco nido de madera; una manta de leña rematada con manojos de palos, con troncos y muebles rotos.

Creo que voy a vomitar.

Porque hay personas atadas a esos postes.

Primero veo sus pies, tres pares: sucios y desnudos por completo, con fragmentos de madera horadando la carne, rasgando la piel y chorreando sangre. «Serán lo primero en arder», pienso. Mi mirada sigue el camino que sé que tomarán las llamas y recorre los cuerpos hasta los rostros aterrorizados.

«Nate no es uno de ellos».

El alivio parece anegar todo mi cuerpo. Gracias a Dios, mi hermano no está a punto de morir quemado.

Pero todo consuelo es efímero.

Conozco esas caras. Saskia y Matthew. Los rebeldes que nos ayudaron la última vez que estuvimos aquí.

Y ligeramente por encima de ellos, expuesta en el centro como un premio...

Baba.

ALICE

Estoy tumbada en mi cama, con el móvil aferrado en una mano. Apenas soy consciente de que la voz de mi madre me llega desde la escalera con la cantinela del puñetero salmón.

La ignoro y leo la entrada de ayer.

Nate se detuvo en seco. Había captado un zumbido suave y metálico tras una pared. Tal vez hubiera sido el rasguñar de un gato o de un ratón hambriento, pero su cerebro estaba muy alerta. En parte porque acababa de regresar de la tierra de nadie, el territorio interior que, literalmente hablando, separa a los impes de la extinción, y en parte porque acababa de reunirse con Howard Stoneback. Si Thorn se enteraba, lo mataría sin dudarlo. Nate decidió echar un vistazo al otro lado de la pared de ladrillos.

Hizo bien en comprobar de qué se trataba. Porque no era ni un gato ni un ratón. Era Baba, apoltronada en su silla aerodeslizadora, la expresión de su rostro inusualmente dura.

—Oh, Nate, ¿cómo has podido? —susurró.

—¿Cómo lo has sabido? —preguntó el chico—. Howard me ha dicho que tus poderes están obsoletos en los últimos tiempos.

Ella sonrió.

—Ya no puedo ver el futuro, eso es cierto. Pero todavía te oigo, Nate. Tenemos un vínculo que nadie puede romper.

Si el corazón no me estuviera ardiendo en el pecho, me echaría a reír. «¿"Apoltronada"? ¿"Tus poderes están obsoletos en los últimos tiempos"?». Quienquiera que sea este Fanboy, está claro que es un carcamal. Ningún adolescente con un mínimo de dignidad hablaría así.

Llego a la última entrada del blog Fandalismo, publicada esta mañana. Se me entrecorta la respiración. Si mi teoría es correcta, si es verdad que Fanboy está influyendo en el mundo de *El baile del ahorcado*, entonces Violet y Katie han aterrizado justo en medio de todo esto. Leo en diagonal hasta llegar a la parte dramática. ¡Y vaya drama!

—Hay un traidor en el rebaño, y pienso encontrarlo.

La voz de Thorn era grave y tranquila. Una advertencia, tal vez.

A Nate había empezado a preocuparle que quizá Thorn hubiera mandado marcharse a Ash y a Willow por una razón. Tal vez Thorn quisiera tener carta blanca.

Nate respiró hondo varias veces. «No tiene forma alguna de relacionarlo conmigo —se dijo—. Tú mantén la calma».

Pero Thorn lo miraba fijamente, echando demonios por los ojos.

—Las tuberías de agua no estallan porque sí. ¿Quién lo sabía? ¿Quién sabía que el nuevo sistema de agua de la ciudad iba a instalarse esta mañana, quién podría haber filtrado la información?

—¿No podría haber llegado desde el otro lado? —contestó Baba—. Desde el lado de los gemas.

Thorn hizo caso omiso de la anciana y sonrió a Nate.

—Te has olvidado de lo desarrollado que está el sentido del olfato de los gemas, Nate. Has secado bien tu ropa, pero el hedor del río se aferra a ella como la muerte. Y eso hace que me pregunte: ¿qué podría haberte llevado a cruzar el río? ¿Qué hay en la tierra de nadie?

Nate se quedó boquiabierto, el corazón le latía más deprisa de lo que jamás habría imaginado que fuera posible.

—Me estaba siguiendo —intervino Baba.

Thorn rompió a reír.

—¿Esperas que me crea que has cruzado el río con tu silla, anciana?

—Por supuesto que no —respondió Baba—. He pagado a un par de impes para que me cruzaran en una barca.

—¿Y por qué me lo cuentas? —inquirió Thorn.

—Porque no quiero que Nate muera —contestó la mujer.

Ella sabía que Nate era culpable. Y estaba mintiendo por él—.

No quiero que muera.

Y esa era la única verdad que había dicho, y la dijo sin dudarlo ni un momento, sin titubear, aunque eso significara su ejecución.

VIOLET

Mi mirada se detiene sobre la cara de Baba más tiempo del que puedo soportar. Es tal como la recuerdo: la piel suave y pastosa, la boca amable. Pero hay algo que me horripila. Le veo los ojos. Verde manzana. No tiene párpados.

Se los han rebanado por completo.

Me llevo las manos a la cara a toda velocidad, horrorizada.

—Baba —susurro.

Saskia comienza a gritar, sus palabras apenas audibles por encima del tumulto.

—Por favor, no hemos hecho nada malo.

El viento cambia de dirección y le aparta el pelo canoso de la cara. Su mancha granate parece un borrón de hollín, como si el fuego ya hubiera comenzado.

—Tenéis que creernos —grita Matthew, cuyas amables facciones están embadurnadas de sangre.

Siento una oleada de cariño hacia ambos, no me olvido de que me salvaron la última vez que estuvimos aquí. Ya estoy a punto de moverme, a punto de deslizarme orilla abajo, cuando siento una especie de puñalada en los ojos. Creo que es posible que me haya caído de bruces; las manos preocupadas de Katie revolotean alrededor de mi cara. Parpadeo. Me aprieto los párpados con los dedos. La luz parece multiplicarse por diez para deslumbrarme.

Aun a pesar de la agonía, sé que es Baba. Oigo su voz en mi cabeza.

«Florecilla, has venido. Gracias».

El eco de su voz casi me destroza. Pero trago saliva con la boca seca, me froto los ojos y el dolor se reduce a una leve molestia. Me pongo de pie, vacilante. Oigo que Katie me pregunta si estoy bien, pero no le presto atención. Necesito concentrarme en la fusión de mentes. Miro a Baba con fijeza, estabilizo mi respiración y me concentro en formar palabras silenciosas.

—¿Qué está pasando, Baba?

Juro que las comisuras de su boca se curvan en la más leve de las sonrisas al escuchar mi voz.

—Me temo que mi historia acaba aquí —dice—, cuando la tuya, por lo que se ve, acaba de empezar.

Las lágrimas me humedecen las mejillas.

—¿Por qué van a matarte los impes?

—Es Thorn. Ya no confía en nadie, y mucho menos en una vieja adivina que técnicamente es gema.

Escudriño la multitud en busca de los demás miembros de la alianza impe-gema de Londres.

¿Dónde está Ash? ¿Dónde está Willow? Ellos nunca permitirían que ocurriera algo así.

—Thorn se ha asegurado de quitárselos de encima. —Debe de sentir mi pánico, porque enseguida agrega—: No te preocupes, hija mía. Están a salvo.

Un resuello estentóreo escapa de los labios de Katie y rompe mi concentración y mi vínculo con Baba. Thorn aparece por detrás de una fila de impes. Él también es justo como lo recordaba: la piel oscura y brillante; el pelo negro, negrísimo. Sin embargo, hace tiempo que el parche ya no está. Alice y yo lo eliminamos: una vez que se firmó el tratado impe-gema en *El baile del rebelde*, ya no quedaba razón alguna para ocultar que está mejorado genéticamente. La multitud guarda silencio al verlo.

Thorn alza la voz de tal manera que parece que, en lugar de uno, son diez hombres los que hablan.

—La adivina Baba ha sido juzgada ante un jurado formado por sus iguales, y la declararon culpable del delito de traición.

—¡Y una mierda! —grita Saskia—. Baba jamás traicionaría a los impes y lo sabes.

Thorn esboza una sonrisa larga y lenta.

—Vendió secretos impes a los gemas. Tengo una confesión... y un testigo.

Miro a Baba. El verde de sus ojos hace que se me constriña la garganta.

—¿Una confesión? —le pregunto.

—Era o Nate o yo —responde ella.

Y sin ningún tipo de advertencia ni presentación, Nate aparece por detrás de los otros impes. Me da un vuelco el corazón. Tiene exactamente el mismo aspecto que mi hermano pequeño. Pero no el de mi hermano pequeño de cuando estuvimos aquí por última vez, sino el de mi hermano ahora. Es el joven Nate a punto de cumplir dieciséis años. Y me doy cuenta de que mi representación interna de Nate es la de un niño congelado en el tiempo. Es extraño ver esta versión de más edad. Tiene los mismos pómulos angulosos, el mismo cabello rubio oscuro y enmarañado y la misma expresión en los ojos, como si acabara de parar de reírse o estuviera a punto de empezar a hacerlo. Pero ahora es más alto, mucho más alto que yo; su apariencia es menos la de un niño que la de un hombre. Una oleada de alegría me sube por la garganta, me infecta la cara y arquea mis labios en una estúpida sonrisa.

—¡Nate! —grito.

Su nombre escapa de mi boca antes de que pueda contenerme, y empiezo a resbalar orilla abajo sin pensar en nada más que en llegar hasta mi hermano, sin preocuparme por el hecho de que esté junto a un sociópata en mitad de una ejecución.

—¡Nate! —grito de nuevo.

—Violet, ¡DETENTE! —grita Baba en mi cabeza.

Sus palabras consiguen que entre en razón. Me freno justo cuando llego a la altura de a la multitud.

Pero Nate debe de haberme oído. Me mira un segundo. Nada. Ni siquiera un titubeo. Soy una extraña para él. La alegría me flaquea, aunque solo durante un instante. Al menos está a salvo, al menos tengo la oportunidad de llevármelo de vuelta a casa. No puedo evitar mirarle el brazo. Lo tiene pegado al cuerpo, así que no alcanzo a ver si tiene la marca o no.

Baba mira a Thorn.

—Asumo la responsabilidad de mis acciones, Thorn, de verdad. Pero Saskia y Matthew no han tenido nada que ver con esto. Libéralos, te lo suplico.

Thorn se ríe y atisbo un destello de rosa cuando se pasa la lengua por los labios.

—¿Por qué iba a creerme nada de lo que dijeras, anciana?

Las náuseas se me acumulan en el estómago, y pesan como una roca. Apenas consigo respirar.

—Estás encubriendo a Nate —digo en mi cabeza—. Estás encubriendo a Nate, y ahora vas a morir.

Baba no me mira, pero oigo su voz:

—Sí.

Thorn mete la mano en un barril cercano y saca una vara larga cuyo extremo está envuelto en tela y empapado en un líquido. La vara deja un rastro de puntos en el barro, iridiscente bajo el sol. El olor a acelerante me inunda las fosas nasales y la roca de mi estómago se expande. «Es inocente —quiero gritar—. Ella es inocente». Pero es Baba o Nate, y mis labios se niegan en redondo a moverse.

Entonces vuelvo a oír su voz, urgente y alta:

—Rápido, Florecilla, no hay tiempo. No era mentira, mis poderes han disminuido, ya no me corresponde ver el futuro. Pero sí lo percibo. Percibo los cambios que se están produciendo en este universo. Una presencia oscura está actuando, retuerce nuestra mente, reorganiza nuestro destino. Sé que has venido hasta aquí para salvar a tu hermano, Violet, pero creo que tal vez, antes de poder salvar al Nate que duerme en tu mundo, debas salvar al de aquí».

Escudriño su rostro: la piel apergaminada; los ojos, hinchados y verdes, incapaces de parpadear o protegerse del calor y el terror inminentes.

—Pero ¿cómo me lo llevo a casa, Baba? —le pregunto—. ¿Cómo me lo llevo a casa y lo despierto en nuestro mundo?

135

Espero la respuesta de Baba, pero ya no la oigo. Me siento muy impotente. Ojalá fuera más fuerte, más valiente... mejor. Ojalá pudiera acabar con el horror que se despliega ante mí. Pero hace mucho tiempo que aprendí que los deseos son inútiles en este universo.

Thorn se saca un encendedor del bolsillo.

Juro que oigo el rechinar de la rueda de metal al restregarse contra el pedernal, que capto el olor terroso de las cerillas recién apagadas. La llama diminuta se aferra al encendedor a pesar del viento, y me da por pensar en cómo es posible que algo tan pequeño se convierta en aterrador y devastador en cuestión de segundos. Como si quisiera darme la razón, Thorn ladea el encendedor hasta que toca el extremo de la vara. En un abrir y cerrar de ojos, lo que sostiene en la mano es una antorcha de estilo medieval.

La multitud grita espantada. Unos cuantos impes rompen a llorar.

—Esto no está bien —grita alguien—. No está bien.

Thorn se acerca a la gigantesca pila de madera. Las llamas y la amenaza le iluminan los ojos. Se pasa la antorcha de una mano a otra con rapidez y precisión, de modo que el fuego no deja más que una única mancha naranja. Sonríe.

—Esto es lo que les pasa a los traidores, Baba.

Durante un instante, me pienso que he empezado a gritar. Entonces me doy cuenta de que es Saskia, con la voz tensa y aguda:

—No, no. Por favor, Dios, no.

Parece muy egoísta dadas las circunstancias, pero, a pesar de que se me forma un nudo de culpa en el estómago, formulo la pregunta de todos modos:

—¿Cómo vuelvo a casa? No hay canon, no hay ninguna historia que completar.

—Oh, hija mía. Siempre hay una historia, y en nuestro mundo tú eres la única salvadora verdadera. Debes hacer lo que siempre has hecho: salvar a los impes.

—¿De qué? —pregunto.

Thorn está de pie junto al montículo, con los ojos a la altura de los pies de Baba. Levanta la antorcha muy por encima de su cabeza, puede que para aumentar el dramatismo, o puede que para que las llamas penetren en el campo de visión de la anciana.

—Debo romper ya nuestra conexión —me dice—. O sentirás lo mismo que yo.

Pero apenas alcanzo a distinguir sus palabras.

—No, Baba. No puedo soportarlo.

Las lágrimas me ruedan a raudales por la cara y me siento como si tuviera a alguien sentado encima del pecho.

Ella sonríe.

—No temas por mí. La mejor historia que conozco no habla del sacrificio, sino del renacer. Recuérdalo, hija mía.

—¿Renacerás? —pregunto.

Pero cuando el dolor se desvanece por completo de mis ojos, sé que ya no puede oírme.

Todo el mundo parece contener el aliento.

El único ruido que se oye es el de la antorcha, que cruje y crepita como una jauría de perros hambrientos.

Espero a que las llamas caigan hacia la madera.

Pero en lugar de encender la hoguera, Thorn se vuelve hacia Nate y le dice:

—Lo haré cuando tú lo ordenes.

Nate se pasa una mano por el pelo para apartárselo de la frente empapada de sudor. Y es entonces cuando lo veo. Un lunar diminuto justo por encima de la parte interior de su muñeca. La misma marca que el presidente gema. Una sola palabra se repite una y otra vez en mi cabeza: «Traidor». La rabia me ensombrece el corazón.

Nate guarda silencio, la expresión de su cara atrapada a medio camino entre el horror y la aceptación. Entonces, sus rasgos parecen asumirlo.

—Que ardan —dice.

Me esperaba un movimiento repentino, un golpe despiadado. Pero en realidad Thorn acerca la llama a la madera con gran lentitud, casi con ternura.

En cuanto la leña se prende, ya no hay forma de detener el fuego. Una especie de silbido espantoso invade el aire cuando las llamas se extienden alrededor del montículo e inmediatamente lo transforman en un océano de rojos y amarillos. Sus lametazos trepan cada vez más alto.

Y por fin Baba comienza a gritar.

Un estruendo tan espeso y negro como el propio humo.

CAPÍTULO 13

ALICE

Devoro la última publicación de Fanboy, que me mantiene totalmente enganchada. Baba asume la culpa de Nate. Lo protege. Muere por él. Thorn la quema en la hoguera. Y Nate deja que arda. «La deja arder de verdad». La culpa que siente es abrumadora, pero por alguna razón se las ingenia para darle la vuelta en su cabeza. Piensa que la está liberando. Que la está rescatando de la prisión de su cuerpo, viejo e impedido. ¿Dónde he oído eso antes? «Vamos a liberarlo». Esas fueron las palabras exactas que los padres de Violet utilizaron para justificar lo de Nate. Todo esto es muy extraño.

Me enjugo las lágrimas con los dedos temblorosos. Violet y Katie están ahí ahora mismo... Y Nate, él también está allí... No es culpa suya que Fanboy esté convirtiéndolo en un gilipollas de campeonato. Las tres personas más importantes de mi vida están en el lugar más peligroso que soy capaz de imaginar. Y con Thorn prendiendo fuego a sus compañeros y Howard Stoneback conspirando para destruir a los impes, el peligro acaba de multiplicarse por diez.

Trato de acompasar mi respiración. A lo mejor me estoy precipitando. Puede que esto no sea más que la gran locura que parece... Necesito ver el tatuaje con mis propios ojos para saber que es real.

Los reporteros ya están en el hospital. Por supuesto, se les ha prohibido la entrada en el edificio, así que merodean junto a la entrada principal como los buitres que son. Paso por delante y me gritan preguntas y me chasquean los dedos ante la cara. Avanzo mirando al suelo, pero no me tapo la cara con las manos en plan famosa. Tengo un buen perfil... se lo regalo.

La recepcionista me reconoce de inmediato. Es a la que Violet siempre llama «Millie la Loca del Corte Tazón». No tengo ni idea de cuál es su verdadero nombre, pero no sé por qué me da que ni siquiera se parece a Millie. Violet tiene una forma encantadora de burlarse de la gente sin llegar a ser grosera. Si intentara hacerlo yo, me saldría algo con mala baba.

—Están en la UCI —me dice Millie.

Sus ojos saltones rezuman simpatía. Parece un insecto con peluca.

—Gracias —respondo.

—¿Quieres que te acompañe alguien? Debe de ser duro, ya sabes... —se queda callada a media frase.

Fuerzo una sonrisa.

—Estoy bien.

Todo el mundo se me queda mirando mientras me dirijo a la UCI, donde están Katie y Violet. Estoy acostumbrada a que la gente me mire, como ya he dicho, pero jamás me acostumbraré a las murmuraciones. Me espero lo de siempre. «Bueno, está claro que piensa que es un regalo de Dios». «Apuesto a que folla como una coneja». «Es obvio que no es rubia natural». Y mi eterna favorita: «En serio, alguien debería decirle que las audiciones para *Los vigilantes de la playa* fueron el siglo pasado». Pero hoy, nadie murmura. Saben quién soy: el único miembro de los cuatro de la Comic-Con que no está en coma.

No paso mucho tiempo con las chicas, porque en realidad ellas no son el motivo de mi visita; hoy no. Respiro hondo cuando entro en la habitación de Nate.

Me siento a su lado durante unos minutos, con el corazón a punto de salírseme por la boca. Si tiene el tatuaje en el brazo, eso significa dos cosas:

1. Nate está vivo en el mundo de *El baile del ahorcado*.
2. Fanboy está cambiando el mundo de *El baile del ahorcado* con cada una de sus entradas.

Cojo una bocanada de aire y giro el brazo de Nate para verle la parte interior de la muñeca. En efecto, hay un pequeño círculo negro. Tengo la sensación de que el tiempo se ralentiza mientras saco mi móvil del bolso y hago exactamente lo mismo que Violet debió de hacer ayer, sacar una foto para poder aumentarla.

Es una rata que se come su propia cola. ¡Uf!

Esto lo confirma todo.

El mundo se desdibuja a mi alrededor, la cabeza empieza a palpitarme. Me siento abrumada por completo, e incluso me planteo la posibilidad de salir corriendo del hospital en este mismo momento. De largarme a casa sin más, beberme una botella de champán y echarme a dormir para sumirme en la dulce bruma de la nada. Pero tengo que ayudar a mis amigos. Tengo que ser fuerte. Respiro hondo varias veces e intento pensar con claridad.

Nate está vivo. Vale. Eso está guay.

Fanboy lo está jodiendo todo. De todo menos guay.

Tengo que ponerme en contacto con el tal Fanboy y convencerlo de que deje de publicar. Y yo soy Alice Childs, autora de *El baile del rebelde*. Eso debe de significar algo. Y si no es así, si se niega a dejar de subir sus escritos... Pues lo localizaré y reduciré a polvo su maldito teclado con mis Jimmy Choo.

Entro directamente en la página de Fandalismo desde el móvil. De pronto el motivo del alambre de espino me parece más punzante, aún más peligroso. Deslizo los dedos impacientes por la pantalla. No hay ninguna pestaña de contacto. Fisgo un poco más, pero él no está ni en las redes sociales ni en internet en general. El tipo es un fantasma cibernético. ¿Cómo narices ha conseguido hacerse tan popular?

Esto complica las cosas.

Respiraciones profundas. Nuevo plan.

Necesito que alguien me ayude. Soy una inútil con los ordenadores, cosa que suena ridícula viniendo de una chica que se pasa la mayor parte de su tiempo libre pegada a uno. Pero eso es diferente, eso es escribir. De lo de cómo rastrear a otro usuario no tengo ni la menor idea.

Lo que necesito es un friki de la informática.

Abro Facebook y sigo el rastro de los amigos de mis amigos hasta que doy con el friki perfecto. Con un empollón al que de verdad le debo una copa y que, históricamente, me debe un favor.

Esa noche, Danny y yo quedamos en un gastropub. Sin su disfraz de Gandalf, parece más joven, pues la ligereza de su complexión resulta más aparente. Me ve y sonríe.

Ocupo el asiento de enfrente, me inclino sobre la mesa y le ofrezco una mejilla para que me la bese. He pasado demasiado tiempo con editores y gente del mundo del libro, porque enseguida queda claro que Danny no tiene idea de qué hacer, así que, con cierta torpeza, acerca su mejilla a la mía. Huele a papel y menta.

Le sonrío.

—Muchísimas gracias por venir.

—No hay de qué. —Se hace un silencio un poco incómodo—. ¿Cómo están Violet y Katie? —pregunta.

—Todavía inconscientes, pero estables... signifique eso lo que signifique.

—Bien —responde—. Lo de que estén estables, no lo del coma.

Otro silencio. Quiero decirle lo mucho que significó para mí que estuviera conmigo cuando encontré a mis amigas inconscientes. Me proporcionó una sensación de familiaridad y seguridad, fue como un ancla en un momento en que sentí que iba a perderme a la deriva. Soy incapaz de dar con las palabras adecuadas, así que me conformo con:

—Gracias por ayudarme en la Comic-Con. Lamento que Russell fuera un poco gilipollas contigo.

Sonríe.

—¿Un poco?

—En el coche fue a peor, se pasó todo el camino al hospital hablando de películas. Te juro que está en otro planeta.

—Sí, la verdad es que me pareció un poco egocéntrico —dice Danny riendo. Tiene una risa preciosa, casi musical. Poco a poco, se le ensombrece la cara—. Siento mucho lo de tus amigas. Debes de estar hecha polvo.

Asiento con la cabeza, e inmediatamente se me llenan los ojos de lágrimas. Cojo una carta y finjo leerla, desesperada por cambiar de tema.

—Bueno... ¿a qué te dedicas ahora? —le pregunto.

Debe de darse cuenta de que necesito distraerme, porque me sigue la corriente sin dudarlo.

—Trabajo en una empresa tecnológica que está aquí cerca; me pagarán la carrera a condición de que vuelva a trabajar con ellos cuando me gradúe.

—Eso es genial.

—Sí.

Levanto la mirada de la carta. Danny me está escudriñando la cara con expresión confusa. Al final, dice:

—O sea que, por lo que decía tu mensaje, ¿necesitas mi ayuda de nuevo?

—Sí. Lo siento, sé que es mucho pedir teniendo en cuenta que llevo un año sin verte, a excepción de ayer, y que en el instituto apenas me hablabas.

Frunce el ceño.

—Eras tú la que no me hablaba en el instituto.

—Sí te hablaba. Te pedí prestada la calculadora. Tres veces.

—No tengo claro que eso cuente —replica con una sonrisa—. No pasa nada. Creo que me habría asustado si me hubieras hablado en aquella época. Eras aterradora en el instituto.

—Yo no era aterradora.

—Escribías un montón de *fanfiction* que todo el mundo adoraba, y eras la más alta de todo el curso desde que tenías doce años, y eras tan guapa...

De golpe, baja la mirada hacia sus manos, que veo que no paran de juguetear como locas con un sobrecito de azúcar.

—Eso no me convierte en una persona aterradora —respondo.

Sonríe con ganas.

—Será para ti. Los vampiros no tienen miedo de los vampiros. Los zombis no tienen miedo de los zombis.

—¿Ahora resulta que soy un zombi?

—Un zombi metafórico, sí.

Sonrío.

—¿Leías mis *fanfics*?

—Por supuesto, tenía muchísima curiosidad. Un atisbo a la psique de la elusiva Alice Childs. Eran muy buenos, me sorprendió bastante.

Tiene una forma de hablar tan entusiasta que compensa por completo cualquier dejo de grosería.

Suelto una carcajada.

—¿Te sorprendió?

—Sí, bueno, tienes pinta de... —me apunta con el sobre de azúcar manoseado— eso. —Se remueve en su asiento—. Lo siento, eso ha sido una cagada. Es que estoy muy nervioso.

Su honestidad me atrae mucho. A mí no se me ocurriría ni en sueños reconocer que estoy nerviosa: es como admitir que eres débil, y la gente débil se expone al ataque, pero tras confesarme algo así, Danny no me parece débil ni por asomo. Es como si etiquetar la emoción le restara algo de poder.

El camarero se acerca, libreta y bolígrafo en mano. Me rugen las tripas, así que pido una hamburguesa vegetariana con extra de patatas fritas. Danny sigue mi ejemplo.

El camarero se va y Danny enarca una ceja.

—Entonces, doy por hecho que la ayuda que quieres no es exactamente legítima.

—¿Qué te hace pensar eso?

—Has escrito un superventas internacional, que, por cierto, es muy bueno.

—«Sorprendentemente» bueno —digo.

Una sonrisa le ilumina la cara.

—El caso es que supongo que puedes permitirte pagar a un profesional. Sin embargo, has preferido recurrir a mí, lo cual significa que quieres que lo que sea no se registre en los libros... disculpa el juego de palabras. —Rasga el sobre de azúcar sin querer y proyecta una lluvia de cristales sobre la mesa—. A todo esto, gracias por lo que hiciste por mí el primer año de instituto.

Me pilla un poco desprevenida. No pensé que fuéramos a hablarlo de forma abierta. Había dado por sentado que no sería más que una deuda tácita que él satisfaría en silencio. Es decir, ya empezó a saldarla en la Comic-Con, por supuesto, pero yo diría que, si echamos cuentas, mi salvador de la Comic-Con, el que me prestaba su calculadora de sobra, todavía está en deuda conmigo. No parece sentirse precisamente cómodo mientras quita el azúcar de la mesa y evita mirarme a los ojos, pero aun así lo está poniendo ahí encima, sobre la mesa cubierta de azúcar.

—No fue nada —digo.

—¿De verdad piensas eso?

Me mira. No tiene los labios perfectos, ni los pómulos nórdicos, ni la mandíbula del acervo génico de los Hemsworth, pero sí unas pestañas inmensas.

Me encojo de hombros.

—Vale, la verdad es que moló.

Moló un montón. Estábamos en la fiesta de cumpleaños de Sara Cummings, en primero de secundaria. Sara era una de las chicas malas: era guapa, inteligente y dejaba perfectamente claro que pensaba que era mejor que los demás. Fui amiga suya durante unas semanas para ver cómo me sentaba el rollo de ser una chica «popular», pero era una persona horrible. Las abusonas que parecen princesas son las peores, porque nadie espera que Lady Diana te eche un escupitajo en la bebida. Además, sus fiestas eran un asco y no le gustaba Harry Potter. No tardé en volver junto a Violet.

El caso es que, a saber cómo, Danny terminó invitado a la fiesta de Sara —debía de ser amigo de alguno de los tíos buenos—, y allí estaba, sentado frente a mí en el círculo mientras jugábamos a la botella. Y cuando le tocó el turno a Sara, la botella señaló a Danny. Ella se echó a reír y dijo: «No pienso encerrarme en un armario con ese». Y luego, lo bastante alto para que todos la oyéramos, susurró: «Seguro que apesta a pollo *jerk*».

La familia de Danny es jamaicana, así que el comentario sobre ese plato típico estuvo completamente fuera de lugar.

—Era una bruja malvada —digo, de repente sintiéndome culpable por haber empujado a Danny a recordar algo así con la única intención de que se sintiera obligado a ayudarme.

Pero los ojos de Danny rebosan vitalidad y alegría.

—Me cogiste de la mano, me metiste en el armario y, volviendo la cabeza por encima del hombro, gritaste... —imita una voz aguda, de chica—: «La única que apesta por aquí eres tú».

Me tapo la cara con las manos.

—Por Dios, Danny, lo siento mucho. Esperaba que te acordaras y que me ayudases para devolverme el favor, pero ahora que lo dices en voz alta...

Me interrumpe de inmediato.

—No te disculpes. Durante el resto del instituto fui el rey de los frikis gracias a ti.

Nos quedamos encerrados en aquel armario los siete minutos completos. No nos besamos, ni siquiera nos tocamos. Simplemente nos quedamos ahí de pie, sonriéndonos sin vergüenza, jadeando muy fuerte y regodeándonos en nuestra victoria sobre la horrible Sara Cummings.

Creo que es posible que esta sea la razón por la quería la ayuda de Danny más que la de ninguna otra persona. No porque esté en deuda conmigo, ni porque me ayudara en la Comic-Con, sino porque no intentó nada en aquel armario.

Porque en una fiesta me ayudó a recordar que yo era mucho más que una chica guapa. Y me doy cuenta del verdadero aspecto de la balanza... Soy yo la que está en deuda con Danny.

Pone las manos sobre la mesa y se inclina hacia mí. Un dejo de menta traspasa el aire.

—Estuviste increíble.

Tiene unas manos preciosas, la piel se le oscurece en los nudillos y cerca de las uñas.

Ese sentimiento de culpa que ya me resulta familiar vuelve a oprimirme el estómago.

—No lo sé, yo no me sentí increíble precisamente, dejé tirada a Violet solo por ir a esa fiesta y juntarme con las chicas malas.

—Pero esa es la clave: podrías haber sido una chica mala, pero elegiste juntarte con frikis.

—Como cuando Harry fue seleccionado —digo sin pensarlo.

Contrae la cara y hace la mejor imitación del Sombrero Seleccionador (posiblemente la única imitación del Sombrero Seleccionador) que he visto en mi vida.

—Slytherin no, ¿eh? ¿Estás seguro? Podrías ser muy grande, ¿sabes?

Espera, espera, espera. Habla el idioma de Harry Potter.

Me echo a reír y luego murmuro:

—Pero yo soy de Slytherin, lo sabes, ¿verdad?

Baja la voz hasta convertirla en un susurro:

—Tu secreto está a salvo conmigo.

Nos sirven la comida. Las patatas fritas están riquísimas, y resulta evidente que Danny piensa lo mismo, porque asiente con la cabeza en señal de aprobación y se mete varias de golpe en la boca. Se las traga y dice:

—Bueno, entonces, ¿para qué necesitas mi ayuda?

—Necesito encontrar a alguien.

—¿No te sería más útil un mapa?

Lo señalo agitando una patata.

—No, no. Necesito encontrar a alguien en internet. Necesito saber quién es y dónde vive.

—Lo de saber quién es puede resultar complicado, porque en internet puedes ser cualquiera. Lo de dónde vive debería ser más fácil.

Sonrío, sin que me importe haber acabado de darle un mordisco a mi hamburguesa.

—Bueno, eso es lo más importante. Tengo que encontrarlo.

—¿Cómo de ilegal dirías que es esto?

—Solo quiero hablar con él, nada más —contesto.

Abre los ojos como platos.

—¿Con quién?

—Con un bloguero llamado Fanboy, está fastidiándome las valoraciones y, lo que es aún más importante, a mis personajes. Está escribiendo un *fanfic* que es una secuela de *El baile del rebelde*.

—No irás a plantarte en su casa sacando pecho, ¿verdad?

Le guiño un ojo para intentar cerrar la conversación de la única manera que sé: coqueteando.

—Venga, ambos sabemos que no me haría falta sacar pecho, ¿no crees?

Parece un poco incómodo, dedica demasiado tiempo a untar una patata en kétchup.

—Lo siento, Alice, no lo decía en ese sentido... —se queda callado.

—Relájate, solo era una broma.

Está claro que no se relaja, al menos no de inmediato. Vale, tengo un pequeño problema: Danny es inmune a mis superpoderes y no me da la sensación de que sea gay. Creo que es posible que Danny sea un caballero. El tipo de príncipe que se limpiaría la sangre del dragón antes de besar a la princesa. Debería haberlo sabido, basándome en la experiencia del armario, pero aun así me sorprende. Porque Danny no hace que me sienta débil, sino todo lo contrario: hace que sienta que puedo ser una buena persona. Como si pudiera solucionar este lío de Fanboy.

—Puedo encontrarte la dirección IP de Fanboy —dice al fin Danny—. Pero ¿por qué no le pagas con la misma moneda?

—¿Qué quieres decir?

—Que lo venzas en su propio juego. Empieza a escribir *fanfic* otra vez.

Estoy a punto de ahogarme con una patata. ¿Por qué no se me había ocurrido a mí antes? Si Fanboy puede influir en el mundo de *El baile del ahorcado* a través de su *fanfic*, entonces yo también.

Danny Bradshaw es un genio.

CAPÍTULO 14

VIOLET

Un motín estalla a nuestro alrededor: varios impes tratan de llegar hasta Baba, Saskia y Matthew, que gritan desde su pira, pero otros intentan impedírselo. Agarro a Katie de la mano y, juntas, trepamos por la orilla para alejarnos de la batalla. No sé adónde vamos, solo que tenemos que escapar del humo, de los gritos, de los chasquidos de la madera húmeda.

Cuando llegamos arriba, oímos pisadas que patullan el suelo a nuestra espalda.

—Katie, para —logro decir—. Tenemos que quedarnos aquí. Por muchas ganas que tengamos de escapar, tenemos que ayudar a Nate.

Nos detenemos dando tropiezos justo cuando Thorn aparece rugiendo a nuestro lado, seguido de unos cuantos impes. Nos rodean y nos tironean de los brazos con movimientos bruscos. Una punzada de dolor me sube hasta el hombro, el pánico me explota en el pecho.

Thorn me mira y sonríe.

—Tú debes de ser Violet.

Lo miro asombrada. Mil preguntas acallan el terror. ¿Cómo sabe mi nombre? ¿Me recuerda de la última vez que estuve aquí? ¿Sabe lo del bucle? ¿Es uno de los gemas con la memoria optimizada?

Me escruta el rostro.

—Baba me dijo que vendrías a visitarnos.

Trato de encontrarle sentido a sus palabras. ¿Qué le ha contado Baba? Me da miedo decir lo que no debo, así que me limito a hacer un gesto forzado con la cabeza.

Desvía su atención hacia Katie. Durante un instante, los rasgos faciales de Thorn parecen congelarse, pero después se transforman en una expresión de anhelo y pérdida. Está recordando a su amante asesinada y a su bebé nonato; el potencial parecido de Katie con este último también lo dejó de piedra la última vez que estuvimos aquí. Es imposible no sentir un aguijonazo de compasión, aun cuando su cara vuelve a endurecerse y conformar algo cruel y frío.

Se da la vuelta para mirarme, todo indicio de vulnerabilidad ya desaparecido.

—Dime, Violet, ¿por qué corríais? Los únicos que huyen son los culpables.

El corazón me late desbocado por debajo de la camisa, y él debe de ser capaz de sentir mi nerviosismo, porque sonríe como si estuviera disfrutando.

—La gente asustada también corre —respondo, y maldigo mi voz por temblar tanto—. Y ver a tu anfitriona asándose viva es más que aterrador.

—Me dijo que venías a salvar a los impes, ¿no?

Un leve dejo de peligro le tiñe la voz.

Como no contesto, se echa a reír. Los impes se unen a él, incluso a Katie se le escapa una risita nerviosa. Pero en mi cara ni siquiera se insinúa una sonrisa.

—Relájate —me dice—. Ya estarías muerta a estas alturas si de verdad sospechara de ti. Aproveché la oportunidad para interrogar a Baba cuando me habló de tu inminente llegada. Me dijo que eras inofensiva, que no estabas involucrada en la traición. También me dijo que venías para estudiar la alianza impe-gema de Londres, y creo que en ese punto ya no estaba para mentiras. Amputar partes del cuerpo tiene algo que corta por lo sano con las tonterías, ¿no te parece?

Trago saliva para desterrar de mi boca la rabia, la angustia, el terror, desesperada por mantenernos a Katie y a mí fuera de su lista de personas por matar.

—Te dijo la verdad —digo—. Podríamos aprender muchísimo de vuestra alianza. A fin de cuentas, es el buque insignia de los tratados impe-gema.

En silencio, le agradezco a Baba que se inventara esto. Nos proporciona una excusa para estar aquí, para pasar tiempo con Nate.

Thorn asiente.

—Bien, Ash y Willow pueden enseñaros todo esto cuando regresen de Los Pastos. Tenéis permiso para curiosear, pero no os metáis en mis asuntos.

Me tiende una mano.

Todas y cada una de las fibras de mi ser me gritan que me detenga, pero aun así se la estrecho. La noto en la palma como algo caliente y peligroso. Curva los dedos alrededor de los míos y está a punto de machacármelos. Me obligo a mantener la cara impávida; no le daré el gusto de verme esbozar una mueca de dolor.

—Os alojaréis conmigo, obviamente —dice. Abro la boca para protestar, pero él se me adelanta—. No aceptaré un no por respuesta.

Así que hago lo único que puedo hacer. Digo que sí con la cabeza.

Odio este lugar.

ALICE

Danny está tirado en el suelo de mi dormitorio, con la luz de su portátil reflejada en la cara. Se quitó las zapatillas antes de subir y lleva los calcetines desparejados y llenos de agujeros. Está examinando la página web de Fanboy con interés.

—Los gráficos son geniales.

Suspiro.

—Lo sé, es cierto.

—Nada de lo que no podamos ocuparnos. Si quieres, puedo ayudarte a montar una página nueva, a darle un aire nuevo...

Me siento tan agradecida que me sonrojo.

—Gracias.

Soy más que capaz de montar una página, pero es muy agradable tener a alguien de mi lado.

—No hay de qué. —Comienza a teclear en su portátil—. Vale, ¿qué nombre quieres ponerle?

Me encojo de hombros.

—Un nombre con clase. Los juegos de palabras no están permitidos. Tiene que demostrar que nos estamos defendiendo... el *fandom*, quiero decir. No dejaremos que Fanboy destroce nuestra utopía. Vamos a rebelarnos, a iniciar una revuelta.

—Revuelta... ¿del estómago? Quizá convenga no incluir esa palabra.

Me río mientras rumio una idea.

—El levantamiento del *fandom* —digo, y me encanta como suena cuando lo pronuncio en voz alta—. El levantamiento del *fandom*, como si fuéramos una bandada de pájaros que emprende el vuelo. Es perfecto.

Danny asiente con la cabeza.

—Sí, eso suena muy bien... ¿y el gráfico?

—Pájaros, sigamos con lo de los pájaros. Encaja por muchas razones. No se trata solo de que el Fandom se rebele, sino también de la libertad de los impes, y enlaza con *El baile del rebelde*, que se suponía que debía ser el último libro, por eso Violet y yo lo relacionábamos con el canto del cisne.

—¿Quieres cisnes en los gráficos?

Niego con la cabeza, la excitación me recorre el cuerpo como una corriente eléctrica.

—No, cisnes no, golondrinas. Tienen una silueta increíble, quedarán muy llamativas.

—¿Eres ornitóloga en secreto o algo así?

—A lo mejor. —Subo y bajo las cejas un par de veces y luego me echo a reír—. No. Invierno de 2015, el estampado de golondrinas estaba por todas partes.

Danny se sienta a mi lado en mi cama. Hace aparecer unas cuantas imágenes de golondrinas en la pantalla del portátil y dedicamos unos minutos a elegir a nuestras favoritas.

—Tengo que preguntarte una cosa —dice volviéndose para mirarme a los ojos—. ¿Por qué este repentino interés en Fanboy? Violet y Katie están inconscientes, y de pronto tú quieres rastrear a un misterioso escritor de *fanfic*.

¿Qué le digo? Quiero contarle la verdad. Pero no me creerá. Madre mía, así es como debió de sentirse la pobre Violet cuando intentó explicarme lo de *El baile del ahorcado*. Abro la boca, dispuesta a contarle todo el embrollo, pero entonces veo esos preciosos ojos oscuros que me devuelven la mirada. Me detengo. No quiero que Danny piense que estoy loca. Hago un gesto con la mano como para restarle importancia al asunto.

—Se está metiendo con el Fandom, eso es todo. Violet lo odiaría, y Nate también. A ver, es que está volviendo malo a Nate, ¿te lo puedes creer? Nate es la mejor persona que conozco.

El nudo que se me ha formado en la garganta hace que se me entrecorte la voz.

—Recuerdo al hermano pequeño de Violet. Era un chaval muy majo, se le daban muy bien los ordenadores, mejor que a mí.

Ya no puedo contenerlas más. Las lágrimas empiezan a rodarme por la cara y no intento detenerlas ni secármelas. Me limito a dejarlas caer.

—Es el mejor. Van a desconectarlo dentro de unos días. —Me sorbo la nariz, sollozante—. Va a morir.

Me cubro la cara con las manos y lloro como una niña.

Danny me pone una mano en la espalda y me sorprende la suavidad de su tacto.

—Alice, eso es... Bueno, es terrible. Lo siento muchísimo.

Lloro durante un rato, y Danny no aparta la mano de mi espalda, no habla, no se mueve. El calor de su palma me reconforta. Por fin, cuando he llorado todo lo que tenía que llorar, levanto la mirada hacia él. Es guapísimo; no se parece en nada a Willow (ni a ningún otro gema, de hecho), pero aun así es muy guapo.

—Todas las personas a las que quiero están inconscientes en ese puto hospital, pero yo sigo aquí. ¿Cómo ha podido suceder? ¿Cómo es que yo continúo despierta?

Inspira larga y lentamente. Espero unas palabras de consuelo, palabras que combinen con la delicadeza de su roce. Pero estoy empezando a descubrir que Danny posee una honestidad que no le da miedo emplear, ni siquiera en presencia de una damisela lacrimosa.

—La pregunta adecuada sería: ¿por qué todas las personas a las que quieres están inconscientes? —Observa mi expresión—. ¿Qué escondes, Alice la Aterradora?

Contengo otro sollozo.

—Es complicado. Ni siquiera estoy segura de entenderlo, pero Fanboy tiene algo que ver con que mis amigos estén en coma. Sé que parece una locura... Tengo que encontrarlo y detenerlo.

Frunce la frente bajo su maraña de rizos negros.

—Bien, pues, si ese es el caso, será mejor que averigüemos quién es.

CAPÍTULO 15

ALICE

Dejo a Danny trabajando y bajo a por algo de beber. Acabo de encender la cafetera cuando mi madre entra en la cocina embutida en licra de pies a cabeza. Debe de ir o a un entrenamiento nocturno o a un concierto *revival* de los ochenta.

—¿Quién es el chico con el que has venido? —pregunta mientras saca un par de botellas de agua mineral de la nevera.

—Solo un amigo.

Enarca una ceja delineada.

—No es tu tipo de chico habitual.

—No tengo un tipo de chico habitual.

Se echa a reír.

—Claro que sí. Y por lo general son como mínimo diez centímetros más altos que tú.

—Y eso me ha funcionado estupendamente, ¿verdad?

Levanto ambos pulgares exagerando el gesto todo lo que puedo.

Mi madre deja escapar un suspiro.

—Bueno, ya eres adulta, Alice. No puedo decirte qué debes hacer. Solo que te asegures de usar protección.

—Ostras, mamá, la única protección que necesitaremos será un cortafuegos informático.

Frunce el ceño y la base de maquillaje se le resquebraja entre los ojos.

—¿Un corta qué?

Dios, cómo me cabrea a veces. No para de decirme quién puede gustarme y quién no, de meter las narices en mi vida sexual. Noto que la rabia me va calentando las mejillas.

—Ya sabes que no estoy saliendo con nadie en estos momentos. Lo más probable es que Violet esté pillando más que yo, y eso que está en coma.

—Alice, lo que acabas de decir es terrible.

La rabia se convierte en vergüenza; tiene razón, lo que acabo de decir es terrible. Coloco una taza bajo la salida de la cafetera y aprieto el botón para que el gorgoteo del líquido ahogue mi vergüenza.

—Hasta luego —dice volviendo la cabeza por encima del hombro cuando ya sale de la habitación.

El gorgoteo se detiene y vuelvo a mi habitación arrastrando los pies; derramo café sobre la alfombra de color crema, pero me importa una mierda. «¿Por qué mi madre siempre consigue convertirme en una patética versión de mí misma?».

Le paso un café a Danny, que me sonríe agradecido. El bajón que me ha provocado mi madre comienza a desaparecer.

—Echa un vistazo —me dice, y ladea el portátil para que pueda ver la pantalla.

Me siento a su lado en mi cama y miro mi nueva y flamante web. Ya ha hecho un trabajo increíble.

—Danny, eres el mejor, no hay más que decir.

—Todavía faltan cosas por hacer. ¿Por qué no lo termino mientras tú te pones con tu magia creativa?

—¿Qué?

—El *fanfic*. Podemos copiarlo y pegarlo cuando ambos terminemos.

—Genial, gracias.

Saco mi portátil, que la verdad es que ha cogido un poco de polvo, y me siento a mi escritorio. Oigo a Danny escribiendo en su teclado y empiezo a relajarme.

Vale. Tengo que deshacer el daño que ha hecho Fanboy.

Pero ¿cómo?

La calma que había experimentado al oír el tecleo rítmico de Danny se desvanece. Cuando pienso en la enorme responsabilidad que implica la situación, me tiemblan los dedos. Sería muy fácil cagarla. Y serán mis amigos quienes lo paguen. Se me seca la boca y la frente se me perla de sudor.

Tengo que dejar de pensar en el panorama general. Debo concentrarme en la pantalla que tengo ante mí..., pensar como escritora, no como salvadora. Escribir, eso sí puedo hacerlo.

«Respira hondo».

De acuerdo. Voy a encargarme de que Nate deje de ser tan imbécil.

La reconversión de Nate en un buen chico no puede ser demasiado brusca, porque resultaría inverosímil y los lectores no se la creerían. Tengo que empezar por fomentar la empatía, que es lo que hacen todas las buenas historias de redención. ¿Y qué mejor forma de fomentar la empatía que ayudar al lector a comprender qué empujó a Nate a transformarse en un traidor? Fanboy lo mencionó por encima, pero yo puedo abundar en ello, ponerle chispa, porque si hay alguien que entienda lo que significa no encajar, esa soy yo. Me concentro en las palabras que brotan de mis dedos hacia la pantalla.

Es hora de contar la historia de Nate.

NATE

La mayor parte de la gente, la mayor parte de las cosas, encaja en algún lugar. Los libros en las estanterías, las flores en las camas, las risas en los niños. Todos necesitamos familia, amigos, grupos de personas que nos hagan sentir aceptados y parte de algo más grande que nosotros mismos.

Yo no. Nunca he encajado en ningún sitio, no del todo.

Me llamo Nate y pertenezco a los imperfectos. Y podría decirse, con razón, que mi cuerpo, mi cara y mi sistema inmunológico son, en efecto, imperfectos. Pero mi cerebro —mi enorme y hermoso cerebro— es el espécimen más perfecto que conocerás en tu vida. Siempre he sido inteligente. Algunos dicen que soy un genio, pero el problema sigue siendo que soy un imperfecto. Y a pesar de la alianza impe-gema, las palabras «impe» y «genio» continúan siendo contradictorias.

Y esto me obsesiona a diario.

Empezaré por el principio. Verás, nunca he tenido familia; me quedé huérfano cuando era muy pequeño y me crie en las calles de Londres. Enseguida quedó claro que era más listo que el impe medio, y eso me ayudó a hacer amigos. Al fin y al cabo, era capaz de convencer a un hombre hambriento para que me diera su pan si era necesario. Pero esos supuestos amigos no me querían por lo que era, me querían por lo que podía proporcionarles. Eso no es encajar. Eso es un soborno.

Pensé que pasar a formar parte de los rebeldes llenaría ese vacío. Una familia ya constituida y unida por un objetivo común. Me pasé años fantaseando con el día en que por fin tendría la edad suficiente para unirme a la causa. La camaradería, la amistad. La sensación de pertenencia. Pero cuando al fin llegó ese día, el único rebelde que me aceptó de verdad, que no se sintió amenazado por mi enorme y hermoso cerebro, fue Thorn.

Thorn. El gema.

Y eso me hizo pensar.

Hay muchos gemas fuera de las calles de Londres.

A lo mejor lograba encajar.

Me recuesto en la silla, sintiéndome feliz por primera vez desde hace mucho. Me había olvidado de lo mucho que disfruto escribiendo *fanfic.*

Danny me mira un momento.

—Guau, tienes pinta de estar muy zen.

—Llámame Gandhi.

—¿Puedo leerlo, Gandhi?

Asiento, ansiosa por conocer su opinión. Se acuclilla a mi lado y se queda callado mientras mueve los ojos de un lado a otro rítmicamente. Cuando termina, esboza su encantadora sonrisa.

—Es muy bueno. Te has metido hasta el fondo en su cabeza. Pero sigue pareciendo que se decanta por el lado oscuro, pensé que no era eso lo que querías.

—Sí, pero esto es solo el primer paso de un plan más extenso. Verás, tengo que ayudar al *fandom* a entender por qué Nate se volvió malo, ya sabes, fomentar la empatía. Una vez que sientan lástima por él, no solo se implicarán en su historia de redención, sino que estoy segura de que la pedirán a gritos.

Sonríe.

—Lo tienes resuelto, Al. Terminaré la página web esta noche, te enviaré tus datos de acceso y después ya podrás pulsar el botón de publicar.

Me ha llamado Al. Nadie me ha llamado así jamás. Y no me desagrada.

—Muchas gracias, la verdad es que no tengo ni idea de cómo agradecerte todo esto.

Quiero besarlo en la mejilla, pero algo me lo impide. Me conformo con darle un apretón en el brazo.

Se sonroja.

—Bah.

Fiel a su palabra, Danny me envía mis datos de acceso esa misma noche.

La página es una pasada. Tiene muchísimo talento. Una nube de golondrinas en pleno ascenso aparece recortada contra un fondo negro y, por encima de ellas, ha escrito las palabras «El levantamiento del *fandom*» en dorado. Ha dejado un espacio para que yo escriba algo bajo el encabezado.

Me muerdo el labio. Quiero escribir algo que le también le gustara a Violet, algo me haga sentir más cerca de ella. Clavo la mirada en la bandada de golondrinas y de repente me resulta obvio. Su canción favorita de cuando era pequeña hablaba de golondrinas. Me pregunto si no lo habré tenido presente en algún recoveco de mi mente todo este tiempo. Jane nos la cantaba en las fiestas de pijamas cuando ya nos habíamos atracado de golosinas y películas de Stephen King. Es una de esas canciones aburridas y simplonas que, seguramente, las monitoras de las Girl Scouts continuarán cantando alrededor de una hoguera. Busco la letra en Google a toda prisa.

La encuentro con facilidad. Se me empieza a cerrar de nuevo la garganta. Es más bonita de lo que recordaba, no me extraña que a Violet le encantara.

Tecleo una estrofa:

«Déjame tu ala rota arreglar,
una golondrina debería libre volar, mi amor,
porque tú naciste para bailar y cantar,
y conmigo el vuelo remontarás, mi amor».

Luego, escribo mi mensaje a los fans:

Todos habéis leído Fandalismo.
La historia de un impe perdido que se convierte en un traidor. La historia de una utopía que se pudre desde dentro.
Ahora ha llegado el momento de la historia de Nate.

165

Listo. Veamos si soy capaz de iniciar una guerra de *fanfic*. Como mínimo, esto mejorará mis valoraciones.

Copio y pego mi primer capítulo, lo reviso unas cuantas veces y luego clico en publicar.

Le mando un mensaje a Danny:

> Está vivo. Está vivo. ¡ESTÁ VIVO!

Bien hecho, doctora Frankenstein ☺

Les tuiteo el enlace a mis seguidores, con un mensaje que dice: «¡Anime Alice ha vuelto! Echadle un vistazo a mi nueva página de *fanfic*, El levantamiento del *fandom*».

Sin perder ni un segundo, actualizo el resto de mis redes sociales, y luego, a lo Kardashian, me recuesto en la silla y me quedo mirando el número de visitas que recibe la web. Van en aumento, pero demasiado despacio para que a Violet y a Katie les sirva de algo. Necesito que alguien me ayude a publicitarla. Solo hay un candidato obvio, aunque me duele decirlo: Russell Jones. Le envío un mensaje breve por Twitter utilizando ese tercer libro del que tanto hablaba a modo de zanahoria que se agita ante su cara.

> Hola, Russell. Muchas gracias por haberme ayudado hoy, ha sido muy amable por tu parte. Siento no haber estado muy habladora, aunque estoy segura de que lo entiendes. Te agradecería un montón que me echaras una mano con la promoción, porque estoy intentando volver a subirme al carro del *fanfic*. Podría servir de inspiración para ese tercer libro que hemos comentado.

Me responde pasados unos minutos, a pesar de lo tarde que es.

Por supuesto, preciosa.

Un pelín condescendiente, pero retuitea mi mensaje. Funciona. Al cabo de más o menos una hora, las visitas se cuentan por millares.

Empieza el juego, Fanboy.

CAPÍTULO 16

VIOLET

Dormimos en la casa adosada de Thorn. Es antigua, de ladrillo rojo y con balcones que una vez estuvieron pintados de blanco y adornados con flores. No hay cámara de tortura, ni espeluznantes cabezas de animales disecados. Es casi un anticlímax. Katie y yo compartimos una cama doble a la que parece que los muelles se le vayan a saltar en cualquier momento y a empalarnos la espina dorsal, pero es una gran mejora con respecto a la cabaña de los impes de mi última visita. Aun así, saber que Thorn duerme a solo unos metros de distancia me hace añorar aquel banco lleno de polvo y paja de la finca Harper.

Lo único que me consuela es este pensamiento: mañana veré a Ash.

Katie baja la luz de la lámpara de parafina de tal manera que solo distingo el contorno de su cara. Me mira con fijeza y parpadea despacio.

—Bueno, pues hoy ha sido un día de mierda.

Casi me hace reír, pero el olor a carne chamuscada todavía me impregna el pelo y ni siquiera soy capaz de esbozar una sonrisa. Así que bajo mucho la voz.

—Podría haber micrófonos en la habitación.

Les echo un vistazo rápido a las paredes y enseguida me arrepiento de la naturalidad con que me he quitado la camisa. La combinación del mobiliario destartalado, la falta de electricidad y la pobreza general hace que te olvides de la tecnología gema, que podría ocultarse en cualquier parte.

—¿Cómo ha podido pasar? —pregunta Katie, en un susurro apenas audible—. ¿Cómo ha podido hacer algo así?

—¿Te refieres a Nate? —digo, temerosa de usar la palabra «traidor», sobre todo ahora que la idea del micrófono se me ha metido en la cabeza.

Katie asiente.

—Alguien debe de estar escribiendo ese tercer libro —respondo.

Nos sumimos en un silencio prolongado. Tan prolongado que me pregunto si Katie se habrá quedado dormida. Finalmente, susurra:

—¿Crees que es Alice?

—No. Ya dudamos de ella la última vez que estuvimos aquí y nos demostró que nos equivocábamos, ¿te acuerdas? Debe de haber algún autor loco en nuestro mundo que esté convirtiendo a Nate en... —me interrumpo y escudriño la oscuridad con mirada paranoica.

Katie me da un apretón en la mano por debajo de las sábanas.

—Entonces esperemos que Alice descubra lo que está pasando. Como mínimo, ya se habrá dado cuenta de que no estás enfadada, ahora que estamos de nuevo en coma. A lo mejor da con ese autor loco y lo detiene.

Obedeciendo a un instinto, me llevo la mano al colgante del corazón partido y acaricio el borde dentado con un dedo.

—Lo único que podemos hacer es mantener la esperanza.

ALICE

Lo primero que hago al despertarme es comprobar el número de visitas. El levantamiento del *fandom* ha despegado de verdad. De hecho, Russell se lo ha currado bastante y ha publicitado mis enlaces en todos sus canales de las redes sociales. No soy capaz de averiguar si quiere colarse en mis bragas o si quiere que escriba el tercer libro. Bueno, pues que espere sentado, en ambos casos.

Animada por mi creciente popularidad, decido volver a publicar. «¿De qué otra manera puedo ayudar a Violet y Katie? ¿Qué más daños le ha provocado Fanboy al universo en el que se encuentran ahora, aparte de llevarse a Nate al lado oscuro?». Entro de inmediato en la página de Fandalismo y frunzo tanto el ceño que juro que necesitaré bótox antes cumplir los veinte. Mi mirada se detiene en su nombre. Baba. Claro. ¿No nos dijo Violet que la anciana la visitaba en sueños? La única persona que puede ayudarla, que puede hablarle sobre el futuro, ya no está. Mi ceño fruncido se transforma en una sonrisa de lo más arrogante, porque mi próxima entrada va a ser nada más y nada menos que brillante. No solo puedo contar la historia de Nate, sino que además puedo proporcionarle a Violet otra adivina.

NATE

Me quedo mirando las brasas de la hoguera, sintiendo el escozor de las lágrimas en los ojos. No quería que Baba muriera. Siempre se había portado muy bien conmigo. Hasta había llegado a considerarla una abuela putativa. Pero era o ella o yo. Y debo confesar que la muerte me aterra y, aunque estoy preparado para muchas cosas, morir no es una de ellas.

Hace muchas muchas horas que la multitud se ha dispersado, pero la culpa y el dolor me han impedido marcharme y ahora soy el único que queda aquí, temblando en la oscuridad. Me he tumbado de costado y me he hecho un ovillo. A lo mejor, si me acurruco lo suficiente, consigo desaparecer y todo esto se desvanecerá. El dolor, la culpa, la traición.

A través del humo, a través de mis lágrimas, atisbo una figura.

Y a medida que va acercándose a mí, una inexplicable calma se extiende por todo mi cuerpo.

La silueta debe de pertenecer a alguien que posea el don de la premonición.

Empiezo a visualizar a una anciana sin labios y con los párpados sellados. Puede que sea la gemela perdida de Baba o algo así. Pero luego recuerdo que puedo describir a mi nuevo adivino como me plazca. No hay razón para que el sustituto de Baba no pueda ser un tío que esté más bueno que el pan y que tenga una tableta de chocolate a la altura de la de Dwayne Johnson. Puedo tunear a mi adivino. Para cuando empiezo a escribir, estoy literalmente carcajeándome ante la pantalla. Violet me lo agradecerá.

Es un hombre tan atractivo que hace que me olvide de la fealdad de mi propia alma. Es alto, de rasgos asiáticos y tiene el pelo negro y unos ojos marrones y penetrantes. El humo se arremolina en torno a su espalda ancha formando capas con diferentes matices de gris.

—Hola, Nate —dice—. Me llamo Yan.

—Hola, Yan —contesto en un susurro.

Sé que debería huir, pero me siento tan tranquilo, tan en calma... Es imposible que este hombre tan imponente quiera hacerme daño, ¿no?

—¿Por qué estás tan triste? —pregunta.

Me quedo callado.

—He... He hecho algo terrible.

—Lo sé.

Me froto los ojos, cegado por el gris y por mis propias lágrimas.

—¿Quién eres?

Yan sonríe.

—Me envía un amigo.

Quiero incorporarme... Quiero incorporarme y caminar hacia él, pero mi cuerpo se niega a moverse.

—¿Para qué?

—Para ayudar —responde sin más.

—¿Para ayudar a destruir a los impes?

Parpadea.

—No. Para ayudarte a recordar.

—¿A recordar qué? —pregunto.

—A recordar quién eres en realidad.

Cierro los ojos con fuerza para tratar de aliviar el ardor de las lágrimas. Y cuando vuelvo a abrirlos, Yan no está.

Cierro el portátil, aún sonriéndome. Baba acaba de recibir una actualización.

De nada, Violet.

CAPÍTULO 17

VIOLET

Thorn nos acompaña hasta la iglesia bajo el sol diluido de después del amanecer. Me había olvidado de que el hedor de la ciudad impregna hasta el último rincón de tu ser, de que el frío se te cuela bajo la piel y te provoca dolor de huesos. Me había olvidado del gris que lo invade todo y te absorbe hasta el alma. Daría lo que fuera por el rojo de un autobús de dos pisos, por las rayas multicolores del toldo de una tienda, por el estallido turquesa del vestido de una niña pequeña. Las películas en blanco y negro solo molan cuando no estás atrapada en una.

Nos acercamos a la iglesia y Thorn presiona el pulgar contra un panel táctil instalado junto a la puerta de madera. El panel emite un pitido y la puerta se abre. Entramos. El olor a piedra saturada de incienso me llena de terror y nostalgia a la vez. Le echo un rápido vistazo a lo que me rodea. El cuartel general tiene un aspecto más pulcro, bañado en el brillo artificial y azulado de los focos del techo. Han mejorado la calidad de los escritorios, ahora atestados de ordenadores y aparatos de alta tecnología, y las sillas parecen acolchadas y cómodas. Cuando Alice y yo transformamos este lugar en el cuartel general de la alianza impe-gema, no lo hicimos tan lujoso.

Mi mirada busca instintivamente el banco donde deposité el cuerpo ceroso e inmóvil de Nate. Pero el banco ya no está. Algo gordo y feo se me hincha en el estómago, una mezcla tóxica de ira y sed de venganza. En algún lugar de este universo está el hombre que disparó a mi hermano pequeño... Howard Stoneback, y si me cruzo con él en algún momento, creo que es posible que lo mate.

Thorn se sienta en una silla próxima y nos sonríe.

—Ash y Willow no deberían tardar en volver. Entonces podrán enseñaros la ciudad.

Centra su atención en un plano que hay cerca.

Katie y yo nos quedamos de pie la una junto a la otra, inquietas e incómodas. Aunque temo el momento en que Ash regrese y se dé cuenta de que Baba, Saskia y Matthew están muertos, me sorprendo deseando que se dé prisa de una vez. Como si me hubieran leído el pensamiento, en ese preciso instante me llega el sonido de unos pasos desde el exterior de la iglesia. Se me eriza la piel. Hay algo en esos pasos que me resulta familiar, parecen seguros de sí mismos y, sin embargo, delicados. El panel táctil pita. Cojo una enorme bocanada del aire agridulce de la iglesia y contengo la respiración... «¿Es él?».

Cruza la puerta. Sus ojos de invierno, duros y vidriosos en contraste con el melocotón de su piel, hacen que se me forme un nudo en las tripas.

—Ash —susurro saboreando la forma de su nombre en mi boca.

No nos separa nada salvo unos cuantos metros de aire. Hasta este momento, nunca me había fijado en lo insustancial que es el aire. Básicamente, nada se interpone entre nosotros. Quiero correr hacia él y envolverlo en mis brazos, inspirar ese embriagador olor a humo de leña, jabón y sudor. Es como si algo se adentrara en mí y me arrastrara hacia él. Tengo que resistirme hasta con el último recodo de mi ser.

Posa la mirada en Thorn, a quien saluda con un breve movimiento de cabeza.

Espero a que la desvíe hacia mí, a que se produzca ese clic poderoso de cuando casi puedes oír la conexión de dos almas. Lo miro fijamente a la cara pálida e irregular, deseando que me mire. De repente, lo hace. Es un gesto muy simple, un movimiento ocular apenas perceptible y, aun así, todo parece distinto. Le sonrío, y me refiero a sonreírle de verdad. No puedo evitarlo. Que me tenga en su campo de visión y saber que mi rostro llena su mente basta para hacerme olvidar, al menos durante un momento, el lío en el que estoy metida.

Anticipo esa sonrisa perezosa que se curva hacia un lado de su cara, ese escalofrío que me recorre la columna vertebral. ¿Soy yo, o se produce un destello de reconocimiento en sus ojos?

—¿Ese es Ash? —susurra Katie.

—Sí —respondo.

—Ha mejorado.

Entiendo lo que quiere decir. Sin duda, sus colores continúan siendo los mismos; si entrecerrara los ojos hasta difuminar el contorno de su cara y convertirlo en un cuadro impresionista, sería el chico del que me enamoré. Pero está claro que *El baile del rebelde* le ha sentado muy bien. Ha ganado algo de peso —masa muscular, no flacidez— y parece tener la espalda más ancha. Aquella mirada ligeramente hueca, como de niño abandonado, se ha desvanecido de sus ojos. A pesar del calor que empiezo a notar en torno al cuello y los muslos, no puedo evitar sentirme un poco molesta: está mejor sin mí.

—Hola —dice él.

Al principio, casi espero que se lleve una sorpresa, que su cara se transforme de alegría al darse cuenta de quién soy. Pero, por supuesto, no tiene ni idea, y el destello de reconocimiento de sus ojos se esfuma enseguida. El chico que me quiso, que se ofreció a morir en mi lugar, ni siquiera me conoce. Tengo que poner todo mi empeño en seguir sonriendo.

—Hola —respondo.

Thorn se levanta de su silla.

—Ash, estas son Violet y Katie, amigas de Baba. Quieren conocer la alianza de Londres con detalle.

Me estrecha la mano, con suavidad y firmeza. Mueve los labios de forma muy leve, un mero temblor, y frunce el ceño durante un brevísimo instante. Es una de esas microexpresiones que revelan más sobre sus sentimientos que mil palabras. Está anonadado por completo.

—Lo siento —murmura, y recupera el control de sus rasgos—. Es solo que... me recuerdas mucho a alguien.

«Entonces, ¿se acuerda de mí?».

Thorn se ríe.

—Sí, su parecido con Rose sorprende bastante, pero Baba me aseguró que no era más que una coincidencia.

Katie me agarra del brazo.

—¿Quién es ese?

Willow entra por la puerta. Incluso bañado en el resplandor artificial de la iglesia, parece irradiar luz solar. Había olvidado lo atractivo que es. Noto una extraña sensación de hormigueo en las tripas. Maldita sea. Es como si tuviera superpoderes o algo así, y me obligo a recordar lo cobarde que fue, que fue incapaz de decir sus frases cuando yo estaba esperando a que me ahorcaran.

Katie emite un sonido extraño, a medio camino entre tragar saliva y soltar una palabrota. Nunca la había visto quedarse muda de asombro por un hombre. Aprieto los labios por si se me escapa la risa.

Ash la mira, y por fin su sonrisa se curva hacia un lado de su cara.

—Sí, tiene ese efecto sobre la gente. Es muy molesto.

Willow se aproxima a nosotros y entonces se detiene en seco, con la boca abierta. Me mira fijamente. La emoción debe de abrumarlo tanto que olvida sus reservas y comienza a caminar hacia mí con decisión. Ansioso, me sujeta la cara con ambas manos y su mirada digiere hasta la última de mis arrugas.

—Eres igual que ella —susurra.

Ash le aparta las manos de mi rostro con delicadeza.

—Hay similitudes, en eso estoy de acuerdo, pero no te pongas rarito, ¿vale? Esta es Violet.

Las manos de Willow se deslizan hacia abajo por mis mejillas. Atisbo un leve dejo de vergüenza antes de que disponga sus rasgos en una sonrisa perfecta.

—Perdóname, Violet. Debes de pensar que estoy loco.

Me encojo de hombros.

—No pasa nada.

Ash se vuelve hacia Thorn.

—Oye, ha habido una confusión con esa reunión a la que querías que asistiéramos, resulta que te habías equivocado de fecha. —Mira a su alrededor—. ¿Dónde está Baba?

Se me cae el alma a los pies. En cuestión de segundos, esa preciosa media sonrisa desaparecerá por completo.

Thorn sonríe con arrogancia.

—Ella... ha tenido que irse.

—¿Qué quieres decir? —pregunta Ash—. Solo hemos estado fuera una noche, no me comentó nada de que tuviera que irse.

—A lo mejor es que no te lo cuenta todo —replica Thorn.

Ash parpadea, confundido.

—¿Cuándo volverá?

—No va a volver —responde Thorn, que sin duda está disfrutando de su posición de poder.

El silencio queda suspendido en el aire. Me entran ganas de vomitar. Muchas. Me planteo ser yo quien se lo cuente todo a Ash, incapaz de seguir viendo su expresión confusa, consciente de lo que está por venir. Pero Thorn me asusta. Su tamaño, su intensidad. Y no podré llevarme a Nate a casa si estoy muerta.

Willow da un paso al frente, la sospecha oscurece sus ojos de cobre.

—¿Qué quieres decir con que no va a volver? ¿Nos diste una fecha equivocada a propósito?

—Oh, Thorn, ¿qué has hecho? —pregunta Ash, que eleva la voz a causa del pánico.

Thorn hace un gesto de indiferencia y luego dice en un tono casi despreocupado:

—Nos había traicionado, así que la he matado.

El tiempo parece detenerse. Hasta las piedras parecen contener la respiración.

Espero que Ash y Willow exploten, un frenesí de movimiento y palabrotas. Me preparo para el arrebato, pero en realidad Ash se limita a susurrar una palabra diminuta, perdida:

—¿Cómo?

—Fuego —responde Thorn—. Junto al río. Fue todo un espectáculo.

—Cabrón —susurra Ash.

Sale a toda prisa de la iglesia, con Willow pisándole los talones.

Katie y yo salimos corriendo detrás de ellos, agradecidas de escapar del estruendo de la risa de Thorn cuando se transforma en el chillido de las gaviotas. Llegamos al lugar de la ejecución en cuestión de minutos. Hace tiempo que la multitud y las llamas han desaparecido dejando tras de sí una playa de cieno vacía y tan negra, tan abrasada, que no parece más que un dibujo al carbón. Tres tocones quemados languidecen donde antes se alzaban los postes orgullosos, y no hay ni el más mínimo indicio de las víctimas, de mis amigos. Durante un instante, pienso que a lo mejor han escapado, pero luego la realidad cae sobre mí como una losa y recuerdo que lo más probable es que sus restos —los huesos, los tendones, los dientes, las partes que no arden— hayan caído en la pila carbonizada de más abajo. Me estremezco y la bilis me sube por la garganta.

Ash y Willow se detienen en el afloramiento rocoso que se eleva sobre la escena, justo donde Katie y yo nos situamos ayer. No hablan, ni siquiera lloran, solo contemplan el panorama. Sin pensarlo, echo a andar hacia Ash con los brazos extendidos, queriendo consolarlo, queriendo compartir su dolor. Se da la vuelta y, por un segundo, creo que va a suceder de verdad, que va a abrazarme, pero una voz atraviesa el silencio.

—Ash, Ash.

Una joven con la piel bronceada y el cabello oscuro y suelto corre desde la ciudad hacia nosotros. Una expresión de pánico le desfigura el rostro, pero aun así continúa resultando obvio lo preciosa que es. Tiene unos ojos grandes y ovalados, bordeados de pestañas espesas y llenos de bondad.

—Oh, Ash —dice—. Ya me han contado lo que ha pasado.

Llega hasta el chico y él la mira como solía mirarme a mí. Ya sé, incluso antes de que Ash extienda los brazos y la estreche entre ellos, que van a encajar a la perfección, pero eso no evita que se me rompa el corazón cuando lo veo.

—Daisy —susurra Ash enterrado en el pelo de la joven.

La miro. Es como si alguien me hubiera dado una varita mágica y me hubiese pedido que arreglara todo lo que odiaba de mí misma. Y, a lo Cenicienta, agité la varita por encima de mi cabeza y liberé una cascada de chispas. Se me alargaron las piernas, me crecieron las pestañas y se me alisó el pelo.

Aunque en realidad no lo hice con una varita, lo hice con un bolígrafo.

Me sorprenden los celos que se me desbocan por las venas. Son duros y angulares, lo bastante intensos para ahogar temporalmente mi dolor por la pérdida de Baba, lo bastante fuertes para tragarse la ira que siento hacia Thorn. Creé una novia para Ash, y la creé PERFECTA. La hice gema, por el amor de Dios. Me daría una patada si no fuera porque mis piernas son demasiado cortas para poder hacerlo.

Katie me observa con detenimiento y luego susurra:

—Ten cuidado, Otelo.

Tiene razón, pero soy incapaz de domar a ese monstruo de ojos verdes cuando veo a Ash apartarle el pelo de la cara a Daisy.

—Es culpa mía —dice—. Debería haberme dado cuenta de que Thorn estaba tramando algo cuando nos pidió que fuéramos a pasar la noche a Los Pastos.

Me obligo a mirar hacia otro lado, pues los celos amenazan con consumirme por completo.

Es entonces cuando lo veo: Nate. Está sentado justo donde termina la playa, prácticamente oculto por unas rocas. No aparta la mirada de los restos ennegrecidos de la hoguera mientras el viento le azota el pelo rubio. Tiene el rostro surcado de lágrimas. Alcanzo a ver donde se le han secado unas y donde le han brotado otras nuevas que dejan tras de sí regueros de residuos salinos. Los celos, la ira, todo se desvanece, y lo único que me queda es el impulso de correr hacia él —hacia este extraño semiNate— y de decirle que todo saldrá bien, pero él me mira como si fuera una extraña. Para él, soy una extraña.

De repente me siento muy culpable por haberle escrito un pasado tan escaso. No tenía familia y vivió como un impe de la calle la mayor parte de su vida. Los rebeldes lo acogieron y se convirtieron en su familia. Pero ahora parece necesitar unos padres más que nadie en este mundo.

Se limpia la cara con la parte interna de la manga de la camisa y se va. El movimiento llama la atención de los demás.

—Eso es, tú huye —grita Daisy.

—¿Qué ha hecho Nate? —pregunta Willow.

A Daisy se le escapa un sollozo.

—Es demasiado horrible para decirlo.

Ash le rodea el cuello elegante con un brazo y atrae la cabeza de Daisy hacia su pecho. Están tan cerca que casi podrían ser una sola persona.

—Tranquila, no pasa nada —le susurra de nuevo enterrado en su pelo.

Daisy mira a Nate con fijeza e, incluso bajo la luz matutina, detecto una dureza inusitada en sus ojos oscuros.

—Cobarde.

Escupe la palabra como una serpiente escupe veneno.

Se me contrae el estómago. «¿Sabe que Nate es el traidor?».

Nate pasa corriendo a nuestro lado y me da un golpe en el hombro al cruzarse conmigo. Me llevo la mano al punto en el que su cuerpo ha tocado el mío. Quiero ir tras él, pero no tengo ni idea de qué decirle ni de cómo mejorar la situación.

Daisy lo observa mientras se aleja.

—Lleva semanas actuando de forma extraña, y ahora esto.

Mueve un brazo en dirección a la sombra de la hoguera que hay más abajo.

Ash le acaricia la espalda.

—Dee, es Nate. ¡Nate! Es uno de los buenos.

No sé qué me disgusta más, si oír que Ash utiliza un apodo cariñoso para referirse a ella u oír a Ash defender a Nate. Se me debe de escapar una especie de gemido, como si mi cuerpo fuera incapaz de contener tantos sentimientos horribles. Daisy se vuelve para mirarme. ¿Se habrá dado cuenta de que parezco su hermana bajita, pálida y fea? Deseo odiarla con todas mis fuerzas, pero no es culpa suya que yo la haya convertido en todo lo que ansiaba ser. No es culpa de nadie salvo mía.

Nuestras miradas se cruzan y ella sonríe. Es un gesto cansado y frágil, se está esforzando en ser amable.

—La verdad es que habéis escogido un momento terrible para visitarnos.

—Eso es quedarte corta —responde Katie.

Una risita escapa de los labios de Daisy.

—Sé que habéis dormido en casa de Thorn, pero si lo preferís, podéis quedaros con Ash y conmigo. Tenemos espacio.

—Gracias —consigo decir con voz chillona

Me acaricia el brazo, le da un apretón suave, y luego hace lo mismo con Katie. Es un gesto pequeño pero sorprendentemente íntimo, un intento de tranquilizarnos, un genuino acto de compasión cuando su propio corazón debe de estar roto en mil pedazos.

—Sea como sea, nos vemos pronto —dice antes de volver a dirigirse hacia los edificios.

Espero que Ash la siga, pero se queda donde está y me escudriña el rostro. Había olvidado lo dolorosamente pálidos que son sus ojos. De pronto cobro conciencia del frío que hace y el vello del cuello se me empieza a erizar.

—¿Quién eres? —pregunta.

Casi noto el calor de su aliento en mi mejilla.

Quiero decirle que soy la asesina que viaja en el tiempo. La chica a la que le enseñó los duplicados. La chica en cuyo lugar se ofreció a morir. Pero lo único que consigo hacer es devolverle la mirada.

—Ash —lo llama Daisy.

Una sonrisa roza levemente su cara, una sonrisa que no soy capaz de interpretar por más empeño que ponga. Y después se va.

—Calzonazos —canturrea Katie.

—Parece buena chica —digo.

—Pero sospecha de Nate —responde Katie—. Debemos tener cuidado.

—Cierto.

Porque, a pesar de lo que Nate le ha hecho a Baba, a pesar del tatuaje de rata que le corrompe el brazo, él sigue siendo la única esperanza que tengo de salvar a mi hermano en nuestro mundo.

—¿Quién es ese? —pregunta Katie señalando el río.

Casi enfrente de nosotras, a mitad de camino hacia la tierra de nadie, se mece un bote de remos. Juro que hace un momento no estaba ahí. Y lo que es aún más extraño, de pie en el bote hay un hombre alto, de pelo negro. Da la impresión de que no se mueve, como si fuera inmune al movimiento del agua. Le veo la cara. Definida, hermosa, de rasgos asiáticos. No cabe duda de que es gema: facciones simétricas, un traje caro hecho a medida. Me mira y parpadea, despacio, tal vez con complicidad.

—¿De dónde ha salido? —susurra Katie—. Esto es raro que te cagas.

Comienza a saludarnos con la mano. No, no nos está saludando... nos hace señas para que nos acerquemos.

—¿Nos está...? —me interrumpo antes de terminar la pregunta.

Katie asiente con la cabeza.

—Creo que quiere que lo sigamos.

Si no tuviera el corazón desbocado, me reiría.

—¿Qué? ¿Quiere que nos metamos en el Támesis y subamos a bordo, así, por las buenas?

Un estruendo repentino reclama nuestra atención: pájaros que trinan y baten las alas. Levantamos la vista y vemos pasar una bandada de golondrinas en forma de media luna. Se mueven como una sola, sobrevuelan la ciudad y se pierden en la distancia.

Y cuando volvemos a mirar hacia el río, tanto la barca como el hombre que nos hacía señas se han desvanecido.

CAPÍTULO 18

VIOLET

Estoy flotando, suspendida en un estanque que está a la temperatura exacta de mi cuerpo, así que no distingo dónde termina mi piel y dónde comienza el agua. Por un momento, me pregunto si seré agua, incapaz de mantener ni forma ni figura alguna. «¿Estoy soñando?». Tengo los ojos cerrados, y cuando los abro, el rostro que se cierne sobre el mío me deja sin aliento y me recuerda que soy mucho más que el agua que me rodea. Pertenece al hombre que nos hacía señas. Empiezo a maravillarme ante el hecho de que el pelo no se le caiga hacia delante a pesar de que está suspendido sobre mí. Entonces me doy cuenta de que ambos estamos de pie y el mundo cobra algo más de sentido. No hay ningún estanque. Solo una interminable extensión de negro. Me miro los pies y veo que no hay suelo. Y cuando vuelvo a levantar la mirada, él está sonriendo.

—¿Quién eres? —pregunto.

—Yan —responde, y me toma las manos entre las suyas.

—Yan —repito con suavidad. Luego lo digo de nuevo, un poco más fuerte—. Yan.

—Tienes que confiar en mí, Violet. ¿Podrás hacerlo?

—Es que... ni siquiera te conozco.

Se echa a reír.

—Todavía no, pero ya lo harás. Me ha enviado una amiga.

—¿Baba?

—Tal vez.

Cuando mira a su alrededor, comienzan a aparecer colores que se arremolinan los unos en torno a los otros como si fueran pintura en el agua; algunas siluetas van tomando forma poco a poco. Estamos en el huerto, en el lugar favorito de Baba. La presencia de Yan no hace sino llamar la atención sobre la ausencia de la anciana, así que siento una punzada de pérdida en el pecho.

Se me llenan los ojos de lágrimas.

—¿Por qué salvó a Nate?

—Por la misma razón por la que estás intentado hacerlo tú. Por amor.

Los sentimientos me abruman y tengo que jadear para intentar coger aire. Me golpea la lengua: fresco, dulce y ácido a la vez.

—¿Puedo llevármelo a casa?

—Creo que sí.

Una sensación cálida me recorre las venas. «Todavía hay esperanza».

Yan sonríe.

—El proceso de transferencia debería funcionar. Aunque ahora mismo son chicos muy distintos: el que está dormido en la cama del hospital y el que acaba de traicionar a Baba.

—¿A eso se refería Baba cuando me dijo que tenía que salvar al Nate de este mundo?

—Eso creo —responde.

Me froto los ojos, la esperanza se ha convertido enseguida en frustración.

—¿Puedes decirme cómo termina la historia? Para que podamos volver a casa.

Niega con la cabeza.

—No puedo decirte más que Baba. —Ve la desilusión reflejada en mi rostro y me pone una mano en el hombro; una sensación de calma que se propaga desde sus dedos como un néctar caliente me recorre de arriba abajo—. Lo siento, Violet. En estos momentos el futuro es muy difícil de ver, hay demasiados desenlaces diferentes luchando por hacerse con un hueco y me resulta imposible trazar un camino claro. Tengo un mensaje importante para ti, eso sí.

—¿De Baba?

Sonríe y baja tanto la voz que apenas lo oigo por encima de la brisa.

—Observa al pájaro de pecho rojo alzar el vuelo. Cuenta hasta tres, muévete a la derecha.

Dejo que las palabras queden suspendidas entre los dos con la esperanza de que Yan las desarrolle, o al menos de que me explique algo más. Pero se limita a seguir mirándome con sus preciosos ojos marrones.

—¿Qué significa? —digo al final.

—No lo sé. —Mira hacia arriba. Una bandada de pájaros pasa por encima, creo que son golondrinas, y él les susurra con voz distante—. Antes de poder salvar al Nate que duerme en tu mundo, debes salvar al de aquí.

—Eso es lo que dijo Baba.

Me agarra los brazos con unos dedos fuertes y precisos.

—Date prisa, Florecilla. No hay ni un segundo que perder.

Y de repente estoy plantada en la orilla mirando hacia el río. La oscuridad de la noche me rodea, pero alcanzo a atisbar a Yan bajo la luna. Está de pie en un pequeño bote, a mitad de camino hacia la tierra de nadie, y muy despacio, comienza a hacerme señas.

Me despierto sobresaltada, apenas distingo las paredes de la habitación de invitados de Thorn a través de la neblina del sueño y a la luz de una sola vela agonizante. Las palabras de Yan me retumban en la cabeza una y otra vez. «Date prisa, Florecilla. No hay ni un segundo que perder». Busco a Katie a tientas y la sacudo para que se despierte.

—¿Qué...? ¿Qué pasa? ¿Violet? —murmura.

—Venga, dormilona. Acabo de recibir la visita de un flamante adivino alarmantemente sexy. Es ese tío del bote que nos hacía señas. En resumen, tenemos que encontrar a Nate.

Mis ojos se acostumbran a la penumbra y veo que está parpadeando.

—¿Qué, ahora mismo? —pregunta—. Estamos en plena noche.

Me llevo un dedo a los labios, consciente de que solo una fina capa de ladrillos nos separa de Thorn.

—Exacto.

—Espera... ¿tienes un adivino nuevo?

—Sí.

—¿Y es... sexy?

—Te daré más detalles de camino.

Aparto las sábanas de la cama con la esperanza de que la ráfaga de aire fresco nos ayude a levantarnos.

—¿De camino adónde?

Ya me estoy poniendo los zapatos.

—Espabila... de camino a encontrar a Nate.

—Pero estará dormido.

Mientras lo dice, comienza a meter los pies en los zapatos, como si ya estuviera resignada a perder la discusión.

—¿Tú crees? Si Nate es el traidor, debe de estar comunicándose con los gemas de alguna manera, y no podría correr el riesgo de utilizar tecnología, porque Thorn dispondrá de todo tipo de artilugios para detectar esas cosas. Así que está haciéndolo a la antigua usanza.

—¿Por paloma mensajera?

—No, idiota. —Me encanta que Katie siempre sea capaz de hacerme reír—. Cara a cara.

—Pero no sabemos nada... ni dónde ni cuándo.

Me estoy metiendo la camisa por la cabeza, así que mi voz queda atrapada en los pliegues de la tela.

—Nate dijo que vio a Baba en la tierra de nadie. Por eso actuó como testigo de Thorn en la hoguera, oí a unos impes comentarlo antes.

Katie sonríe al unir los puntos.

—¿Crees que fue al revés? ¿Que Baba vio a Nate en la tierra de nadie?

—Merece la pena intentarlo, y si iban a reunirse, sería al abrigo de la oscuridad.

—Eso son un montón de «sis» por los que salir de la cama. Me acerco a la ventana corredera y la abro con toda la suavidad de que soy capaz.

—Creo que esa es la razón por la que Yan estaba en el río y nos hacía señas de que lo siguiéramos. Nos estaba guiando hacia Nate. —Me asomo a la noche. El aire me revive, aunque huele a aguas residuales y frío—. La casa tiene alarmas abajo, en las ventanas y en todas partes. Solo hay una forma de salir.

—Tienes que estar de coña —murmura Katie.

Bajar por ese canalón desvencijado me parece casi tan difícil como trepar a aquel puñetero árbol la primera vez que estuve aquí. Amenaza con desprenderse de la pared cada vez que apoyo mi peso en él, así que termino utilizando los agujeros que hay en la argamasa a modo de asidero. Solo son dos pisos de altura, y eso me ayuda a calmar los nervios al menos en parte; lo más probable sería que el resultado de una caída fueran unos cuantos huesos rotos y no la muerte inmediata, pero aun así me siento ridículamente aliviada cuando llego al suelo sana y salva. Levanto la mirada hacia Katie, que se asoma de manera precaria desde la ventana. Me dedica una sonrisa torcida y me pregunto si habrá caído en la cuenta de que este es el único universo en el que unos cuantos huesos rotos se consideran la mejor de dos opciones.

Katie tiene tanto de deportista como yo, y me da la sensación de que el mero hecho de salir por la ventana ya le supone un gran esfuerzo. En un momento dado, me lanza a la cara una lluvia de polvo de ladrillo y pierde pie. Durante un segundo, se queda colgando únicamente de las manos, así que me coloco debajo de ella por si se cae, pero al final logra enderezarse de algún modo.

Llega al suelo de una sola pieza.

—Madre mía, lo hemos conseguido —susurra.

—Que no se te suba a la cabeza, todavía nos queda un largo camino por recorrer.

Avanzamos en silencio por la calle. Por suerte, las nubes son finas, así que contamos con algo de luz ambiental para ayudar a orientarnos.

—¿Cómo vamos a encontrarlo? —susurra Katic.

—Necesitará un bote.

Mi amiga sonríe.

—Y sabemos dónde están atracados, porque ya los usamos para escapar por el río la primera vez que estuvimos aquí.

Mientras nos dirigimos hacia la orilla, le cuento lo del extraño acertijo que me ha dicho Yan. Katie repite las palabras varias veces con el ceño fruncido.

—Supongo que por «pájaro de pecho rojo» se refiere a un petirrojo —dice al fin.

—Supongo —respondo.

—Pues aparte de la bandada de golondrinas, hasta ahora solo he visto unas cuantas gaviotas con pinta de malas y varias palomas escuálidas.

Ya vemos el río, una enorme franja negra que atrapa las estrellas en su superficie y las transforma en algo todavía más bello. Deprisa, sin pronunciar ni una sola palabra, continuamos serpenteando hacia los muelles de atraque.

Todos los callejones y arcos parecen iguales, sobre todo de noche, y durante un momento me preocupa que nos perdamos. Sin embargo, el paisaje no tarda en empezar a cambiar: cuando llegamos a la parte de la ciudad que las bombas no alcanzaron, es como si los edificios brotaran de la nada.

El corazón comienza a golpearme las costillas y de pronto me tiemblan las piernas. ¿Y si esta expedición no sirve para nada? ¿Y si Thorn descubre que hemos desaparecido y encima no encontramos a Nate? Para cuando llegamos al tramo de la orilla donde están atracados los botes, me he convencido de que esto ha sido una pérdida de tiempo y de que Thorn ya habrá enviado una furiosa partida de búsqueda a por nosotras. Vacilante, me asomo por encima de un afloramiento rocoso y atisbo una hilera irregular de cubiertas de lona: los botes de remos. No hay ni rastro de Nate, y el cansancio y la decepción me invaden por completo. El olor a tela impermeabilizada y a pescado me tranquiliza durante un instante; nuestro camping de Francia olía exactamente igual.

—Deberíamos irnos —le susurro a Katie.

Ella me agarra una mano y le da un apretón.

—Ni de puñetera coña, he salido de la cama por esta mierda, así que vamos a aguantar y a ver si Nate aparece por aquí.

Nos tumbamos bocabajo, escondidas detrás de unos arbustos cuya malla de ramas convierte la orilla del río en un mosaico de grises y negros. Mi ritmo cardíaco se ralentiza y mi respiración se estabiliza cuando siento la tierra tranquilizadoramente firme bajo el pecho. Esperamos durante lo que parece una eternidad. La noche es cada vez más fría, y pese a que cuando necesitábamos la luz he dado las gracias por la escasa capa de nubes, ahora la maldigo, pues el cielo despejado permite que el calor del día se escape hacia el cosmos. Katie y yo seguimos vestidas con nuestra ropa de verano de la Comic-Con. Siento a mi amiga temblar a mi lado.

—Tal vez se nos haya escapado —dice Katie al fin.

Se me cae el alma a los pies.

—O a lo mejor ni siquiera ha venido. Nunca te fíes de un adivino sexy.

Derrotada, estoy empezando a levantarme del suelo cuando a lo lejos oigo una voz que entona una melodía rítmica, una canción que me resulta familiar. La voz pertenece a un hombre y contiene más tristeza de la que una sola voz debería albergar jamás. Entorno los ojos para escudriñar la noche y veo una figura: una mancha de oscuridad en la oscuridad. Se acerca y empiezo a captar las palabras de su triste lamento. Me siento como si estuviera a punto de estallarme el corazón, y no por la angustia que me recorre todo el cuerpo, sino porque conozco esa canción. Mi madre me la cantaba.

Y también se la cantaba a Nate.

«Déjame tu ala rota arreglar,
una golondrina debería libre volar, mi amor».

Desciende desde la orilla escarpada hasta la playa. Debe de ir vestido de negro, porque cuando se vuelve hacia nosotras, su rostro resplandece como un plato a la luz de la luna. No cabe duda de que es Nate. Los ojos marrones le brillan a causa de las lágrimas. De repente siento una gigantesca oleada de compasión hacia él. ¿Y si tengo razón y un autor demente de nuestro mundo lo ha hecho traicionar a los impes e inculpar a Baba y ahora tiene que soportar todo ese peso sin saber que no es más que una marioneta? Es una idea tan horrible que apenas puedo soportarla. Ahora me alegro de que haga frío; el dolor implacable que noto en el cuerpo hace que me sienta más cerca de él.

Nate comienza a apartar la lona de un bote cercano sin dejar de cantar la canción de mamá.

«Porque tú naciste para bailar y cantar,
y conmigo el vuelo remontarás, mi amor».

¿Recuerda cosas de su otra vida? ¿Y si al final resulta que sí es mi hermano pequeño el que está ahí dentro? La emoción me ahuyenta el frío de los huesos. Nate se agacha, aprovecha su propio peso para tirar y comienza a desplazar el bote hacia el río. Es complicado hacerlo solo, así que la hermana mayor que hay en mi interior quiere salir corriendo a ayudarlo. Tengo que concentrarme en tensar los músculos hasta que el impulso desaparece. Mi hermano llega a la orilla y entonces hace algo muy extraño. En lugar de meter el bote en el agua para que empiece a flotar, lo adentra solo parcialmente en el río. Luego se encarama a él y clava los remos en el lodo de la orilla para introducir el resto del bote en el agua muy despacio.

—¿Tanto le preocupa mojarse los pantalones? —sisea Katie.

Niego con la cabeza, confundida. Esperamos a que por fin empiece a flotar en el agua. Se detiene un momento, seguro que para recobrar el aliento, y luego comienza a remar. El chapoteo rítmico de sus remos va desvaneciéndose gradualmente a medida que se aleja de nosotras.

En silencio, bajamos a la playa y nos disponemos a descubrir otro bote. No hay ninguno. Las demás lonas ocultan pilas de madera y de escombros recuperados. Esto no formaba parte del plan.

—¿Y ahora qué? —dice Katie.

La miro y me encojo de hombros. Solo hay una respuesta.

—¡Y una coña marinera! —exclama ella.

—Venga, ya sobrevivimos a esto una vez.

—A duras penas —replica—. Y si la memoria no me falla, a ti te sacó a rastras un aerodeslizador.

—Las dos somos buenas nadadoras, la noche está tranquila y la corriente es débil.

Miramos hacia el río. Parece más ancho que hace tan solo un segundo... más ancho y agitado.

—En este mundo también podemos ahogarnos, ¿verdad? —pregunta Katie.

—Solo si nos hundimos.

Comienzo a quitarme la ropa.

Ella me imita y nos desnudamos hasta quedarnos en ropa interior. Ambas volvemos a ponernos los zapatos: harán que vayamos más lentas, pero no tanto como un cristal o una piedra afilada. Lo último que necesitamos es que se nos abra una herida en estas aguas; tienen el mismo aspecto y olor que una alcantarilla. Nos adentramos en el río dando pasos pequeños y temblorosos. El agua está tan fría que se me corta la respiración. Algo se desliza junto a mis tobillos, un trozo de polietileno o algo más asqueroso, como una anguila o una rata de agua. Me entran unas ganas terribles de darme la vuelta y volver corriendo a casa de Thorn, pero luego pienso en mi hermano, entreverado de tubos, y algo parecido al valor se solidifica en mi estómago. Tenemos que hacer esto.

Caminamos hasta que el agua nos llega a la cintura. Tiemblo de pies a cabeza y apenas puedo respirar. Me castañetean los dientes, ni siquiera sabía que eso pudiera ocurrir de verdad.

—Tenemos que empezar a movernos o moriremos congeladas —logra articular Katie a pesar de que la voz se le entrecorta.

—Por Nate —digo.

Asiente.

—Por Nate.

Nos zambullimos juntas en el agua.

Se me clavan carámbanos en la piel desnuda. El dolor me obliga a resollar y la boca se me llena inmediatamente de río. Escupo y trago. Sabe mucho peor de lo que huele. Consigo dejar de toser y muevo las extremidades pese a que me pica hasta el último centímetro del cuerpo.

Avanzamos a buen ritmo, ambas nadando a braza porque así es más fácil mantener la cabeza fuera del agua. Siempre me ha gustado nadar; las acciones rítmicas se convierten en algo casi relajante, como si te mecieran. Pero estoy acostumbrada a las piscinas cubiertas, donde el agua está casi a la misma temperatura que el cuerpo, huele a cloro y no es del color del alquitrán. Donde el eco de las carcajadas de los niños rebota contra las paredes de azulejos y se oyen las vibraciones del trampolín. Ahora mismo, lo único que oigo es mi respiración áspera, que el cielo nocturno absorbe de inmediato. Y, sin embargo, ese cielo tiene algo extrañamente hermoso. No hay contaminación lumínica, ni nubes, y las estrellas arden brillantes y auténticas.

No es una gran distancia, pero nadar a contracorriente, por poca fuerza que tenga esta, consume toda la energía de mis músculos. Soy consciente de que nos estamos alejando río abajo. Me arriesgo a echar un vistazo por encima del hombro y veo que no hay ni rastro de la playa donde Nate tenía el bote escondido. Estoy a punto de decírselo a Katie cuando algo pasa flotando junto a mí. Es uno de entre muchos objetos, algunos de los cuales han chocado contra mí o se me han enrollado en las espinillas. Por lo general, he intentado ignorarlos, de apartar la mirada y dejar que mi cerebro infiera que se trata de algas, plásticos, escombros o masas de desperdicios humanos. Pero este objeto me llama mucho la atención. Es un brazo humano. Gris y con manchas, con parte de la carne desaparecida; veo todos y cada uno de sus dedos, hasta la última de las uñas. Inhalo una bocanada de agua. Me escuece en la garganta y me sube por la nariz, me arde en los senos y en los ojos. La toso de nuevo.

—¿Qué era eso? —pregunta Katie.

Me las ingenio para tragar.

—Solo una rama —miento.

Nunca me he sentido más aliviada que cuando toco tierra firme con los pies. Se hunde bajo las suelas de mis zapatos y me dejo caer hacia delante, de forma que el agua aún me sostiene un poco. Me tiembla todo el cuerpo de frío y agotamiento.

—Lo hemos perdido —digo mientras miro con desesperación orilla arriba y abajo.

—Está ahí —dice Katie señalando río arriba.

A lo lejos, distingo la silueta de un bote pequeño.

Alcanzamos la orilla dando tumbos y de repente recuerdo que hemos dejado nuestra ropa al otro lado del río. Tanto Katie como yo somos muy blancas y nuestra piel prácticamente resplandece bajo la luz de las estrellas, lo cual nos convierte en dos blancos gigantescos. Somos como cisnes medio ahogados a la espera de que les disparen. Sintiéndonos muy vulnerables, nos acuclillamos y seguimos la orilla hacia el bote.

La tierra de nadie no parece ni mucho menos tan amenazante de cerca. Las formas oscuras y retorcidas no son más que edificios bombardeados y paredes derruidas, igual que en la ciudad que hemos dejado atrás. Pero no hay polietileno, ni jirones de tela, ni volutas de humo ni estallidos de risa a este lado del río. Todo es tranquilo, silencioso y apesta a muerte. Por alguna razón, me da la impresión de que es como una ventana al futuro de los impes. Una espeluznante imagen de su inexistencia. Da un miedo que te cagas, pero no puedo negar que el silencio facilita la tarea de encontrar a un chico sacando un bote del agua.

Una vez que consigue varar la embarcación en la orilla, Nate echar a andar en la dirección opuesta a nosotras. Lo seguimos a hurtadillas y solo nos detenemos cuando alguna mancha de luz interrumpe el negro. Una vibración distante me inunda los oídos.

—¿Qué es eso? —pregunta Katie en un susurro casi ininteligible.

Miro la luz. Es un túnel amarillo, un cono que brilla más en su punto de origen. Detrás de ella solo veo destellos de metal, la forma de algo grande y curvado.

—Un helicóptero gema —respondo. Me sorprende ser siquiera capaz de hablar. Es como si mi propio aliento me quemara el interior de la boca.

Nos agachamos y nos escondemos detrás de un bloque de hormigón, tiritando y abrazándonos en busca de calor. No había tenido tanto frío en toda mi vida. El agua se ha evaporado casi por completo de mi piel —que a la luz de las estrellas parece más bien acero corrugado de color azul—, pero aún me empapa el pelo y la ropa interior. Ahora mismo daría cualquier cosa por una manta.

El helicóptero aterriza; el ruido me estalla en los oídos y me distrae temporalmente del dolor. Katie y yo nos inclinamos hacia delante para intentar ver mejor lo que sucede. Dos hombres descienden del helicóptero. El primero de ellos se sitúa delante de la luz, así que vislumbro su perfil y su halo de rizos rubios. Es Howard Stoneback, el hombre que disparó a mi hermano pequeño. Es como si las entrañas se me abrieran y una grieta gigante las dividiera en dos: se me desboca el corazón, la respiración se me acelera y me olvido por completo del frío y la fatiga. Mi cuerpo se llena de una rabia candente y empiezo a temblar con violencia. Quiero matarlo. Quiero que sangre, como él hizo sangrar a mi hermano. Es una furia que me sorprende, pero eso no basta para apagarla.

Katie me pone una mano en el hombro.

—¿Estás bien? —pregunta sin voz.

Logro asentir con la cabeza y concentrarme en mi respiración. Inspirar, espirar. Inspirar, espirar.

El otro hombre también se acerca a la luz. Está de espaldas a mí, pero no cabe duda de que es un gema: alto, de hombros anchos, con el pelo castaño y abundante.

Katie y yo nos acercamos un poco más para intentar oír sus voces por encima del suave chapoteo del río, el zumbido de mis oídos y el corretear de las ratas. El hombre que nos da la espalda es el primero en hablar. Su voz tiene algo que me resulta extrañamente familiar.

—En cualquier caso, pensaste con rapidez, Nate. Bien hecho.

Mi hermano se mira los pies.

—No pensé que él... fuera a matarlos. Fue terrible.

El hombre toca a Nate en el brazo y, al hacerlo, se gira de manera que alcanzo a verle tres cuartos de la cara. No obstante, por la forma en que se proyecta la luz del helicóptero, sus rasgos quedan reducidos a una enorme sombra.

—Los impes son unos salvajes. A estas alturas seguro que ya lo sabes —dice.

—Te olvidas de que Thorn es gema —replica Nate.

El hombre sin rostro cambia de postura y me doy cuenta que el desafío de Nate le ha molestado ligeramente.

—Sí, pero impe de corazón. Igual que tú, al parecer, en el fondo eres gema.

—Aun así, yo no quería que Baba muriera —protesta Nate—. Ni Saskia ni Matthew. No se lo merecían.

El hombre sin rostro habla con voz suave.

—Por supuesto que no. Pero ahora debes concentrarte en el futuro, Nate. Hemos llegado muy lejos. Tú solo piensa en que nuestras acciones cimentarán el destino de los impes para siempre.

—Lo sé —dice Nate.

En ese momento, el hombre sin rostro se mueve y sus rasgos emergen de entre las sombras. Todos y cada uno de mis músculos se convierten en piedra.

Es Willow.

CAPÍTULO 19

VIOLET

Me llevo una mano a la boca y me muerdo los nudillos con rabia. Ese cabrón, hipócrita, gusano, comadreja. ¿Cómo es posible que esté trabajando en contra de los impes después de haber fingido ser parte de la alianza, después de haber estrechado el cadáver de Rose contra su pecho?

Willow vuelve a hablar.

—Y un día, todo el mundo te agradecerá lo que estamos a punto de hacer... hasta mi hijo.

Escudriño la oscuridad mientras intento evitar que me tiemble la cara para poder ver bien. Aunque el parecido con Willow es asombroso, este hombre es mayor, tiene la piel estirada, como si se hubiera alisado las arrugas, y su mirada no alberga ni el más mínimo indicio de calidez o bondad. A pesar de haber salido de entre las sombras, la luz no le ha iluminado los ojos, y dudo que consiga hacerlo alguna vez.

—¿Quién es? —me pregunta Katie solo moviendo los labios.

—El padre de Willow —le respondo del mismo modo—, Jeremy.

—¡Melofo!

Volvemos a centrar nuestra atención en Nate. Parece incómodo, pequeño.

—¿Qué noticias traes? —le pregunta Howard.

—Han llegado dos chicas —contesta Nate—. Son jóvenes, deben de rondar los veinte años. Ambas son impes y me resultan algo... —Se interrumpe un momento—... conocidas.

Miro a Katie. La sombra de una sonrisa le cruza la cara y hace que le bailen las pecas.

—Baba las estaba esperando —dice Nate—. Están investigando la alianza de Londres. Parecen bastante inofensivas.

Jeremy Harper asiente con la cabeza.

—Bueno, Oscar ha estado trabajando día y noche. Día y noche. Y la solución a nuestro pequeño problema de infestación pronto estará lista.

—¿Has colocado el bidón? —le pregunta Howard a Nate.

—Sí —contesta él—, en el cuartel general. No sospechan nada.

Mi cerebro funciona despacio, entumecido por el frío y el cansancio. ¿Un bidón? ¿Contiene algún tipo de toxina?

Howard estira una mano y le da unas palmaditas en la espalda a Nate, como si fuera un padre orgulloso en un partido de fútbol. Quiero correr hacia Nate y gritarle: «Él te disparó. Él te mató. Huye lo más rápido que puedas». Pero el miedo, el hielo y la ira me tienen paralizada.

Las tres figuras se aproximan entre sí durante un instante y ya no logro oír lo que dicen. Se estrechan la mano y Jeremy y Howard vuelven a subirse al helicóptero. Mientras el helicóptero despega, Katie y yo nos agazapamos debajo de una plancha de metal desechado, por si acaso las luces nos descubren, acuclilladas y brillando en la oscuridad. El traqueteo de las hélices resulta ensordecedor después de haber pasado tanto tiempo aguzando el oído sumidas en el silencio, y el suelo que nos rodea se ilumina con tanta intensidad que veo hasta la última mota de polvo. Me da miedo que la luz sea tan fuerte que incluso penetre en nuestro escudo metálico y revele nuestros cuerpos semidesnudos. Pero poco a poco va desapareciendo y el estruendo del rotor se reduce a la nada.

Permanecemos totalmente inmóviles. Ya no tengo frío. Solo me siento muy muy cansada. Como si mi cuerpo estuviera relleno de pesas y me hundiera en el suelo. El mundo se cierra a mi alrededor mientras me hundo en el sueño.

—¿Violet? —susurra Katie. Su voz parece estar muy lejos—. ¿Violet? Tienes que despertarte.

—Estoy despierta —respondo.

O puede que solo lo piense. La línea que separa la realidad de los sueños se vuelve muy fina, permeable, como una hoja de papel de calcar.

—Violet —me espeta Katie con una voz repentinamente fuerte y cercana a mi oído.

Abro los ojos de golpe.

—¿Dónde estabas? —pregunta.

—No sé, yo... Solo quería descansar —acierto a decir a pesar de que me trabo con las palabras.

Mi amiga gruñe.

—Genial, hipotermia. Vamos, tenemos que volver antes de que nos desmayemos las dos.

Me adentro en el río dando tumbos, apenas consciente del cieno que resbala bajo mis suelas ni del agua que me lame piel. Veo mis brazos extendidos ante mí. Podrían ser los de cualquier otra persona. Dos brazos muertos, cadavéricos, pegados a mi cuerpo y moviéndose por voluntad propia como si estuvieran poseídos.

Creo que estoy batiendo las piernas, pero ya no me las siento... No siento nada.

Ahora estoy a mitad de camino de la otra orilla... donde más cubre el río... el agua que se extiende por debajo de mi cuerpo debe de estar muy tranquila y quieta.

Se me cierran los ojos, los brazos de cadáver flotan a mis costados, mis piernas se rinden.

El consuelo de los sueños me espera. Se acabó el agotamiento, se acabó el frío, se acabó el miedo... solo el suave subir y bajar de mi respiración mientras me sumo en la inconsciencia.

ALICE

Esa noche, Fanboy vuelve a publicar:

Un dron minúsculo entró volando por la ventana abierta de la habitación y se quedó suspendido ante Nate. Durante unos segundos, el muchacho pensó que parecía un insecto enorme y que ojalá pudiera aplastarlo con el zapato, pero al final lo atrapó en el aire y presionó la yema de un dedo contra el costado brillante. El dron emitió un pitido leve, como si reconociera la identidad de Nate, y luego se desplegó en la palma de la mano del chico hasta dejar al descubierto una nota muy bien enrollada.

Nate sonrió. «Tanta tecnología y todo sigue reduciéndose a pasarse notas».

Leyó el contenido con el estómago encogido de nervios.

«Mañana por la noche, a las 24.00 h. Estación de Bank».

Debajo de las palabras manuscritas aparecía el símbolo de la rata que se muerde la cola. Nate acarició la silueta con un dedo.

Su primera reunión de con los Taleter.

Howard esbozó una sonrisa cuando el aparato que sujetaba en la mano se iluminó para confirmarle que, en algún lugar de la apestosa ciudad impe, el joven impe conocido como Nate había recibido su mensaje. Se recostó en su silla de color rojo oscuro y vació su vaso de whisky de un trago. Al día siguiente por fin revelaría la última parte de su plan.

Y entonces nadie podría detenerlo.

Cerró los ojos, pues las lágrimas de alegría amenazaban con derramársele por las mejillas. Al cabo de solo unos cuantos días lograría su único y verdadero objetivo: la aniquilación de todos los impes del planeta.

Una sensación de horror invade lo más profundo de mi ser. No puedo tragar, no puedo moverme. Apenas puedo respirar. Las palabras comienzan a emborronarse en la pantalla hasta parecer un montón de líneas y puntos. La aniquilación de todos los impes del planeta. Al cabo de solo unos cuantos días.

Violet. Katie. Nate.

Me cago en la puta.

Cierro el portátil de golpe, el sudor y las lágrimas se me mezclan en la cara. «¿Qué cojones voy a hacer?». Tengo que llevar a Violet y a Katie a esa reunión para que sepan a qué se están enfrentando. ¿Debería escribir más *fanfic*? «No». No existe ninguna garantía de que eso vaya a funcionar.

Tengo que enviarle un mensaje a Violet.

Me pongo un par de vaqueros, cojo prestado el jersey de rombos de mi padre y me recojo el pelo bajo una de las boinas de mi madre. Si no se fijan mucho, superaré el radar.

Justo antes de salir de casa, recibo un mensaje de Danny. Su nombre me ilumina el móvil y el pecho a partes iguales.

> Al, he encontrado la dirección IP. Creo que
> Fanboy utiliza un cibercafé de la zona.
> ¿Te apetece montar guardia mañana? x

> Por supuesto ☺ x

Puñetero Fanboy, como lo encuentre en esa cafetería, le retuerzo el cuello esquelético.

Llego al hospital en un tiempo récord. Millie la Loca del Corte Tazón no me saluda como suele hacer, y eso significa que he conseguido colársela al menos a una persona. Miro mi reloj de pulsera. Si algo he aprendido durante mis visitas a Nate es cuando hacen las rondas con el carrito de los medicamentos. Me calzo la boina hasta las orejas y me dirijo a la UCI esperando que la gente me lance las mismas miradas de siempre, pero parece que mi atuendo ha conseguido volverme invisible. Tengo el mismo cerebro, la misma personalidad, el mismo cuerpo. Sigo siendo yo. Es curiosa la diferencia que pueden establecer unas cuantas prendas de ropa.

Me acerco a la UCI. Ahí está el carrito... parado, a la espera, invitándome a volcarlo. Así que espero mi momento, hago caso omiso de las palpitaciones que siento en el pecho y observo a la enfermera mientras entra en una habitación. Entonces echo a correr por el pasillo y me abalanzo contra el carrito con todas mis fuerzas. Se produce un fuerte estruendo, seguido por el repiqueteo de las píldoras que se esparcen por las baldosas. Me cuelo en la UCI y me escondo detrás de la cortina de separación más cercana, demasiado asustada hasta para respirar.

El personal se precipita hacia el lugar del alboroto, maldiciendo su mala suerte.

A toda prisa, me dirijo hacia el cubículo de Violet. Adam está profundamente dormido junto a su cama. Mierda. Esto no lo había tenido en cuenta. Pero si el escándalo del carrito de los medicamentos no lo ha despertado, dudo que mi próximo movimiento lo consiga. Estudio su cara dormida, incapaz de contener los celos que crecen en mi interior; mis padres jamás durmieron a mi lado cuando yo estaba inconsciente. Tenso la boca hasta convertirla en una línea fina, resuelta. Hace mucho tiempo que me di cuenta de que tengo unos padres de mierda que no merecen la pena. Los que merecen la pena son mis amigos: Nate, Katie y, por supuesto, Violet. Le acaricio con los dedos los rizos espesos y oscuros que huelen a flores.

Cuando estuve allí por última vez, en el mundo de *El baile del ahorcado*, lo abandoné todo por salvarla. La vida de gema. A Willow. Y volvería a hacerlo. En un suspiro. Haría cualquier cosa por ella.

Aunque eso signifique herirla.

Saco un pequeño cuchillo de cocina de mi bolso de mano. La hoja refleja la luz del pasillo y, durante un segundo, parece un diente furioso, afilado. Me duele el estómago y me arde la garganta, pero debo hacerlo de todos modos. Porque si los tatuajes de rata y las heridas de bala pueden saltar de un mundo a otro, esto también lo hará.

La beso en la frente y le tallo las palabras «BANK, LUNES, 24.00 H» en la parte carnosa del antebrazo. Y luego, solo por si no consigue entenderlo, añado mi inicial.

CAPÍTULO 20

VIOLET

No recuerdo haber llegado a la orilla. Conservo una imagen extraña y fragmentada de dos manos pálidas que intentan agarrarme, su tacto tan ardiente que me abrasó la piel. Luego vino el golpe de la madera contra mi estómago al aterrizar sobre algo seco y duro. El rumor lejano de unos remos en el agua. Las estrellas dieron la sensación de extenderse más allá de la oscuridad que las sostenía; el cielo se transformó en nada más que los espacios que las separaban.

De lo siguiente que soy consciente es del dolor que siento en el brazo. Es como si un cuchillo me apuñalara una y otra vez. Intento gritar, pero la boca se me llena del agua fría y amarga del río que me salpica la cara. Trato de mover el brazo, de apartarlo de lo que sea que le esté provocando ese dolor, pero es como si mis extremidades cadavéricas ya no estuvieran conectadas a mi cuerpo, así que lo único que puedo hacer es permanecer ahí tumbada, endeble y medio muerta, tosiendo y dolorida, con el brazo en llamas. De repente me pregunto si será que Baba no murió entre las llamas, si por alguna razón continúo experimentando su dolor. Entonces debo de desmayarme.

Cuando me despierto, Ash está inclinado sobre mí y su cara es lo único que veo. Me tumba de costado deslizando la orilla del río por debajo de mi cuerpo, y me golpea en la espalda. Unas arcadas dolorosas y profundas amenazan con partirme en dos. Me siento como si me hubieran sumergido el brazo en magma, y juro que noto algo cálido que me fluye por la mano y se filtra a través de mi cuerpo.

—¿En qué diablos estabais pensando? —me susurra.

Intento responder, pero hasta el más leve movimiento de mi garganta hace que la tos se reanude.

—Estábamos siguiendo a Nate —dice Katie, que a continuación me tapa con mi ropa.

Tengo la piel tan insensibilizada por el frío que no siento más que una presión extraña y ligera, como si el río me anestesiara.

—Katie, no —consigo decir.

Ella se echa a reír, una exhalación triste, y empieza a ponerse su ropa.

—Creo que a estas alturas ya hemos superado ese nivel, Vi. Si no fuera por Ash, estarías muerta. —Se vuelve hacia él—. ¿Cómo nos has encontrado?

—Thorn os ha puesto un rastreador en la ropa. No te preocupes, desvié la señal para que me llegara a mí antes. Por lo que a él respecta, seguís en la cama.

—¿Por qué? —logro preguntar con voz áspera—. ¿Por qué nos estás ayudando?

—Tenéis pinta de necesitarlo. —Baja la mirada y casi sonríe—. Y además Baba me hizo prometérselo.

Me agarro el brazo y gimo; el dolor vuelve a desgarrarme por debajo de los músculos.

—Ostras, estás sangrando —dice Ash—. Debes de haberte hecho un buen corte en el brazo.

Ejerce presión con la mano sobre mi brazo, y noto que yo también lo levanto hacia él, agradecida por la mitigación del dolor.

—No puedes volver a casa de Thorn así —dice—. Tenemos que curarte el brazo, y se dará cuenta de que hueles al río. Entonces tendrás que contestar sus preguntas en vez de las mías.

Aparta la cabeza de mi campo de visión y vuelvo a ver las estrellas. Se me entrecierran los párpados y el límite claro entre la luz y la oscuridad se desintegra.

—Nate —susurro—. Tenemos que ayudar a Nate.

Ash se muerde el labio un instante.

—Vamos, te llevaré a mi casa. Necesitas una ducha caliente y algo de comida.

Me levanta con tanta facilidad que me siento como si estuviera volando, y dejo que el suave balanceo de su paso me arrulle hasta sumirme en una especie de trance.

Lo siguiente que recuerdo es que estoy tumbada en un sofá y él me está tapando con una manta gruesa.

—¿Quién eres? —susurra para sí, y me roza la piel con la punta de los dedos mientras me ajusta el embozo bajo los hombros—. ¿Por qué siento que te conozco?

—Ash... —comienzo, pero hablar todavía me duele, el cansancio me aplasta la lengua.

—Tranquila —dice—. Tú descansa.

Agradecida, cierro los ojos, pero mi cerebro llagado no puede dejar de pensar en Nate. «¿Quién es Oscar, y cuál es la solución al problema de la infestación? ¿Y qué hay en ese bidón del que hablaba Nate? ¿En qué lío te has metido, hermanito?».

—¿Vi? —dice Katie.

Abro los ojos. Katie está de pie a mi lado, con el pelo aplastado por el agua y una toalla echada alrededor de sus hombros. Parece una estatua de mármol. Pálida y venosa, como si estuviera fría al tacto. Pero supongo que aun así tiene mejor aspecto que yo.

—Vi, pedazo de costra de hojaldre, fue idea tuya cruzar ese maldito río a nado y he terminado teniendo que arrastrarte la última mitad.

—Gracias —consigo graznar.

—Si Ash no nos hubiera visto, creo que nos habríamos ahogado.

Echo un vistazo ausente a lo que nos rodea. Esperaba que me llevaran de nuevo a casa de la madre de Ash, donde ya estuve la última vez, aunque eso no habría tenido ningún sentido, ya que está a medio día de camino del río. Pero esto parece parte de un almacén cuya parte delantera ha sido transformada en sala de estar. Me fijo en los toques femeninos (flores en una tetera, bocetos en la pared) y trato de tragarme esos celos inoportunos. Vive aquí con Daisy. Pues claro.

—Deja de fingir que eres Superman —dice Katie con suavidad—. Está claro que te pareces más al Capitán Calzoncillos.

—¿De qué habláis? —pregunta Ash. Se sienta a mi lado en el sofá, así que noto su espalda apoyada en mi estómago. Es como una bolsa de agua caliente, y tengo que contener el impulso de aovillarme a su alrededor. Aparta la manta y comienza a limpiarme el brazo con un trapo que huele mucho a antiséptico—. Son toallitas gemas, debería dejar de dolerte tanto.

Mientras me acaricia la piel, el dolor comienza a alejarse de mí. De repente me siento más ligera, como si tal vez pudiera moverme de nuevo.

—Así que Nate es el traidor —dice casi para sí—. Debería haber escuchado a Dee. A lo largo de las últimas semanas Nate ha estado actuando de una forma muy extraña.

—Por favor, no se lo digas a nadie.

Mi voz suena pequeña, suplicante.

—¿Por qué no?

—Thorn lo matará.

Ash exhala y su aliento me golpea en la mejilla, caliente y rápido.

—Tienes razón. Ya he visto a bastantes amigos míos morir a manos de Thorn.

—Alguien lo está volviendo malo, está claro —digo.

—¿Quién? —responde.

Desvío la mirada hacia Katie para rogarle una respuesta más inteligente. El frío me ha ralentizado el cerebro y, aparte de soltarle «un malvado autor de otra dimensión», no se me ocurre nada.

Katie también parece estar en blanco. Nos sumimos en un silencio prolongado.

Ash estudia los rasgos de mi rostro.

—Dímelo cuando estés lista.

Reprimo un enorme suspiro de alivio.

Estoy a punto de darle las gracias por ser tan comprensivo, cuando me agarra del brazo.

—¿Qué demonios...? —Ha retirado la toallita y ahora parpadea con fuerza y rapidez. Continúa frotándome la herida, esta vez con un poco más de vigor—. Katie, pásame otra toallita. —Tira la primera al suelo y empieza a limpiar de nuevo—. Violet, ¿quién te ha hecho esto?

—Debo de haberme cortado con un cristal o algo así —respondo con dificultad.

Me clava esa mirada de ojos azulísimos.

—Yo más bien diría que no.

Katie y él me miran con tal intensidad que empiezo a sentirme un poco expuesta. Veo la conmoción en su rostro antes de oír sus gritos. De inmediato, me obligo a levantar la cabeza para ver lo que ellos ya han visto.

Tengo letras grabadas en el brazo. Parpadeo deprisa para enfocarlas y para que mi cerebro tenga tiempo de asumirlo. Dice: BANK, LUNES, 24.00 H.

—Pero ¿qué...? —dice Ash—. Son letras, ¿no? Tenéis que explicarme qué está pasando.

—Es un mensaje —dice Katie al fin—. Del otro lado.

—¿Qué otro lado? —pregunta Ash—. Tal como lo dices, es como si fuerais ángeles o algo así.

Katie lo mira.

—Lo de los ángeles tendría mucho más sentido.

—¿Qué pone? —pregunta.

Comienza a deletrearlo, despacio. Ha aprendido a leer.

—Por favor. —Tapo las letras para que no pueda verlas—. Te prometo que te lo diré, pero ahora no. No es el momento adecuado.

Me mira a la cara y, a regañadientes, dice:

—Hay que darte puntos. Iré a por el botiquín y también os traeré algo de ropa de Dee.

Lo veo salir de la habitación y juro que en ese momento el dolor se agudiza un poquito. Odio no decirle la verdad, sobre todo ahora que parece estar tan cerca de recordarme. Pero tengo que concentrarme en Nate, tengo que concentrarme en que volvamos a casa.

Y entonces vuelvo a sentir otra punzada de dolor lacerante, en la parte más profunda del hueso. Ante nuestros ojos aparece una línea roja, brillante, que se abre camino por mi piel y hace brotar la sangre en pequeñas perlas de color escarlata que rápidamente se unen y se derraman en cascada por mi antebrazo.

—¿Qué coño está pasando? —susurra Katie.

—Haz que pare —grito—. Haz que pare.

Sacudo el cuerpo para incorporarme y agito las piernas hasta quedar pegada al brazo del sofá, como si tratara de huir de mi propio cuerpo. Estiro el brazo hacia delante, intentando distanciarme del dolor de algún modo. Se abre otra línea que forma un triángulo pequeño con la anterior. Y luego otra. Es una «A».

—¿Por qué me está pasando esto? —grito.

Katie me rodea el cuello con los brazos.

—No pasa nada, Vi, tranquila. ¿Recuerdas el tatuaje, la herida de bala? Viene del otro lado, de nuestro mundo.

Pero estoy demasiado ocupada gritando, demasiado concentrada en alejarme de la sangre dando puntapiés, como para procesar sus palabras.

Katie me agarra la mano, la del brazo ensangrentado y estampado con letras. Con un solo movimiento firme, me aplica una toallita sobre él y siento la magia de la loción adormecedora, que parece ir absorbiendo el dolor gota a gota.

—No pasa nada —dice ella.

Y el tono de su voz, seguro y confiado, hace que la crea. Dejo de retorcerme y asiento con la cabeza. Despacio, retira la toallita.

Estudio las marcas como si no me pertenecieran, como si estuviesen escritas en un papel.

—¿Quién haría algo así? —pregunta Katie—. ¿Quién podría saber que las marcas se transfieren entre nuestros cuerpos?

Miro la «A» y empiezo a sonreír.

—Alice. Está intentando decirnos algo... Tal vez haya encontrado el tercer libro. Creo que quiere que... ¿vayamos al banco más cercano mañana a medianoche?

Katie se echa a reír.

—No, cacho dildo, se refiere a la estación de metro.

CAPÍTULO 21

ALICE

Me despierto temprano por culpa de las imágenes de cuchillos y sangre que surcan mis sueños. Lo primero que hago es mirar detrás del radiador. El cuchillo sigue ahí, envuelto en un fular de seda rosa y embutido lo más abajo que pude. Muérete de envidia, Edgar Allan Poe. En cuanto me visto, consigo destrabarlo y lo guardo en un compartimento lateral de mi bolso que después cierro con cremallera. Sé que probablemente podría lavarlo y volver a meterlo en el cajón de los cuchillos, pero he visto demasiados dramas policíacos: seguro que hay algún sofisticado método que identifica la hoja a partir de las incisiones que realiza. Y yo solo quiero que salga de esta casa. De mi vida. Tenía que lacerar a Violet, pero no es un momento que quiera recordar cada vez que corte una manzana.

Salgo de casa y recorro los callejones traseros donde se

dejan los cubos de basura. Varias callejuelas más allá, encuentro lo que necesito: un cubo que ya está lleno, con la tapa medio levantada y rebosante de basura. Miro a mi alrededor y no veo a nadie, y tampoco parece que haya nadie prestándome especial atención desde las ventanas. Trabajo rápido, para desenvolver el cuchillo y guardarlo en una de las bolsas, con mucho cuidado de no cortar el plástico. Luego, evitando la mugre pegada al borde del cubo, empujo la bolsa hacia abajo para que no se caiga.

Excepto por la falta de desinfectante de manos, ya me siento mejor. Mañana es día de recogida de basuras, y entonces el cuchillo habrá salido de mi vida para siempre.

Espero a Danny en la puerta de la cafetería. Los coches circulan arrastrándose por la calzada, con las ventanillas bajadas debido al calor estival. El ruido discordante de tres emisoras de radio distintas llega hasta mis oídos. Me siento inquieta, nerviosa. Anoche le rajé el brazo a mi mejor amiga. Lo de que soy una zorra psicópata ya es oficial. Es como si alguien me estuviera apretando el corazón con un puño. Veo mi reflejo en el cristal de un autobús de dos pisos; con las gafas de sol puestas y ataviada con una gorra y una sudadera con capucha, parezco una de esas famosas que se escapan de rehabilitación. Hasta me he dejado mi pintalabios favorito en casa. A mi madre le daría algo si me viera.

Danny se acerca. Nunca me había fijado en lo ágil que es su forma de caminar, como si le hubieran engrasado las articulaciones. El mero hecho de observarlo hace que el puño se afloje un poco.

Me sonríe.

—Tienes buen aspecto, agente Childs.

—Trato de pasar desapercibida, pero estoy empezando a pensar que lo que he logrado es justo lo contrario.

—A lo mejor si te quitas la gorra... —propone con intención de ayudar.

Me llevo las manos a la cabeza.

—Pero si es lo que le da sentido a todo el *look*.

Se echa a reír.

—No, en serio —continúo espoleada por su sonrisa generosa—, es el punto focal de todo el conjunto.

—Vale, vale, déjate la gorra. Quizá baste con deshacerte de las gafas. Es la combinación de ambas cosas lo que te da un aspecto un poco...

—Britney *circa* 2007.

Vuelve a sonreír.

Me quito las gafas de sol y Danny hace un gesto de aprobación. Lo sigo hasta el cibercafé. Está pintado de un color verde salvia y tiene varias hileras de escritorios supermodernos. Me encanta que siga oliendo a café y galletas, a pesar de las filas de monitores. Elegimos un ordenador situado al fondo de la sala, en la esquina, para tener una buena panorámica de todo el local.

—¿Y ahora qué? —le susurro a Danny.

Se encoge de hombros.

—Esperamos a ver si publica. No puedo rastrear el ordenador exacto, pero cuando sepamos que está aquí, damos un paseo rápido y miramos todas las pantallas. Enseguida descubriremos quién es.

Pido un par de bebidas y nos preparamos para esperar.

Ojeamos páginas web, charlamos sobre nuestras películas favoritas, sobre libros, sobre las situaciones que nos cabrean. Cosas normales. La gente subestima la importancia de las cosas normales. Es en el momento en que empezamos a quejarnos de los padres cuando Danny me habla de su hermano.

—Mis padres se separaron unos años después de la muerte de mi hermano. Mi padre se marchó de casa; creo que el hecho de que continuáramos juntos le recordaba lo que había perdido, si es que eso tiene algún sentido.

—¿Tu hermano se ha muerto?

Asiente y rompe el contacto visual.

—Sí, yo era pequeño, él era unos años mayor. No conservo muchos recuerdos de él, la verdad.

—¿Qué recuerdas?

—Cosas tontas. Cosas que no pueden verse en una foto. Como... que habría sido capaz de vender su alma por una chocolatina Crunchie y que siempre olía a Navidad... —Aprieta los labios—. Y que si alguna vez notaba que yo estaba pasando frío, siempre me llevaba una manta. Así es como me lo imagino ahora, tendiéndome una colcha a cuadros con una sonrisa en la cara.

—Danny, lo siento mucho, es tristísimo.

—Sí. Pero a veces me olvido de echarlo de menos, ¿te parece raro?

Le acaricio la mano.

—No, no me parece nada raro. —Se hace un silencio muy largo que se prolonga demasiado, así que empiezo a tener la sensación de que debo decir algo—. ¿Sigues viendo a tu padre?

—Sí, a todas horas. Es el mejor.

—Ojalá mis padres se separaran —me sorprendo diciendo.

Me mira de reojo.

—¿Eso puede siquiera pensarse?

—Mejor dos hogares felices que uno desgraciado.

—¿Tan horrible es?

Suspiro, pues no quiero quejarme de mi vida cuando Danny acaba de hablarme de la muerte de su hermano.

—Ya te presentaré a mis padres algún día, y entonces entenderás a qué me refiero.

El móvil me vibra en el bolsillo. Durante un segundo pienso que tal vez sea Violet, pero luego recuerdo que está en coma y se me cae el alma a los pies.

—Lo siento —murmuro mientras le echo un vistazo a la pantalla.

Es un mensaje de un número que mi teléfono no reconoce. Lo abro y con cada palabra se me acelera más el corazón.

¿Disfrutaste viéndola sangrar?

El mundo se vuelve borroso, las palmas de las manos se me inundan de sudor. Alguien lo sabe. Debió de verme. Pero ¿quién? ¿Y cómo ha conseguido mi número? Parpadeo hasta que las letras de la pantalla vuelven a enfocarse.

—¿Alice? —Danny dice mi nombre—. ¿Al? ¿Te encuentras bien?

—Sí —digo, y me fuerzo a esbozar una sonrisa—. Es solo... un fan.

No puedo contarle la verdad. A las chicas normales no

las acosan por teléfono. Las chicas normales no tallan mensajes en el brazo de su mejor amiga. Rápidamente, meto el móvil en lo más hondo de mi bolso, debajo de todas mis mierdas, mientras pienso que ojalá pudiera enterrarlo literalmente. Me viene a la mente la imagen del cuchillo en el cubo de basura.

—¿Estás segura? —pregunta con los ojos castaños llenos de preocupación—. Te has puesto un poco pálida.

—Sí, seguro que estoy segura.

Abre la boca, quizá para llevarme la contraria, en el preciso instante en que mi teléfono vuelve a vibrar. Me da un vuelco el corazón. Deseo ignorarlo con todas mis fuerzas, pero Danny se queda mirando mi bolso con interés. Intento actuar con naturalidad, fingir que no me suda la cara, y vuelvo a sacar el móvil.

Miro la pantalla. El alivio me invade el cuerpo. Solo es una alerta que me avisa de que Fanboy ha vuelto a publicar.

Entonces recuerdo lo que eso significa.

Fanboy ha vuelto a publicar. Está aquí, en el cibercafé, ahora mismo.

—Es Fanboy, ha publicado —le digo a Danny.

Escudriño a la gente sentada a los ordenadores. Podría ser cualquiera de ellos. Hay un hombre de mediana edad con un traje barato, una adolescente con demasiados piercings, un grupo de jóvenes que parecen turistas. Yo apuesto por el del traje barato. Nunca confíes en un hombre con un traje barato.

Danny ya ha encendido su portátil; lo mantiene oculto, sobre su regazo, supongo que para que Fanboy no lo vea. Pulsa el teclado varias veces, y cada vez frunce más el ceño.

—No, lo siento, Childs. Su dirección IP se ha trasladado.

—¿Trasladado?

—Sí. Está publicando desde otro lugar.

—¿Puedes encontrarlo?

Niega con la cabeza.

—Está creando subredes a saco. Es como si esta vez no quisiera que lo encontraran. Mierda, esto va a llevarme algo de tiempo.

Pienso en que están a punto de desconectar a Nate, en que Howard Stoneback está planeando la muerte de todos y cada uno de los impes, incluidas mis amigas.

—No tengo tiempo —susurro.

Danny me mira, con los ojos oscuros de nuevo rebosantes de inquietud.

—Alice, por favor, cuéntame qué está pasando.

Quiero contárselo, de verdad, pero no soportaría ver su cara al darse cuenta de que estoy como una cabra. Niego con la cabeza. Se enfadará, imagino, o al menos se molestará, pero eso es mejor que la alternativa.

Suspira. No parece nada más que preocupado por mí.

—Te encontraré esa dirección, te lo prometo. Ahora vete a casa, descansa un poco, a lo mejor podrías escribir un poco más.

Le sonrío, aunque resulta forzado.

—Gracias, Danny.

En cuanto Danny se marcha, me conecto a El levantamiento del *fandom* mientras trato de pensar en cómo puedo ayudar a Violet.

Danny y la pérdida de su hermano no dejan de darme vueltas en la cabeza. Y eso enciende la chispa de una idea. Nate tenía un pasado muy solitario en *El baile del ahorcado*. No es de extrañar que su lealtad hacia los impes mermara. Pero ¿y si una vez hubiera tenido una hermana? Seguro que su redención resultaría más creíble si tuviera una hermana impe perdida hace mucho tiempo. Poso los dedos sobre el teclado y empiezo a sonreír. ¿Y si lo llevo un paso más allá? ¿Y si la hermana perdida de Nate se pareciera un poco a Violet? Tal vez así cuando Nate se encuentre con Violet quiera ayudarla.

Comienzo a escribir:

NATE

Perdonadme. Mentí cuando os dije que no tenía familia. Es cierto, me quedé huérfano cuando era pequeño, me crie en las calles de Londres, pero un miembro de mi familia sobrevivió.

Mi hermana.

No conservo muchos recuerdos de ella, ya que nos separamos cuando yo tenía solo unos cinco años. Ni siquiera me acuerdo de su nombre, pero esto es lo que no he olvidado: ella era varios años mayor que yo. Tenía la piel pálida, los ojos marrones y un pelo ondulado y oscuro que siempre resultaba suave al tacto y olía ligeramente a flores. Me daba su manta de repuesto cuando hacía frío, me daba su último trozo de pan cuando tenía hambre y me acunaba hasta que me dormía cuando tronaba.

Me hacía sentir que pertenecía a algún sitio.

Y a veces pienso que eso es peor. Amor y pérdida. Porque mi corazón nunca se endureció tanto como era necesario. Como yo quería que lo hiciera.

Porque aún rezo por que algún día me encuentre.

Llego a casa cansada y desesperada por darme una ducha. Me encanta el centro de Londres, pero siempre parece dejarme una capa invisible de contaminación y sudor en la piel. Violet la llamaba su segunda piel urbana, y yo siempre supe exactamente a qué se refería. He subido la mitad de las escaleras cuando me doy cuenta de lo silenciosa que está la casa. Solo capto el tictac del reloj del vestíbulo y el suave zumbido de un coche que pasa por la calle. Por lo general a estas horas de la noche oigo el programa de televisión favorito de mi madre, interrumpido por las quejas de mi padre sobre estupideces sin sentido. Doy un giro de ciento ochenta grados y voy a mirar en el frigorífico. En efecto, mi madre ha dejado una nota. Siempre las deja pegadas en la nevera, un lugar muy apropiado teniendo en cuenta lo frías que son.

Nos hemos ido a pasar la noche al spa. Usa mi cuenta para pedir comida a domicilio. Mamá.

La ausencia de besos hace que me sienta como un bebé abandonado. Empiezan a escocerme los ojos. Además de por la nota, porque odio estar sola en casa. Es demasiado grande para una sola persona y he visto demasiadas películas de miedo. Siempre es la rubia larguirucha a la que descuartizan primero. Ese odioso mensaje me ha puesto aún más nerviosa. Se me revuelve el estómago. Normalmente me iría a casa de Violet, pero ahora no puedo, por razones obvias. Seguro que Jane y Adam me recibían con los brazos abiertos, pero soy la última persona a la que necesitan ver, despierta y alerta por completo. Sería echarles sal en la herida. Así que al final hago algo que hace mucho tiempo que no hago. Saco un lápiz de mi bolso —un delineador de ojos, para ser más concreta— y dibujo tres besos al final de la nota.

Dios, mira que soy trágica.

Subo a ducharme y expulso todos los pensamientos sobre *Psicosis* de mi mente. A lo mejor más tarde llamo a Danny para ver cómo le va la búsqueda de la IP. Me quedo parada delante de la puerta de mi habitación. Está abierta. Qué raro, estoy segura de que la dejé cerrada. Noto un revoloteo de ansiedad en el estómago. «No seas tonta, Alice, mamá habrá entrado en tu dormitorio por alguna razón». Pero mi madre nunca entra en mi dormitorio, ni siquiera para limpiar o recoger la ropa sucia, paga a otra persona para que lo haga, y hoy no es el día en el que suele venir la limpiadora. La respiración se me queda atrapada en los pulmones. Se me agudiza el oído: un coche circula por la carretera, mi despertador hace tictac... algo cruje. Se me para el corazón. «¿Quién ha estado en mi habitación? ¿Sigue ahí?».

Y sé que debería darme la vuelta y bajar las escaleras corriendo. Acabo de recibir un mensaje amenazador de un número desconocido, y ahora me encuentro la puerta de mi habitación misteriosamente abierta. «Madre mía, Alice, te has dejado abierta la puerta de tu habitación y se te ha olvidado. Deja de ser tan melodramática».

Así que, con el corazón desbocado en el pecho y la boca seca a causa del miedo, entro en mi habitación.

Confía siempre en tu instinto, sobre todo si eres la rubia larguirucha.

Las palabras están garabateadas en el espejo de mi tocador con mi pintalabios favorito:

SEGURO QUE TÚ TAMBIÉN SANGRAS.

CAPÍTULO 22

ALICE

Alguien ha estado en mi habitación, ha tocado mis cosas, escrito en mi espejo. Un forúnculo me estalla en el estómago y libera una carga tóxica hacia mi sistema. Llamo a mis padres a gritos, pero luego me acuerdo de que están en el spa. Me saco el teléfono del bolsillo, temblando con tanta fuerza que casi se me cae. De pronto caigo en la cuenta y es como un jarro de agua fría: no tengo a nadie a quien llamar. Violet y Katie están en coma. Estoy sola por completo.

Salvo por Danny.

Responde al teléfono después de un solo tono, casi como si estuviera preparado y esperando mi llamada.

—Agente Childs —dice.

Intento hablar, pero solo consigo emitir un ruido extraño.

—¿Alice? —dice—. Al, ¿qué pasa?

Por fin logro hablar.

—Alguien ha entrado en mi habitación y ha escrito un mensaje horrible en mi espejo.

—¿Qué? Dios mío, ¿lo dices en serio?

—Ajá.

—¿Sigue ahí? —pregunta.

Esa frase me deja paralizada.

—Creo que no.

—¿Dónde están tus padres?

—Se han ido a pasar la noche fuera.

Se queda callado.

—Ve a esperarme a casa de tus vecinos y envíame el número de su casa. Voy para allá ahora mismo.

Espero a Danny a la entrada de mi calle. No conozco a mis vecinos y estoy demasiado alterada para ponerme a charlar de tonterías. Llega al cabo de unos diez minutos, en un Corsa rojo. Se acerca a mí corriendo y me rodea el cuello con los brazos. Me recuesto contra él, agradecida por la calidez y el contacto humano. No dice nada durante lo que me parece como una eternidad, se limita a frotarme la espalda hasta que por fin mi respiración deja de ser irregular.

Al final dice:

—¿Quieres quedarte a dormir en mi casa esta noche? Mi madre está haciendo sus famosas alitas de pollo picantes. Le encantaría cebarte y contarte historias vergonzosas sobre mí. Son sus dos pasatiempos favoritos.

Me sorbo la nariz.

—Sería estupendo, gracias, Danny.

Guarda silencio.

—¿Quieres enseñarme el mensaje?

—De acuerdo.

Entramos en casa. Danny va en primer lugar, a pesar de que la que vive aquí soy yo.

Llegamos a mi habitación. El mensaje sigue ahí, en el cristal, de color rojo sangre.

Coge aire con la mandíbula apretada.

—Esto es jodido. Creo que deberíamos llamar a la policía.

—No —respondo enseguida.

Me mira con fijeza.

—Alguien ha entrado en tu casa y te ha amenazado. Deberíamos llamar a la policía.

Con todo lo que está pasando, con el mensaje en el brazo de Violet, lo último que necesito es que la policía meta las narices en mis asuntos.

—Por favor, Danny, no quiero involucrar a la policía.

—¿Sabes quién lo ha hecho? ¿Estás protegiendo a esa persona?

—No, no, claro que no, es solo que... no quiero a la policía aquí.

Exhala despacio por la nariz.

—Vale, Alice la Aterradora. Pero tendrás que contarme con pelos y señales lo que está pasando.

—Vale —digo, y vuelvo a dirigir la mirada hacia las letras rojas y grasientas—. Pero ¿podemos salir antes de aquí?

La casa de Danny no está muy lejos de la de Violet, así que me siento más segura de inmediato. Es una casa pequeña, limpia y perfumada por un delicioso aroma a comida casera. Nos quitamos los zapatos y su madre me recibe en la cocina. Tiene la misma complexión ligera que Danny, los mismos ojos de pestañas espesísimas recortados contra la misma piel oscura. Me sonríe con una boca dulce, una sonrisa que me recuerda a Jane. Hace justo lo que Danny me había prometido: me sirve una montaña de pollo en el plato y se lanza a narrar una serie de historias vergonzosas. Mi favorita es la de cuando Danny pintó un grano de maíz dulce con típex para poder estafarle una moneda extra al Ratoncito Pérez. La señora Bradshaw se sintió tan orgullosa de su iniciativa que le dejó un billete de cinco libras.

Me siento muy cómoda aquí, sentada a la mesa con Danny y su madre. Ni siquiera me molesta lo unidos que están. Por primera vez en mi vida, compadezco a mi madre de verdad. Podríamos haber tenido algo parecido... si ella hubiera pasado menos tiempo en clases de *spinning*.

Para cuando nos pulimos la cena, el cielo ha comenzado a oscurecerse. La señora Bradshaw no nos pregunta ni a Danny ni a mí dónde quiero dormir, solo informa a Danny de que hay ropa de cama extra en el armario y nos deja a solas.

—Gracias por la cena —le digo cuando sale de la habitación.

Me sonríe con su encantadora y dulce boca.

—Ven siempre que quieras, cariño.

Danny prepara el sofá y me cede su cama.

Voy al baño y después busco su habitación. Es una oda a todos los *fandoms* del mundo. Me refiero a figuritas de *El Señor de los Anillos*, pósteres de *Juego de Tronos*, recuerdos de *Doctor Who*.

Danny asoma la cabeza por la puerta.

—¿Tienes todo lo que necesitas?

—Sí. Frodo y yo estamos bien, gracias. —Me quedo callada—. ¿Te acuestas aquí conmigo? —No me refiero al sexo. Es lo último que tengo en mente en estos momentos; bueno, tal vez no sea lo último, pero las mejillas sonrojadas de Danny me obligan a aclararlo—. Solo para hacerme compañía, ya sabes. Sigo estando un poco asustada.

—Claro. Dormiré en el suelo —contesta.

—Gracias.

Vuelve a aparecer unos segundos más tarde con el edredón del sofá. Se envuelve en él y se sienta en la alfombra con las piernas cruzadas.

—Lo siento por lo de mi madre.

—¿Qué? Pero si tu madre es encantadora.

—Ya, pero esas historias...

—En serio, cuando mi madre te vio, me preguntó qué tipo de protección usábamos.

—¿Un cortafuegos informático? —dice.

Me echo a reír.

—Eso es justo lo que le contesté.

Se tumba.

—Al, no te olvides de que me dijiste que me contarías qué está pasando.

—Lo haré —murmuro—. Te lo prometo, cuando no tenga la cabeza tan embotada.

Me acurruco en la cama de Danny. Huele a él, y el sueño me acorrala rápidamente.

VIOLET

La noche siguiente, esperamos a que el cielo se oscurezca y la casa se quede en silencio, y entonces, estremeciéndonos, nos ponemos la ropa de Daisy. La parte de arriba tiene capucha, cosa que nos resultará útil si queremos ocultar nuestra cara, pero lo más importante es que estas prendas no están equipadas con rastreadores.

Está claro que cada vez se me da mejor lo de bajar por el canalón; es como si mis pies ya supieran dónde encontrar los agujeros de la pared, lo cual me deja el cerebro libre para concentrarme en las manos. Para cuando llego al suelo, estoy rebosante de adrenalina. Me he arañado los nudillos y las espinillas con los ladrillos y el aire contaminado por el río me escuece en el interior de la nariz. Katie salta hasta el suelo unos instantes después. Recorremos la calle caminando lo más deprisa que nos atrevemos a hacerlo, con cuidado de no despertar a los impes con el golpeteo de nuestros pies contra el asfalto, pero es como si la noche intensificara todos y cada uno de los ruidos —el corazón me aporrea el pecho en los silencios que dejan mis respiraciones— y estoy totalmente convencida de que todas las ventanas por las que pasamos se iluminarán, acción seguida por el grito: «¿Qué estáis haciendo fuera de la cama?».

Katie me agarra de la mano y empieza a tirar de mí hacia una calle secundaria.

—Por ahí no se va a la orilla —le digo.

—Sí, ya lo sé. Pero tampoco es que podamos presentarnos allí sin más, no tenemos ni idea de en qué nos estamos metiendo. Tenemos que llegar a hurtadillas por los túneles, así será menos probable que nos vean.

Asiento, impresionada por su repentina transformación en Nancy Drew, la famosa detective.

—¿Me explicas cómo sabes cuál es el camino por los túneles?

—Cuando nos mudamos a Londres desde Liverpool, mi madre me hizo aprenderme el mapa de memoria porque estaba paranoica con la idea de que pudiera perderme.

—Se da unos golpecitos con el dedo en la sien—. Está todo aquí arriba.

—A lo mejor averiguamos qué había en aquel bidón que Nate introdujo en el cuartel general.

—¿Crees que es una bomba?

Hago un gesto de asentimiento, con miedo incluso de susurrar la palabra «sí», con miedo de reconocer en qué se ha convertido mi hermano.

Caminamos hasta acercarnos a una boca gigante que bosteza desde el otro lado de la calle. Da la sensación de que antes había algún tipo de construcción sobre ella, pues la sombra de los cimientos se vislumbra en la oscuridad, pero hace tiempo que cualquier cosa que pudiera tomarse por una pared ha desaparecido. Un montón de escombros dispuestos con esmero sugiere que la apertura se ha despejado bastante recientemente, hace como mucho unos años. Unos escalones se adentran en las tinieblas, aun más oscuras que el cielo. Debe de ser una vieja estación de metro.

—Esto debe de ser lo que queda de Moorgate —dice Katie, que enciende una linterna que ha mangado en casa de Thorn.

No estoy segura de si es superpotente o si es que mis ojos se han acostumbrado a la falta de luz, pero el caso es que me deslumbra. El haz triangular llega hasta la boca negra con sus bordes precisos y amarillos e ilumina los escalones que se extienden ante nosotras. Empezamos a bajar. Las escaleras se me hacen eternas, y cuanto más bajamos, más fuerte me late el corazón, hasta que juraría que iguala el volumen de mis pasos. Se me acelera la respiración y me inquieta que, entre las dos, Katie y yo acabemos hasta con la última bocanada de aire del túnel y nos asfixiemos sin poder hacer nada, boqueando como un pez fuera del agua.

La temperatura desciende y la humedad del aire aumenta cuando entramos en la caverna que antes era la estación. Me encantaba el olor del metro —a grasa y papel—, olía a viaje, a posibilidades. Pero ahora huele a putrefacción, a aguas residuales y a carne muerta. Katie pasea la linterna sobre las paredes. Un par de los montículos desplomados contra la pared se mueven y ambas ahogamos un grito. Son impes que se refugian, que se esconden, que agonizan. Es mejor no preguntar.

Katie me guía hacia el andén derecho y noto su mano resbaladiza por el sudor que le provoca la ansiedad. Me imagino que siento en la cara la ráfaga de aire de un vagón fantasma que avanza hacia nosotras, pero hace siglos que ningún tren circula por aquí, y también dudo que el aire se haya movido. Está estancado como el agua en un desagüe tupido.

Cruzar la línea donde termina el andén y comienzan las vías va contra la lógica. He esperado en andenes muchas veces, con los dedos de los pies siempre por detrás de la línea amarilla, maravillada por la seguridad con la que Alice se sitúa tan cerca del borde, incluso con los tacones de aguja. Nunca pensé que bajaría a las vías a propósito, pero lo hago de todos modos, y la cornisa de hormigón se desmorona tan rápido como mi valor cuando desciendo.

Avanzamos entre las vías metálicas hasta que el andén queda muy atrás y un túnel estrecho se cierra a nuestro alrededor. Las paredes reflejan el haz de la linterna, así que parece que caminamos envueltas en una burbuja de luz, y aunque sé que es una tontería, no dejo de esperar que un metro nos arrolle.

Caminamos hasta que me duelen los pies y mi nariz por fin acepta el hedor del aire. Al cabo de un rato, la estación de Bank aparece ante nosotras: una cámara gigante que huele a tierra y a cera quemada, envuelta en un brillo anaranjado. Nos acercamos despacio, y entonces veo cientos de velas de té alineadas en el andén y alguna que otra linterna apuntando hacia arriba para iluminar el techo. Resulta extrañamente bonito, y de repente me siento como una niña pequeña que se acerca a un escaparate navideño en pleno invierno. Solo el ruido de unas voces lejanas, del aumento de velocidad de la respiración de Katie, me recuerdan el peligro inminente.

Katie apaga la linterna y nos acuclillamos, todavía ocultas por la penumbra del túnel. Hay un vagón viejo y oxidado a media altura del andén, ligeramente inclinado hacia un lado y más bien con aspecto de barco naufragado y hundido. En su interior se mueven unas siluetas oscuras, meras sombras tras el cristal. Katie y yo nos ponemos la capucha y empezamos a arrastrarnos por el costado del tren; minúsculos rizos de pintura antigua nos rozan las mejillas y se nos enganchan en la ropa. Las voces del interior nos llegan susurradas, secretas, como si supieran que hasta las paredes tienen oídos. El pulso me retumba en los oídos y el jersey de Daisy se humedece con mi sudor.

De repente desearía que Alice estuviera aquí. Me acuerdo de cuando la dejé en el andén hace solo unos días, después de haberle chillado sin motivo por lo del contrato. Ojalá no nos hubiéramos separado de tan mal rollo. La idea de no volver jamás a casa y no volver a verla nunca más me llena de miedo y tristeza a partes iguales. La aparto de mi mente. Ahora mismo necesito concentrarme en Nate.

Katie se vuelve y me mira. Intenta sonreír, pero su gesto parece más bien una mueca de dolor. «Puedes hacerlo», dice sin hablar. Asiento con la cabeza y seguimos arrastrándonos hasta que apreciamos una grieta en el caparazón metálico.

Miramos a través de ella, el olor metálico del óxido nos invade las fosas nasales y nos obliga a contener la respiración. La luz de varias linternas pasa a toda velocidad y hace que las sombras bailen y que se me humedezcan los ojos. Aun así, logro distinguir una neblina de capas y de rostros. Debe de haber una treintena de personas apiñadas en el vagón, algunas ocupando los asientos, otras caminando de un lado a otro. La mayoría de ellas son gemas, lo deduzco de su altura y constitución.

—¿Qué es esto? —susurra Katie—. ¿Una especie de sociedad gema secreta?

«Nate, ¿en qué te has metido?».

A través de la ventana emborronada, veo una figura que se acerca al vagón. Se me para el corazón. A pesar de que la penumbra mantiene su rostro oculto, sé que es Nate; reconocería esa forma de andar en cualquier parte. La capa lo achaparra, así que parece un niño disfrazado para Halloween, muy pequeño en comparación con sus homólogos gemas. Extiende el brazo y una figura también con capa le pasa un escáner por el tatuaje en forma de aro. La rata que se come la cola... debe de ser algún tipo de identificador.

Nate se abre camino hacia el fondo del vagón, encorvado y lento como si deseara no estar aquí. Me duele el pecho de ansia. De repente, los susurros se desvanecen y todo el mundo se da la vuelta hacia la parte delantera del vagón. Una figura encapuchada ocupa el centro del escenario. Se alza todo lo alto que es y se quita la capucha para dejar al descubierto una masa de rizos rubios.

Howard Stoneback.

Me muerdo el labio hasta que noto el sabor de la sangre, una rabia familiar me palpita en las tripas.

Los miembros del público van quitándose la capucha uno a uno y contemplo un mar de perfectos rostros gema. Howard levanta la voz y se dirige a ellos con una voz exasperantemente sonora.

—Bienvenidos a la decimotercera reunión de los Taleters. Un número significativo para algunos. Mi tío, el presidente Stoneback, se disculpa por su ausencia, pero le parecía demasiado arriesgado asistir. Con todo, la noticia de su fuga es maravillosa.

Katie y yo intercambiamos una mirada de preocupación. El presidente ha escapado de la prisión en la que Alice y yo lo metimos en nuestra novela. Es una mala noticia. No cabe duda de que el gobierno lo está ocultando para que no cunda el pánico entre las masas de impes.

—¿Quién demonios son los Taleters? —susurra Katie.

Como si quisiera responder a su pregunta, Howard continúa hablando:

—No hemos dejado de reunirnos desde que se estableció el tratado impe-gema, y estamos a solo unos días de cumplir nuestro objetivo común. —Eleva la voz—. Liberaremos a este planeta del problema de la plaga impe. Para siempre. —La siguiente palabra que sale de la boca de Howard me sorprende y me enfurece por igual—. Nate.

Los Taleters se vuelven y miran a mi hermano. Apenas puedo contener las ganas de gritarle: «Huye, Nate. Ponte a salvo». Pero me clavo las uñas en la palma de la mano y me doy la orden de permanecer callada y quieta.

—¿Tiene alguna sospecha la alianza de Londres? —pregunta Howard.

Nate niega con la cabeza.

—Ninguna. No tienen ni idea, como siempre.

Una risa suave se propaga entre la multitud.

Howard se aparta el pelo de los ojos.

—Excelente. Igual que el gobierno, al parecer. Os dejaré con Oscar, que se encargará de tranquilizar a aquellos de entre vosotros que me habéis expresado vuestras dudas. Por desgracia, no ha podido estar aquí en persona debido a la cercanía de la fecha límite, pero tenemos una llamada en directo.

Howard se saca lo que parece una canica del interior de la capa y la lanza al aire. Planea ante él y proyecta un rayo de luz hacia arriba. Vemos que una imagen en 3D comienza a formarse justo por debajo del techo del vagón.

Katie se inclina hacia mí y me susurra:

—Esta es nuestra hora más desesperada. Ayúdame, Obi-Wan Kenobi.

—Katie —siseo.

—Lo siento —mascula—. Es que estoy muerta de miedo.

Busco su mano y se la aprieto. La imagen se define: es un gema que yo diría que tiene poco menos de treinta años, pero la edad de los gemas siempre es difícil de determinar. Es impresionante: el pelo de color caramelo se le ondula en torno a la cara y tiene unos increíbles ojos grises. Está en una especie de laboratorio. Las líneas limpias de las superficies blancas, las paredes vacías y el equipo cuidadosamente dispuesto no hacen sino realzar la sensación de algo más orgánico, algo sucio, que acecha justo fuera de plano. Una sensación de miedo me invade el pecho y me paraliza los pulmones.

Comienza a hablar moviendo unos labios carnosos, como de lobo.

—Saludos, compañeros Taleters. Disculpad mi ausencia, pero mi trabajo debe tener absoluta prioridad, estoy seguro de que lo entendéis. Algunos de vosotros habéis mostrado inquietud por el efecto de nuestra arma sobre vuestros seres queridos. No soy tonto y sé que algunos gemas se han casado en secreto con impes, o que tal vez tengan amantes impes o hijos mestizos. Así que ahora podéis estar tranquilos, porque he encontrado una solución a este pequeño problema. Ahora nuestra arma puede utilizarse de forma efectiva contra la población impe y mantener a salvo a vuestros seres queridos impes. Y Nate, esta será tu recompensa por ayudarnos. Te dará lo que más deseas en el mundo. Pero basta de hablar, permitid que os presente al Sujeto 21.

Se inclina hacia delante, lo cual nos ofrece un rápido primer plano de sus hermosos labios, y luego coge la cámara. Despacio, hace un barrido por la habitación. No me equivocaba, había algo orgánico al acecho fuera de plano. Veo una hilera de camas y, acostado en cada una de ellas, un impe, atado y alimentado mediante tubos.

La cámara se desplaza hacia la impe más cercana. Tiene una melena larga y de color castaño claro que se desparrama sobre la almohada y apenas permite vislumbrar el algodón almidonado y blanco que hay debajo. No puede tener más de quince años. Está llorando, pero tiene algo en la boca que le impide gritar. Lleva una bata blanca que me recuerda a los camisones de los hospitales públicos.

Oscar se acerca a ella.

—Bueno, una sencilla inyección. Considero que la solución intravenosa es la más rápida y eficaz, aunque estoy muy cerca de conseguir una oral. —Se inclina sobre la chica y le clava una aguja en el cuello a toda prisa. La muchacha arquea el cuerpo y comienza a convulsionar. Oscar se vuelve hacia la cámara—. Esta es la peor parte. Hasta el momento, he alcanzado una tasa de éxito del setenta por ciento, pero espero que ascienda hasta aproximadamente el noventa. Los que no tienen éxito mueren, pero los que sí lo tienen se benefician de todas las reconfiguraciones de ADN a nivel interno: inmunidad mejorada, envejecimiento más lento, mayor densidad muscular y velocidad de sinapsis. Lo externo hay que dejarlo en manos de la cirugía y de las hormonas de crecimiento, obviamente, pero eso puede solucionarse en una fecha posterior. Soy consciente, sin embargo, de que algunos de vosotros estáis menos preocupados por la aplicación general de este suero que por los detalles. Y la respuesta es sí: cualquier impe al que actualicemos en gema sobrevivirá al ataque viral cuyo objetivo son los impes.

Me vuelvo hacia Katie, con los ojos bien abiertos, un nudo de pánico en la garganta.

—¿Un virus cuyo objetivo son los impes? —articulo sin voz. Ella sacude la cabeza, horrorizada, como si no pudiera creérselo.

La chica sigue convulsionando detrás de Oscar, pero él ni siquiera la mira, como si no significara nada para él. Entonces, sin más, la muchacha se queda quieta. La máquina sigue emitiendo pitidos. La chica abre los ojos y Oscar le acaricia el pelo.

—Tranquila, pequeña, no tengas miedo. Lo has conseguido. Ya eres gema.

Un virus cuyo objetivo son los impes.

Eso es lo que contiene el bidón que ha introducido Nate.

—Ese es —le susurro a Katie—. Ese es el final. Baba me dijo que tenía que volver a salvar a los impes; tengo que evitar que el bidón explote, y entonces podemos irnos a casa.

Katie está a punto de responderme cuando una serie de pasos nos aterroriza a ambas. Proceden de fuera del vagón. Apartamos la vista de la grieta y empezamos a escabullirnos por el costado del tren, incapaces de parpadear o de respirar a causa del pánico. Llegamos al final del vagón, a solo unos metros de distancia de la boca del túnel. La seguridad de la oscuridad nos llama. Katie escapa hacia ella. La sigo, pero los pies se me enganchan en las vías de metal. Me tropiezo. El dolor me envuelve el tobillo y suelto un grito ahogado. Y de repente, unas manos fuertes tiran de mí hacia atrás, unas voces roncas me gritan al oído:

—Ven aquí, espía.

Katie se da la vuelta. A pesar de las tinieblas del túnel, alcanzo a ver la abertura de su boca, como si estuviera a punto de gritar.

—Vete —digo sin hablar—. Consigue ayuda.

Ella se interna corriendo en la oscuridad, mientras a mí me arrastran de vuelta hacia la luz.

CAPÍTULO 23

VIOLET

Los Taleters me meten en el vagón. El olor de los gemas
—a dinero y privilegio, a loción de afeitar y oporto— me
provoca calambres en el estómago. Howard se acerca,
con la misma expresión lasciva y retorcida de siempre en
la cara.

—¿Y tú eres...?

Empiezo a ver doble. Abro la boca, pero no consigo emitir ningún sonido, así que me decido por parpadear con
fuerza.

—Nate, ¿conoces a esta impe?

Nate camina hacia mí, estupefacto.

—Es una de las visitantes de las que te hablé en la tierra
de nadie.

—Quítate la capucha, chica —ordena Howard con voz
pétrea.

Obedezco, a pesar de que me tiemblan las manos y la tela de la capucha se me pega a la frente. Está claro que no me lo he pensado bien. Cualquiera de estos gemas podría disponer de una memoria optimizada y recordarme de cuando me hice pasar por Rose, y sin embargo, aquí estoy, con la capucha echada hacia atrás y la cara descubierta, en plena boca del lobo.

Como si quisiera darme la razón, una voz se eleva en este preciso instante:

—Esperad. —Vuelvo la cabeza para intentar identificar al que habla—. Reconozco a esta impe —continúa—. El presidente querrá verla... desde luego.

La voz viene de arriba. Es Oscar, el científico proyectado por el rayo de luz. Debe de poseer una memoria optimizada. Mierda. Inmediatamente, me pongo a recorrer el vagón con la mirada en busca de salidas.

Howard vuelve la cara hacia Oscar.

—¿Qué quieres decir? ¿Cómo conoces a esta chica?

Jeremy Harper da un paso al frente.

—¿Y a quién le importa? Es evidente que es una espía de la alianza. Tiene pinta de estar a punto de hacérselo todo encima. Deberíamos matarla.

—No —grita Nate—. Hay algún tipo de error.

Todo el mundo lo mira.

—Conozco a esta impe —prosigue—. Es decir... la conozco de verdad, pero no estoy seguro de por qué.

«¿Nate me conoce? Pero si en la ejecución de Baba no me reconoció. ¿Qué ha cambiado?».

Oigo un trino de pájaros y un batir de alas que retumban en la estación. Miro a través del cristal rugoso del vagón esperando ver una bandada de pájaros, pero lo único que me devuelve la mirada es mi propio reflejo aterrorizado.

—Es el injerto —dice Oscar—. La impe que ocupó el lugar de Rose durante uno de los bucles. Deberíamos llevarla ante el presidente, él sabrá qué hacer.

Pero Howard se echa a reír.

—Mi tío la querría muerta. Como a todas las demás alimañas.

—No —dice Oscar—, puede que nos resulte más útil si conserva la vida.

Howard alza la voz y sus labios arrojan varias salpicaduras de saliva.

—Soy yo quien está al cargo en ausencia de mi tío.

Nate me mira, con el rostro lleno de pánico.

—¿Un injerto? ¿Un bucle? ¿De qué estáis hablando?

De repente, recupero la capacidad de mover la mandíbula y susurro las palabras que han ido formándose en mi interior desde que llegué a este vertedero.

—Soy tu hermana, Nate.

La algarabía de la discusión entre Oscar y Howard y el zumbido de los gemas que expresan su desaprobación ahogan las palabras de Nate, pero acierto a leerle los labios.

—¿Mi hermana?

—Nate, mírame.

Le sujeto la cara para obligarlo a mirarme a los ojos. Y luego empiezo a cantar en voz baja para que solo él pueda oírme:

«Déjame tu ala rota arreglar,
una golondrina debería libre volar, mi amor...».

—Esa canción —dice, y los ojos se le llenan de lágrimas—. ¿Cómo es posible que la conozcas?

No contesto, me limito a continuar cantando aunque cada palabra me abrase la garganta.

«...porque tú naciste para bailar y cantar,
y conmigo el vuelo remontarás, mi amor».

—No hay nadie más que yo que conozca esa canción —susurra Nate—. La oigo en mis sueños.

—Nuestra madre nos la cantaba.

La expresión que se apodera de sus rasgos es tan intensa que solo la dicha o el aplastante dolor de la pérdida podrían causarla.

En ese momento, Oscar levanta la voz y hace que el armazón metálico del vagón reverbere.

—Te arrepentirás de esto, Howard. La importancia de esta impe escapa a tu comprensión. Ella no procede de nuestro mundo...

—Deja de cuestionarme —ruge Howard—. Tú y tus malditos bucles. Es curioso que solo unos cuantos recordéis ese bucle y que los demás no podamos.

Un murmullo de acuerdo surge de la multitud. No había pensado que pudiera existir resentimiento entre los que recuerdan el bucle y los que no. Y ahora mismo, eso es lo que va a hacer que me maten.

Howard roza la canica de la que surge la proyección, que aún planea ante él, y la conexión con Oscar desaparece.

—Ya basta —grita Howard, a quien se le acumula espuma blanca en las comisuras de la boca—. La impe muere.

Avanza hacia mí con decisión y me agarra del brazo para después sacarme a rastras del vagón hasta el andén.

—No —digo—. Por favor, Oscar tiene razón.

Howard reacciona tirándome del pelo y empujándome hacia el otro lado del andén.

—Tanto puñetero secreto —espeta volviendo la cabeza por encima del hombro, como si Oscar todavía pudiera oírlo—. Tanto susurrar con mi tío cuando crees que no os oigo, ¿te piensas que no lo sé? Bueno, tal vez esto te enseñe a contarme qué demonios está pasando.

Me siento como si la cabeza estuviera a punto de caérseme del cuello. Intento gritar, pero descubro que tengo los pulmones vacíos y tensos.

—Espera, Howard. Por favor.

Nate se aferra a la capa de Howard y trata de abrirse camino a toda costa hasta mí. La expresión de su cara hace que me entren ganas de llorar. Es de puro terror.

El resto de los Taleters lo siguen y hacen retroceder a Nate. Howard me lanza contra la pared del andén. Un azulejo se parte bajo mi peso, el dolor me sube por la columna vertebral y empiezo a sentirme mareada y revuelta. La luz de las velas titila alrededor del túnel; las sombras y el humo se arremolinan los unos en torno a los otros. Howard se acerca, con los rizos rubios tan resplandecientes que parece un ángel trastornado. Se agacha hacia mí y noto su aliento contra mi oído. Huele a putrefacción.

—Una lástima que no podamos colgarte a la antigua usanza. Echo mucho de menos ver bailar a los impes. Tendremos que conformarnos con una bala. —Se vuelve hacia la multitud—. Traedme a Nate.

Los gemas empujan a Nate hacia delante y mi hermano termina a menos de un metro de mí. Está tan cerca que podría estirar la mano y tocarlo si no me estuvieran inmovilizando los brazos. Ansío tocarlo, darle un apretón tranquilizador en el hombro. Las lágrimas le ruedan por las mejillas, y no para de negar con la cabeza como si no pudiera creerse del todo lo que está a punto de suceder.

Howard lo mira.

—Parecíais muy amiguitos hace un momento. ¿De qué estabais hablando?

—De... de nada —tartamudea Nate—. Me suena de algo, eso es todo. Por favor... no le hagas daño.

—¿Eres un verdadero Taleter, Nate? —pregunta Howard al mismo tiempo que su rostro se relaja hasta esbozar una sonrisa peligrosa—. ¿Quieres ese suero para poder convertirte en gema?

—Sí —responde Nate sin pensárselo ni un segundo.

Howard saca una pistola del interior de su capa y se la pone en las manos de Nate.

—Entonces demuéstralo. Métele una bala en el cráneo a esa zorra.

Nate me apunta con el arma. Se hace el silencio. Su rostro se contrae en una mueca de dolor.

—¡Hazlo! —ruge Howard.

—No puedo. —La voz de Nate suena pequeña, pero cuando mira a Howard, la fuerza que ha conseguido reunir se refleja en sus ojos—. No quiero.

El estallido de un disparo me atraviesa. Me preparo para el dolor, el caos, la pérdida de conciencia, pero la bala ni siquiera iba dirigida a mí.

Howard cae al suelo, la sangre le mana del estómago. Antes de que me dé tiempo a pensar o a moverme, oigo la voz de Nate:

—¡CORRE!

Saltamos por detrás del vagón hacia las vías. Y es entonces cuando los disparos comienzan de verdad. Explotan en el andén, a mi espalda, y me lanzan una lluvia de esquirlas de empedrado antiguo contra la cara. El suelo estalla a mi alrededor y los rieles de metal resuenan con un tañido aterrador. Nate me agarra de la mano y empezamos a esprintar por el túnel hacia las tinieblas.

Miro hacia atrás. Los gemas nos persiguen con las capas ondeando tras ellos, las caras a punto para la batalla y sedientas de venganza. «Nos atraparán, seguro... Son gemas». Más adelante, en la oscuridad, hay varios puntos de luz. ¿Antorchas? ¿Faros? Debe de ser demasiado pronto para que Katie haya conseguido ayuda. Aun así, corro hacia ellos, consciente de que no pueden ser peores que lo que nos persigue.

Los puntos de luz se vuelven más fuertes, más brillantes. Son Willow, Ash y Daisy, que corren hacia nosotros con antorchas en la mano. Nos dejan atrás sin siquiera mirarnos y sacan las armas de sus cinturones y abrigos. Los Taleters los superan con creces en número, pero ellos tienen el elemento sorpresa a su favor y, una vez que comienzan a disparar, los Taleters se repliegan hacia la estación.

Nuestros tres salvadores se dan la vuelta y regresan con nosotros.

—¡Deprisa! —grita Ash.

No recuerdo ni una sola vez en que me haya alegrado tanto de verlo. Le lanzo los brazos alrededor del cuello y lo estrecho entre ellos con todas mis fuerzas mientras inhalo su seguro y maravilloso aroma.

Él me arrastra hacia unas motocicletas tumbadas de costado, abandonadas con el motor todavía en marcha y apestando a diésel. La ausencia de tecnología tiene algo que hace que me sienta segura, como si un pedacito de mi hogar me estuviera devolviendo la mirada.

—Espera un segundo —dice Willow señalando a Nate—. ¿Y a él por qué vamos a salvarlo?

Bajo el polvo y la mugre, el rostro de Nate pierde todo el color.

Me interpongo entre ambos.

—Acaba de disparar a Howard Stoneback. ¡A Howard Stoneback!

Willow me mira con fijeza durante un instante. Y luego le hace un gesto a Nate para que se siente detrás de él. Se alejan de nosotros a toda velocidad, con Daisy pisándoles los talones. Ash endereza la motocicleta que queda y me encaramo a ella, a su espalda. Él acelera el motor y las ruedas chirrían cuando salimos pitando detrás de los otros. Los faros delanteros iluminan todos y cada uno de los bultos y grietas de las paredes, hasta el último de los cadáveres de rata en descomposición esparcidos entre los rieles oxidados. Pero estoy tan cercada por la conmoción, tan desconectada de la realidad, que siento una extraña gratitud hacia el polvo asfixiante y el ensordecedor rugido de los motores, aprisionado y magnificado por las paredes de ladrillo.

Me aferro a Ash con toda la fiereza de que soy capaz, agradeciendo sin ninguna vergüenza la excusa para recostarme sobre él. Saboreo el calor de su espalda contra mi vientre, la dureza de sus omóplatos contra mi pecho. La motocicleta retumba a lo largo y ancho del túnel. Las vibraciones me atraviesan los muslos y se me filtran en las entrañas hasta enmascarar el burbujeo de la adrenalina residual y la creciente excitación que me provoca estar tan pegada a Ash.

Volvemos por donde vinimos, pero mientras que los demás siguen la ruta hacia Moorgate, Ash toma otro desvío. No estoy segura de adónde me lleva, pero me siento a salvo por completo y ni siquiera se me pasa por la cabeza que es algo extraño por su parte. «Por supuesto que necesitamos pasar un tiempo a solas. He estado a punto de morir».

Nos detenemos. Apaga el motor y nuestro extraño mundo tubular se sume en un silencio espeluznante; solo oigo nuestros jadeos y el rasguñar lejano de las alimañas. Ash deja el faro encendido y las motas de polvo se arremolinan en torno a nosotros, reflejando la luz como pepitas de oro. Lo más probable es que este túnel lleve siglos desierto; en este momento me siento como si fuéramos las dos únicas personas del mundo, y a juzgar por la respiración de Ash, profunda pero insegura, creo que él se siente igual.

—Los gemas no nos seguirán —dice al fin—. Nos hemos adentrado bastante en territorio impe. Aquí estaremos a salvo durante un rato.

Ambos bajamos de la moto. Pero Ash no me mira como esperaba, sino que más bien empieza a quitarle el barro al faro, con la cara oculta a mi vista.

—¿Por qué nos hemos parado? —pregunto.

Mis palabras lo obligan a darse la vuelta. Ha estado llorando. Las lágrimas le han dejado surcos limpios en la roña de la cara y tiene las pestañas pegadas.

Obedeciendo a un instinto, levanto una mano y le acaricio la mejilla.

—¿Qué pasa?

—Violet, ¿en qué estabas pensando? Casi te matan.

—Lo siento —digo de inmediato—. Lo siento mucho. Pero he descubierto una cosa, algo terrible.

—Lo sé, Katie nos lo ha contado. Por suerte para ti, ya estábamos en camino, de todas formas. No se me da muy bien leer, pero en cuanto le dije a Daisy lo que había visto en tu brazo, no resultó muy difícil averiguar dónde estabas... ¿Quién eres?

—¿De verdad no me recuerdas? —pregunto.

Se me queda mirando.

—Creo que tal vez sí.

Algo crece en mi interior, algo fuerte y cálido que amenaza con desbordarme. Me inclino hacia delante y lo beso en los labios.

Se aparta como si mi boca le hubiera dado una descarga eléctrica.

—Violet —susurra.

—Lo siento —masculло—. Sé que quieres a Daisy, lo sé muy bien.

—Sí, la quiero.

Los celos explotan dentro de mí. Me siento tan ruin... Acabo de descubrir un complot secreto para exterminar a los impes y en lo único en lo que soy capaz de pensar es en Ash. Pero estoy empezando a entender que los celos se enquistan en la superficie como una ampolla de sangre, tóxica y negra, incapaz de sanar. No son un corte solitario y limpio en la carne, no es como todas las demás emociones oscuras.

No puede purgarse, no puede limpiarse ni volver a unirse con puntos. Se pudre y rezuma, y no puedes hacer nada al respecto.

Me toma las manos entre las suyas y esboza su sonrisa torcida.

—La quiero. Pero no como tú piensas.

—¿A qué... a qué te refieres?

—Hay muchos tipos de amor. No quiero a Dee de la manera en que tú piensas que la quiero.

Hago un gesto de negación, frustrada.

—¿Qué?

—Somos un símbolo de esperanza, la unión de un impe y una gema. Willow nos presentó con la ilusión de que nos enamoráramos, pero no lo sentí, ¿sabes? Dee es guapa y cariñosa, y me quiere muchísimo, pero hay algo que no termina de encajar.

—Pero... vivís juntos.

—Es solo de cara a la galería; para mí ella es más bien como una hermana. Tenemos habitaciones separadas.

No sé qué está sucediendo en mi cuerpo ahora mismo. Es como si me estuvieran drenando toda la amargura de las venas; la ampolla de sangre se esfuma y solo me queda la piel. Una piel que noto sorprendentemente caliente, una piel que anhela ser tocada.

—¿Y qué opina Dee de todo esto?

—Ella tiene la esperanza de que mis sentimientos hacia ella evolucionen con el tiempo.

—¿Lo estás diciendo porque sí? En serio, Ash, ¿lo estás diciendo porque crees que es lo que quiero oír?

Una expresión de dolor le oscurece los ojos pálidos.

257

—Por supuesto que no.

Pero no consigo forzarme a creerlo, todavía no, no cuando el equilibrio de mi corazón es tan precario y mi instinto sigue siendo el de protegerme.

—Bueno, a lo mejor ocurre; lo de que llegues a quererla, quiero decir. Parece una chica encantadora, y está claro que te desea. A fin de cuentas, aportar un símbolo de la unidad impe-gema es casi tu responsabilidad.

Me hace callar poniéndome una mano en la mejilla. Es cálida y suave, y no puedo por menos que presionar la cara contra ella. Juro que reconocería el roce de su piel incluso después de pasar toda una vida separados.

—¿Por qué me siento tan atraído por ti? —pregunta.

Abro la boca para responder, pero las palabras no surgen.

—¿Tú también lo sientes? —pregunta.

—Sí.

Su boca sonríe, aunque sus ojos parecen tristes, casi desesperados.

—Nunca he creído en todo eso de la persona ideal, «la única», no hasta ahora. Es como si hubiera estado aturdido, muerto, hasta que apareciste... y ahora todo tiene sentido. —Se ríe con tristeza—. Todo y nada.

Las lágrimas se me acumulan en los ojos.

—Ash, no puedo quedarme aquí... Nunca podremos estar juntos.

Porque, de una forma u otra, voy a salir de este lugar, ya sea por un túnel transdimensional, ya sea en una bolsa para cadáveres. Me rompe el corazón decirlo, pero Ash y yo nunca tendremos un final feliz.

—Este no es mi sitio —susurro.

—Entonces el mío tampoco.

Y de repente, me está besando. Es un beso desesperado, lleno de calor y amor, que hace que una oleada de placer me recorra todo el cuerpo. Lo atraigo hacia mí, y, en cuestión de segundos, estoy quitándole la camisa con movimientos frenéticos. Le recorro el pecho con las manos hasta encontrar la abundancia de pecas que se le concentran en los hombros, y él me besa de nuevo, moviendo los dedos con delicadeza por debajo de mi camiseta hasta abrirse camino sobre mi carne.

Me he imaginado mi primera vez una y mil veces. Por lo general implica sábanas limpias, luz suave, el tamborileo cálido del alcohol en mis venas y un arrullo de música suave para ocultar mis gemidos. Ni una sola vez me he imaginado desnudándome entre las vías en desuso del metro de Londres, con el suelo duro rasguñándome el trasero y los ruidos que me brotan de la boca rebotándome contra los oídos desde las paredes de ladrillo. Ni una sola vez me he imaginado mis pechos, mis muslos, mi vientre... todo... expuesto al aire frío y estancado, iluminado por el resplandor del faro de una motocicleta.

Sin embargo, desde el día en que lo conocí, siempre ha implicado a Ash. Incluso cuando no lo recordaba con claridad, cuando solo era una sombra, un olor fugaz en mi subconsciente, siempre ha implicado a Ash. Así que a pesar de todo —de la suciedad, del frío, de la luz austera—, mi primera vez es todo lo que esperaba, porque es con él.

CAPÍTULO 24

ALICE

Me despierta el zumbido de mi móvil. La luz artificial me hace daño en los ojos, así que parpadeo. Es supertarde, y oigo la respiración suave de Danny. Me preocupa que sea otro mensaje amenazador y se me tensan los músculos, pero cuando lo compruebo, veo que es otra publicación de Fanboy.

La reunión en la estación de metro.

La leo despacio porque el temblor de mis manos hace que las palabras se desdibujen en la pantalla.

Fanboy documenta con gran esmero el plan de los Taleters para destruir a los impes. Un virus que solo les afecta a ellos. Distribuido en bidones por todo el país, a punto para detonar dentro de unos días. Han desarrollado un suero que puede trasformar a los impes en gemas, pero eso es solo para unos cuantos favoritos. Para los demás... se me llenan los ojos de lágrimas mientras les susurro sus nombres a mi teléfono. «Violet. Katie. Nate». Van a sufrir una muerte horrible si no hago algo.

Cuando consigo tragarme las lágrimas y aclararme la visión, me doy cuenta de que tengo un mensaje de Russell. Debe de haberlo enviado hace alrededor de una hora.

Oye, me encanta tu nuevo *fanfic* sobre Nate. ¿Te apetece que quedemos para charlar sobre publicidad? Creo que podríamos ser buenos el uno para el otro. x

La última frase me inquieta un poco. Me suena más a insinuación que a una invitación a hablar de publicidad. Pero tal vez sea lo mejor que puedo hacer.

Mientras Danny trabaja en lo de la dirección IP, yo puedo concentrarme en ganar la guerra *fanfic* haciendo que El levantamiento del *fandom* llegue a la mayor cantidad de público posible.

Apago el teléfono y miro a Danny, que está profundamente dormido en el suelo del dormitorio.

La culpa me retuerce el estómago.

VIOLET

Me despierto junto a Ash. La negrura es absoluta aquí dentro, en el túnel, pero por la oscilación constante de su pecho deduzco que sigue dormido. Encontramos una manta vieja metida en el portaequipajes del asiento de la moto, y eso es lo que, junto con nuestra ropa, nos hemos apilado encima para soslayar el frío. El calor de la piel desnuda de Ash me calma como nada en el mundo, y la oscuridad parece resaltar ese calor corporal. Me imagino que puedo vernos desde arriba, dos cuerpos formando una silueta encendida y unitaria en el suelo del túnel.

Busco nuestra linterna, la enciendo y después la coloco de manera que apunte hacia el techo. El rayo se refleja sobre nosotros y nos baña en una luz extraña y ondulante. Con mucho cuidado, le echo un vistazo al maltratado reloj de muñeca de Ash; las seis de la mañana. Y durante un único segundo, solo porque tengo las piernas enredadas con las suyas, me permito creer que todo saldrá bien. Solo tengo que encontrar ese bidón y evitar que libere el virus. No sé qué despierta a Ash, si la luz o mi movimiento, pero el caso es que se despierta. Abre los ojos y sonríe. Está adormilado y monísimo, con el pelo alborotado y la cara marcada por un pliegue de la manta. Está a punto de decir algo cuando oímos un grito ahogado.

Me siento de golpe, sin pensarlo, y la manta resbala por mi cuerpo hasta dejar a la vista mi torso desnudo. La recojo lo más rápido que puedo, con la mirada clavada en la figura que hay en la penumbra. Solo alcanzo a distinguir los rasgos de Daisy, la expresión de horror y traición que se dibuja en su rostro perfecto. Supongo que los demás le dijeron que nos habíamos quedado atrás y ha venido a buscarnos. Tal vez yo supiera que lo haría. Quizá quería que nos encontrara así.

Con una punzada de culpa, recuerdo cuando pillé a Alice con Willow, la sensación de dolor y traición que se apoderó de mí.

Ash se incorpora apoyándose en los codos y se frota los

ojos. La ve, y la cara que pone me rompe el corazón. Es una expresión de sorpresa, de dolor y de miedo.

Ella se da la vuelta y echa a correr por el túnel.

Me quedo callada, a la espera de que un «Dee» arrepentido resuene tras ella, repetido por el eco entre sus pisadas y sollozos.

Pero no lo oigo.

Empujada por la culpa y la vergüenza, es mi propia voz la que grita:

—¡DAISY!

Me pongo de pie, con la manta aferrada al pecho y sin darme cuenta de que así se la arranco a Ash, de manera que lo único que ahora cubre su modestia es una chaqueta abierta de par en par.

—DAISY —grito de nuevo.

No se detiene. Continúo escuchando cómo se desvanecen sus pasos. Empiezo a vestirme, desesperada por salir tras ella, pero Ash me rodea el tobillo con una mano suave.

—Deja que se vaya —dice.

—Pero... —comienzo.

Me interrumpe.

—Tenía que enterarse. Solo desearía habérselo dicho yo primero. Por favor, no te sientas mal, es culpa mía, no tuya.

Me quedo paralizada, con el pie derecho en el aire, a punto de ponerme la bota, y de repente cobro conciencia de mi desnudez.

—¿Qué quieres decir?

Él sonríe. Y luego pronuncia cuatro palabras. Unas palabras que yo le dije hace toda una vida. Susurradas por encima de la borda de un bote de remos. Sigo pensando que no lo recuerda con exactitud, pero estas palabras debieron de quedarse alojadas en algún recoveco de su cerebro, porque me las dice como si fueran suyas:

—Siempre has sido tú.

ALICE

Por la mañana, Danny me lleva a casa en coche y me ayuda a limpiar el pintalabios de mi espejo. Utilizamos un poco de agua y un espray limpiacristales que mi madre tiene metido al fondo del armario de los productos de limpieza.

Llevo toda la mañana dándole vueltas al mensaje de Russell, y por fin tomo una decisión. Ayudaré a mis amigos, aun en el caso de que eso signifique pasar una velada con ese encanto que es Russell Jones. Danny entra en el baño y yo saco el teléfono para teclear una respuesta rápida.

Genial, estoy libre esta noche.

Danny regresa justo cuando me suena el teléfono. Es Russell. No esperaba que me llamara. A ver, ¿quién narices llama hoy en día? Pillada por sorpresa, respondo.

—Hola —digo.

—Eh, guapísima. Solo llamaba para ver qué te apetece hacer esta noche.

—No sé.

Miro a Danny, que me observa con curiosidad.

—Conozco un sitio precioso en Hammersmith. Le pediré a mi chófer que te recoja. Mándame tu dirección.

—De acuerdo.

—Te recogerá sobre las siete. ¿Te parece bien?

—Sí. Genial, gracias.

—Ponte algo bonito —dice.

—Lo haré.

Cuelgo bastante deprisa, pues me preocupa echarme atrás si Russell sigue hablando.

—¿Quién era? —pregunta Danny, que vuelve a coger la bayeta manchada de rojo.

—Russell Jones —respondo tratando de restarle importancia.

—¿Russell Jones? ¿Ese imbécil de la Comic-Con?

—Sí, estamos organizando una reunión para tratar asuntos de publicidad.

La expresión de Danny se ensombrece un poco.

—¿Te refieres a una cita?

—Dios, no, nada de eso. Solo necesito que me ayude a publicitar El levantamiento del *fandom*.

—Tiene sentido, supongo. —Deja caer la bayeta sobre mi cómoda—. Entonces, ¿vas a su apartamento o algo así?

—En realidad duerme en un hotel —respondo un poco molesta.

—Vale. Bueno, voy a irme para intentar localizar la dirección IP. Disfruta de la publicidad y esas cosas.

Se dirige hacia la puerta sin mirarme a la cara.

—Tú mismo —digo, y me cruzo de brazos como si fuera una niña insolente.

Danny cierra la puerta, con más estruendo del necesario.

Me tumbo en la cama sintiéndome como una mierda. He hecho cabrear a Danny. La única persona que puede ayudarme a encontrar a Fanboy. Y lo peor es que ni siquiera quiero ver a Russell. Hace un año, me habría sentido entusiasmada por completo si me hubiera invitado a salir, pero ahora preferiría depilarme los pezones a la cera. Ahora que lo pienso, eso no es lo peor. Retiro lo dicho. Lo peor es que Danny acaba de comportarse como un completo idiota.

La puerta vuelve a abrirse. Es Danny, con pinta de estar muy avergonzado.

—Lo siento, ha sido una estupidez por mi parte. Creo que... Creo que es posible que haya sentido algo de... celos. Pero es ridículo, ni me perteneces ni me debes nada. —Me mira a los ojos y consigue esbozar una sonrisa tímida—. Solo quería decirte que es genial que vayas a reunirte con Russell esta noche. Y, ya sabes, no te olvides de ponerte la gorra. Será lo que le dé sentido a todo el *look*.

—Gracias, Danny.

—¿Estarás bien si te quedas sola en casa?

—Sí, mis padres deben de estar a punto de volver en cualquier momento.

Asiente con la cabeza.

—Muy bien, nos vemos pronto.

Cierra la puerta.

Vale. Es oficial. Estoy totalmente colada por Danny.

Aunque las letras rojas ya no se ven, es como si siguieran mirándome, amenazadoras, desde el espejo. Me traslado a la habitación de mis padres y encajo una silla bajo el pomo de la puerta. Solo entro en la habitación de mis padres para asaltar la colección de perfumes de mamá o para coger prestado (robar) su carísima crema hidratante; nunca entro y me quedo sentada sin más. Está decorada con muy buen gusto, es un mar de color azul huevo de pato, pero carece de los toques personales de la mayoría de los dormitorios. No hay fotos en las paredes, no se ve el desorden del día a día sobre las superficies. Podría ser una sala de exposiciones. Me acomodo en su cama con mi portátil, pero no dejo de lanzar miradas a la puerta cada dos segundos. Seguro que vuelven pronto, y entonces me sentiré menos alerta. Intento centrarme en la tarea que tengo entre manos: otra publicación para El levantamiento del *fandom*. Me froto las sienes para aliviar la presión que la responsabilidad ejerce en mi cabeza. «Piensa como una escritora, Alice».

Muy bien. He creado cierta empatía hacia Nate al mostrar por qué se fue al lado oscuro. He plantado las semillas de su redención. Ha llegado el momento de dar un giro de ciento ochenta grados al estilo Snape.

NATE

Sueño con mi hermana. Aunque sé que ya debe de ser adulta, en mi sueño sigue siendo una niña. Está dándome su manta y acariciándome el pelo, diciéndome que todo va a salir bien. Entonces, algo cambia en su cara. Se le ponen los ojos rojos, la nariz comienza a chorrearle, la preciosa piel aterciopelada empieza a motearse con los inicios de un sarpullido.

—¿Qué pasa? —le pregunto.

Pero solo puede toser.

Oigo otra voz:

—Es el virus, Nate.

Yan aparece ante mí. Le entrega un pañuelo a mi hermana y le hace una caricia sutil en la cabeza. Ella tose en el pañuelo y después lo aparta para mostrar una mancha de sangre.

Las lágrimas comienzan a rodarme por la cara.

—Lo siento —le digo—. Lo siento mucho.

Yan me sujeta la cara entre las manos elegantes.

—No es demasiado tarde. Puedes detenerlo.

Me despierto cuando mi hermana empieza a convulsionar y una espuma amarilla le brota de los labios de capullo de rosa.

Estoy sudando y gritando, tratando de librarme de la imagen.

No puedo permitir que eso suceda, no puedo. Ni a mi hermana ni a nadie.

Así que recuperaré ese odioso bidón y lo llevaré de vuelta a mi laboratorio sin que nadie se entere.

Encontraré un antídoto.

Por fin tiene sentido: no nací para encajar con los míos, nací para salvarlos.

Lo reviso unas cuantas veces y luego pulso el botón de actualizar.

Suena el timbre. Me quedo paralizada. Mis padres no llamarían a su propio timbre y no estoy esperando a nadie. Me planteo continuar escondida en la habitación de mis padres, con la puerta atrancada. Pero puede que eso sea peor, porque haría creer a la gente que no hay nadie en casa. Iré a abrir la puerta, con el teléfono a mi espalda, a punto para marcar el número de emergencias. Y si cuando abra no hay nadie, me iré directa a casa de Danny. «Por el amor de Dios, Alice, seguro que no es más que el cartero».

Bajo la escalera, haciendo caso omiso de los nervios que me revolotean en el pecho.

Cuando abro la puerta, dos agentes de policía me están esperando: una mujer alta con la piel marrón claro y unos ojos preciosos y un hombre más bajo con el pelo rojo. Sonríen en estéreo. Dos agentes de policía plantados en la puerta de tu casa te asustarían aun si no acabaras de rajarle el brazo a tu mejor amiga y no hubieras recibido mensajes amenazantes al respecto. Así que, a la luz de mi situación actual, estoy a punto de cagarme en mis Victoria's Secrets. A lo mejor el acosador le ha dicho a la policía que he sido yo quien mutiló a Violet.

Pero al menos ellos no me matarán... Vuelvo a guardarme el teléfono en el bolsillo (ahora ya no hay necesidad de llamar a emergencias) y me aseguro de que la máscara se me ajuste bien a la cara.

—¿Alice Childs? —pregunta la mujer.

Asiento, intentando no parecer en absoluto sospechosa, ni culpable, ni cualquier otra cosa que no sea perfectamente tranquila.

—Soy la sargento Singh —continúa antes de señalar al agente masculino—, y este es el agente Turner. Solo queríamos hacerte unas cuantas preguntas sobre tu amiga, Violet Miller.

Ambos me enseñan su placa y siguen sonriendo con ademán tranquilizador.

—Ah... de acuerdo. —Intento encontrar más palabras no sospechosas y libres de culpa—. ¿Quieren entrar?

—Gracias —dice Turner.

Los llevo a la cocina.

—Bonita casa —dice Singh—. ¿Vives aquí con tus padres?

—Sí —digo—. Volverán en cualquier momento.

No sé por qué he dicho eso, como si necesitara carabinas o algo así.

—Bueno, es contigo con quien queríamos hablar —dice Singh.

Sonrío.

—Sí, lo siento, ya me lo había dicho —contesto. Más palabras sensatas, Alice, por favor—. ¿Quieren una taza de té?

Singh asiente.

—Sería estupendo, gracias. Los dos lo tomamos con leche y una cucharada de azúcar.

Empiezo a llenar el hervidor de agua. Los agentes se sientan a la mesa de la cocina. Me monto un pequeño juego en la cabeza y finjo que no son más que *cosplayers* muy convincentes. Lo único que tengo que hacer para librarme de esta mierda es actuar como en un juego de rol, y después me dejarán en paz.

Turner abre su cuaderno.

—Solo queríamos preguntarte sobre el ataque que sufrió la señorita Miller la otra noche.

¿Me hago la tonta? No, eso parecería sospechoso, está claro. Soy su mejor amiga, por supuesto que lo sabría. Me doy la vuelta para sacar las tazas del armario, agradecida por tener una excusa para esconderles la cara.

—Sí, es horrible, me lo contó su madre.

«Demasiado, Alice, no menciones a nadie más».

Singh asiente.

—Y entonces ¿no has visto a Violet desde el ataque?

—No —digo.

Lo cual es cierto.

—¿Sabes qué le pasó? —pregunta.

El hervidor de agua empieza a silbar. Me están poniendo a prueba, quieren ver si meto la pata y sé más de lo que debería. Opto por la imprecisión.

—Sí. Algún tarado le ha rajado el brazo.

Guardan silencio durante un buen rato, seguro que con la esperanza de que sea yo quien lo llene. Pero me entretengo poniendo las bolsitas de té en las tazas.

—¿Conoces a alguien a quien le gustaría hacer daño a Violet? —pregunta Singh al final.

Empiezo a verter el agua.

—No, todo el mundo adora a Violet. Seguro que ha sido algún fan loco.

—¿Un fan? —dice ella, y noto un dejo de interés en su voz—. ¿Qué te hace pensar eso?

—Pues ya sabe, ¿quién iba a ser si no?

Cojo la leche, consciente de que, a la luz de la nevera, pueden ver hasta la última arruga de culpabilidad que me frunce la frente. Cierro la puerta del frigorífico de golpe, lo más rápido que puedo.

—Bank, lunes, 24.00 h. A. —dice—. ¿Significa algo para ti?

Me doy la vuelta para mirarla a la cara.

—No. ¿Debería?

Estoy corriendo un riesgo. ¿Y si han leído Fandalismo? ¿Y si han visto El levantamiento del *fandom* y ya saben que estoy enzarzada en una extraña guerra de *fanfics* y que por lo tanto eso debe de significar algo para mí? Pero eso no quiere decir que yo le haya cortado el brazo a Violet, solo quiere decir que ahora mismo estoy mintiendo. Pero ¿por qué

271

iba a mentir? Todos estos pensamientos me dan vueltas a toda velocidad por la cabeza a pesar de que mi cara permanece impertérrita por completo... espero.

Singh niega con la cabeza.

—No, es que es extraño que le hayan escrito una cosa así. Pensamos que podría significar algo para ti, por eso de que eres su mejor amiga.

Hago un gesto de negación y una oleada de alivio inunda mi sistema.

—No, no me suena de nada, lo siento.

Tiro las bolsitas de té a la basura y empiezo a servir la leche en las tazas, impresionada por lo firme que tengo el pulso.

—¿Violet ha trabajado alguna vez en un banco? —pregunta Turner—. ¿O tiene cualquier otra conexión con los bancos que se nos esté escapando?

Les pongo el té y el azúcar delante.

—No. Es decir, tenía una cuenta en un banco, supongo, pero nunca ha trabajado en uno.

Singh asiente, pensativa.

—Muy bien. Gracias, Alice.

Disuelve un poco de azúcar en su taza y bebe un sorbo de té con gran cautela, como si supiera que va a estar ardiendo.

—Bueno, espero que cojan a quien haya sido —digo—. Ahora la pobre Violet va a despertarse con unas cicatrices feísimas.

—Así es, los cortes eran profundos y furiosos —dice Singh sin dejar de estudiarme la cara.

Empiezo a prepararme algo de beber con el único objetivo de poder volver a darles la espalda. La culpa me está paralizando por dentro y no estoy segura de cuánto tiempo seré capaz de seguir manteniendo la máscara en su sitio.

Entonces interviene Turner.

—¿Y dónde estuviste el domingo por la noche?

Joder, mierda. La coartada. Me he olvidado de la coartada.

—Estuve con Danny. Danny Bradshaw —contesto sin pensarlo.

Seguro que tiene algo que ver con que es la única persona con la que he pasado algo de tiempo últimamente y no está en coma. Aun así, es una estupidez. Están obligados a contrastarlo con él, y no tengo claro hasta dónde llegará la lealtad de Danny. Aunque me cubra, no sé si resultará creíble. Ese chico es pura honestidad.

Me piden los datos de Danny y se terminan el té.

Los acompaño hasta la puerta, con un nudo de pánico en la garganta, y luego llamo a Danny.

—Eh —digo.

Él no responde.

—¿Danny? ¿Estás ahí?

—Sí, estoy aquí.

—¿Qué pasa? Pareces... distinto.

Se produce un silencio prolongado. Lo oigo respirar, así que sé que está ahí. Al final dice:

—He leído tu entrada sobre la hermana de Nate.

Mierda. Pues claro que la ha leído. Sabe que, con todo el descaro, he utilizado la muerte de su hermano como carne de *fanfic*. ¿Por qué no me lo pensé con calma? Abro la boca para contestar, pero no se me ocurre nada que decir que no suene patético.

—No espero que todo lo que te cuente acabe en internet —dice.

—Lo sé. Lo siento mucho, ha sido una estupidez... tu historia me llegó muy adentro y... No lo pensé.

Otro silencio. Lo bastante largo para que piense que está a punto de colgarme. Entonces me dice:

—Bueno, supongo que debería sentirme halagado de haberte servido de inspiración.

—Eres mi muso oficial. Pero, en serio, te prometo que no volveré a hacer una tontería así.

Ahora me toca a mí quedarme callada.

—Danny, la policía acaba de estar aquí.

—¿Por lo del espejo?

—No... alguien le ha rajado el brazo a Violet mientras estaba en coma.

—¿Que han hecho qué? ¿Qué clase de psicópata haría algo así?

El asco que transmite su voz hace que la culpa me resulte casi insoportable.

—Danny, creen que fui yo.

—Eso es absurdo, ¿por qué demonios ibas a hacerle eso? Es tu mejor amiga.

—El caso es que... necesitaba una coartada...

—Y les has dado mi nombre.

—Sí.

Mierda, mierda, mierda. Odio hablar por teléfono. Todas estas pausas me están sacando de mis casillas en estos momentos.

—¿Cuándo fue? —pregunta por fin.

—El domingo por la noche.

Danny habla en tono práctico, como si lo tuviera todo bajo control:

—De acuerdo. Esa noche fuimos a dar un paseo, estabas de bajón porque tus amigos están en coma. Lo hablamos y estuvimos por ahí hasta tarde. Nadie más nos vio.

Quiero llorar. Pero en realidad solo susurro:

—Gracias.

CAPÍTULO 25

VIOLET

Cuando Ash y yo entramos a la iglesia, todas las miradas se vuelven hacia nosotros. Siento que las mejillas se me inflaman de vergüenza. Katie se precipita hacia mí.

—¡Tú, tetas de nabo!, ¿en qué narices estabas pensando para darme un susto así?

Me atrae hacia ella para envolverme en un abrazo agresivo. Desvía la mirada hacia Ash y luego de nuevo hacia mí, y de pronto una enorme sonrisa cursi le estalla en la cara.

Ash me da un apretón en la mano y se marcha corriendo a hablar con Willow. Me doy cuenta, incluso desde aquí, de que Willow está enfadado con él, pues permanece de brazos cruzados y le responde haciendo gestos bruscos con la cabeza.

Katie se acerca mucho a mí.

—Buenooo, Violet la Virgen. Te lo has pasado bien bajando al metro, ¿eh?

—Ay, Katie, ha sido horrible. Daisy nos ha pillado, se ha disgustado muchísimo.

Katie se muerde el labio.

—Uf, sí, me imagino que eso le cortaría el rollo a cualquiera.

—¿La has visto esta mañana? —pregunto.

—No, desde ayer no.

Apoyo la cabeza entre las manos. La noto extrañamente pesada.

—Me siento fatal.

—Afrontémoslo, Vi: nadie podría competir con una buena historia de amor de bucle temporal. Chica conoce a chico. Cuelgan a la chica. Al chico le borran la memoria. La chica vuelve con el chico. El chico se siente atraído de forma misteriosa por la chica. La chica se tira al chico. Es un clásico. Esa pobre idiota no tenía ni la más mínima oportunidad.

Katie se echa a reír y sus carcajadas llenan la iglesia como una campana de viento, y entonces descubro que yo también me estoy riendo.

Pero Katie deja de reírse de forma abrupta.

—Ostras, Vi, ¿habéis usado... ya sabes?

—¿Protección? —pregunto—. Sí, por supuesto.

—Menos mal. Es que imagina que te despiertas en nuestro universo embarazada del bebé de Ash. Eso sí que sería un marrón exagerado.

No sé si reír o llorar.

Me dirijo a casa de Nate. Ash me ha dado una nota arrugada con el bosquejo de un plano. El mapa es bastante claro, así que llego a casa de Nate en unos cinco minutos. Nate se mudó a las inmediaciones del cuartel general en cuanto se presentó a Thorn y lo reclutaron como parte de la alianza. Vive en un estudio modesto situado en uno de los edificios que no se ha derrumbado en esa calle. Me sorprende que no tenga un piso más bonito, un poco más parecido al de Ash o al de Thorn. Creo que no describí su alojamiento en *El baile del rebelde*. Ahora desearía haberlo hecho; le habría imaginado un lugar mucho mejor que este.

La puerta se abre sola cuando la golpeo con los nudillos. Llamo a Nate con suavidad. Como no obtengo respuesta, me cuelo dentro. Está sentado a un escritorio en la esquina de la habitación. No hay muchos muebles, pero aun así el escritorio parece demasiado grande y voluminoso para la habitación, como si Gandalf hubiera llevado sus cosas a Bolsón Cerrado. Nate está encorvado sobre un ordenador de aspecto muy moderno. Una incubadora, medio llena de tierra, descansa en el suelo junto a sus pies.

—¿Qué estás haciendo? —pregunto.

No se sobresalta ni aparta la mirada de lo que está haciendo.

—Bienvenida a mi humilde laboratorio; no es mucho, ¿verdad?

Unas imágenes en 3D planean ante sus ojos y él las infla y contrae con dedos ágiles. Una hélice gira al lado de la imagen y se modifica ligeramente con cada uno de sus movimientos.

—Estoy trabajando en una nueva variedad de cultivos que necesitaría menos luz y agua. Podríamos plantarlos en los edificios en desuso, y luego hacer uso de la tierra que

tenemos. Haría que los impes fueran más autosuficientes...
y que pasaran menos hambre.

—Eso es alucinante —digo.

Asiente con la cabeza, aceptando el cumplido sin pensarlo.

—¿Por qué estabas ayudando a los impes si querías traicionarlos?

Hace desaparecer la hélice con un movimiento rabioso de la mano. Las demás imágenes se desvanecen ante mis ojos.

—A decir verdad, no lo sé. —Gira la silla para mirarme—. No era solo por tener una tapadera ni nada así. Deseaba de verdad resolver esto y ayudar con la escasez de alimentos en las ciudades. No es que me levantara una mañana y pensara: «Ya sé, voy a traicionar a mi gente».

Se pone de pie y me mira. Pero las lágrimas que tiene en los ojos invalidan por completo su expresión desafiante.

—Ocurrió de forma gradual —continúa—. Es como si la sensación de aislamiento, de ser diferente, hubiera ido creciendo dentro de mí. —Se mira los pies—. Lo siento, no necesitas saber...

—No pasa nada —digo interrumpiendo su disculpa—. Sigue.

Suspira.

—Sabía que solo encajaría si me convertía en gema. Y ellos me ofrecieron una solución, a cambio de mis servicios. Por supuesto, la necesidad de ayudar a los impes no murió sin más en mi interior. Es solo que ahora aspiro a conseguir dos objetivos contradictorios a la vez. Es bastante horrible.

Abre la puerta y empieza a caminar por la calle.

—¿Adónde vamos? —pregunto cuando echo a correr detrás de él.

—Pienso mejor cuando estoy en movimiento.

Me cuesta seguirle el ritmo.

—Gracias por salvarme en la estación.

—¿Por disparar a Howard, quieres decir? Lo hice sin pensar, si te soy sincero. Lo más probable es que acabe de firmar mi propia sentencia de muerte... Ahora ya no me querrá ningún bando.

—Eso no es cierto. Willow y Ash saben que me salvaste, y se lo ocultarán todo a Thorn. Sé que lo harán.

—¿Saben que maté a Baba?

Una angustiada expresión de dolor y culpa le invade el rostro. Y no es justo que él deba soportar esa carga. No iba a decírselo, pero ahora, mientras avanzamos por esta calle vieja y destartalada, sé que lo haré.

—Aquí actúan fuerzas que escapan a tu control, Nate. Hay alguien dentro de tu cabeza, y te obliga a hacer cosas.

—¿Un telépata, quieres decir? ¿Alguien como Baba?

—Algo así. Es imposible de explicar. Pero tú eres más fuerte que ellos. Sé que lo eres, porque te conozco. Debes defenderte. Como si tuvieras unos puñeteros ovarios de acero.

Parece confundido.

—¿Ovarios de acero? —susurra.

Asiento y contengo una risa en la garganta.

—Sí. Así es. Ovarios de acero.

—Eso ya lo había escuchado en algún sitio.

—Así es —digo—. Ovarios de acero. Como Katniss. Como Tris.

—No tengo ni la menor idea de qué estás diciendo en estos momentos, lo sabes, ¿verdad?

Me río.

—Sí.

Deja de caminar y me mira. Y entonces, de una forma inesperada por completo, me pregunta:

—¿De verdad eres mi hermana?

Hago un gesto de asentimiento.

—Sí. Baba vino a buscarme en sueños. Me habló de ti, de que necesitabas mi ayuda. Tú eres la verdadera razón por la que he venido hasta aquí.

Se da la vuelta sin responder y seguimos caminando hasta que nos acercamos a una brecha en los edificios. Una explanada de escombros se extiende ante nosotros, contenida por un muro bajo y desigual. Me doy cuenta de que antes era un edificio, un edificio enorme. Nate se encarama a una parte más alta de la pared y tiende las manos para ayudarme a subir. Trepo por la piedra hasta que estoy a su lado.

—Vamos —me dice—. La vista mejora muchísimo, te lo prometo.

Lo sigo mientras avanzamos por la parte superior de la pared, escogiendo nuestro camino con mucho cuidado sobre las protuberancias y las hendiduras, y la piedra libera partículas bajo nuestros pies. Por fin llegamos a un punto situado varios metros por encima del suelo. El miedo repentino a caer hace que se me nuble la cabeza, y me sorprendo estirando las manos para agarrarme al brazo de Nate. Para estabilizarme, para estabilizarlo.

—Mira —dice Nate señalando hacia abajo.

Bajo la mirada. Los escombros forman la silueta de una cruz gigante.

—Debió de ser una iglesia —respondo—. Una catedral, a juzgar por su tamaño.

Veo el contorno de un círculo roto justo en el centro. Era la catedral de san Pablo. Me quedo mirando el cielo a la altura donde antes se alzaba la cúpula, y de pronto me siento muy muy desesperanzada. Si san Pablo no logró sobrevivir a los gemas, ¿cómo diablos vamos a sobrevivir nosotros?

—Antes teníamos esperanza —dice Nate—. Dios, Buda, Alá, Krishna... todos ellos nombres diferentes para una misma cosa: la esperanza. ¿Qué tenemos ahora?

Lo agarro de la mano.

—Nos tenemos el uno al otro.

—No durante mucho tiempo. Sin ese suero, ambos moriremos mañana.

—¿No podemos ir a por el bidón e inutilizarlo?

Niega con la cabeza.

—Hay montones de ellos por todo el país, todos diseñados para explotar justo al mismo tiempo. Solo sé dónde está el de Londres.

Nos sentamos en la pared y contemplamos las azoteas del Londres impe, con las ruinas de san Pablo a nuestros pies. Una nube de pájaros pasa por encima de nuestras cabezas, una multitud de siluetas en forma de media luna oscura en contraste con las nubes.

—Golondrinas —susurra Nate. Y mientras las observa, una sonrisa le curva los labios despacio—. Acabo de tener una idea —dice, y se aferra a mi mano.

—¿Qué?

—No necesitamos un suero, necesitamos un antídoto. Entonces podremos salvar a todos los impes. Puedo recuperar el bidón y obtener una muestra del virus. Si puedo llevármela a mi laboratorio, tal vez logre dar con él.

—¿No es peligroso?

—Sí, pero vamos a morir de todos modos —dice con una risa histérica.

—¿Crees que podrás lograrlo hoy mismo? —pregunto, porque en cuanto se consiga ese antídoto, la historia terminará y podremos irnos a casa.

Y entonces Nate se despertará antes de que lo desconecten. Nate asiente con la cabeza.

—Sin duda.

Sus ojos leoninos se llenan de vida y, por primera vez desde que llegué a este mundo, lo veo de verdad: al niño de mi infancia.

A mi hermano pequeño.

ALICE

Recuerdo el estúpido comentario de Russell acerca de que me ponga algo bonito. Me dan ganas de vestirme con unos vaqueros y mi sudadera ancha de Hogwarts. Pero tengo que ayudar a mis amigos. Así que elijo mi ropa con esmero; al fin y al cabo, solo el veinte por ciento del proceso de engatusar a alguien tiene que ver con las palabras. Por lo general, habría optado por el rojo, pero es el último color que quiero ver después del mensaje del espejo. Así que me decido por un vestido azul cielo.

Ni por un segundo dejo de pensar en ese mensaje horrible y en la nota de mi espejo. Es extraño que ambas cosas hayan sucedido justo después de que publicara en El levantamiento del *fandom*. Siento unos retortijones terribles

283

en la tripa, como si me hubiera comido un trozo de sushi en mal estado. «¿Y si es Fanboy? ¿Y si se está tomando la guerra de *fanfics* demasiado en serio? —Me digo que me estoy comportando como una idiota—. Pero ¿quién podría ser si no?». Bueno, acabo de publicar otra entrada. Veamos si pasa algo.

Le he dicho a Russell que iría al restaurante por mi cuenta. No sé muy bien por qué, pero me inquietaba revelarle mi dirección. Y que alguien me entregara ante él, como si fuera una especie de regalo, tampoco me hacía ninguna gracia. Además, me gustaría pasar por casa de Danny de camino. No es mucho rodeo, y quiero decirle que me alegro de que se pusiera celoso. Ahora que sé que hay chicos como Danny en el mundo, estoy empezando a replantearme lo de «estar de vuelta de los hombres».

La madre de Danny me abre la puerta y se le ilumina la cara al verme.

—Alice, estás preciosa. ¿Vas a salir con Danny?

Niego con la cabeza, un poco incómoda.

—Eh, no. Solo quería hablar con él un momento, si es posible.

—Sí, por supuesto que sí. Ha ido a la tienda un segundo a comprar leche, pero no tardará más de unos minutos. Adelante, pasa.

Me hace un gesto para que me siente en el sofá.

—¿Te apetece una taza de té? —pregunta.

Asiento.

—Sí, mucho, gracias.

—Tendremos que esperar a que llegue la leche, pero iré hirviendo el agua —dice mientras desaparece en la cocina.

Me quedo sola en la sala de estar. Sola con un montón de fotos familiares. Me levanto del sofá y me acerco a la repisa de la chimenea. Hay una de Danny cuando era un bebé. Madre mía, era precioso. De Danny cuando perdió su primer diente (y no es no solo un grano de maíz dulce pintado). Una foto de él con su hermano, ambos vestidos iguales. Una foto de Danny sosteniendo en las manos el primer premio de ciencias del instituto, con un aspecto más desgarbado del que le recordaba. Y una foto reciente de Danny y su madre abrazándose, tomada en un restaurante, diría yo. No puedo evitar fantasear con una foto mía y de Danny, agarrados de la mano, puede que yendo a una convención o algo así. ¿Qué me pasa?

Me he desplazado hacia el aparador para ver el resto de las fotos de Danny, cuando veo que su mochila está tirada en el suelo. Una hoja de papel sobresale de ella. Distingo una cara... la cara de Violet. Me pongo tan nerviosa que comienzo a notar un zumbido en la cabeza. Saco el resto del papel. Es otra foto, pero no de bebés bonitos ni de premios de ciencias. Es una foto mía, de Katie y de Violet, arrancada de nuestro último anuario escolar.

Al menos, imagino que soy yo.

Me han arañado la cara.

Siento un aguijonazo de horror, las piernas están a punto de fallarme, como si alguien me hubiera quitado los huesos.

¿Podría ser Danny quien me estuviera enviando las amenazas? Seguro que no. A lo largo del camino hasta aquí me he convencido de que era Fanboy.

Una sensación zozobrante me inunda el pecho.

«¿Podría Danny ser Fanboy?

»¿Habrá estado jugando conmigo todo este tiempo?».

Salgo corriendo de su casa, todavía aferrada a la foto. «Soy gilipollas perdida. ¿En serio me he enamorado de mi acosador?». Los ojos se me están llenando de lágrimas y tengo la sensación de que mis piernas están a punto de ceder. Llego a la calle y me topo de bruces con él.

La leche sale volando, la botella se rompe y miles de pegotes blancos salpican toda la acera.

—¡Mierda! —exclama.

Ve la foto que llevo en la mano antes de que me dé tiempo a esconderla.

—Alice...

—¿Has sido tú? —pregunto con voz temblorosa.

Abre los ojos marrones de par en par, tiende las palmas de las manos hacia mí.

—No, por supuesto que no.

—Entonces ¿por qué tienes esta foto?

Me la arranca con suavidad de entre los dedos.

—Me la he encontrado esta mañana metida en el buzón de la puerta de tu casa cuando me marchaba. No quise asustarte, pero tampoco quise dejarte sola, así que me quedé un rato merodeando por allí para asegurarme de que no había nadie vigilando la casa. Iba a contártelo para intentar convencerte de que llamaras a la policía, pero al final pensé en esperar hasta después de tu cita con Russell.

—¿Por qué?

—No lo sé, me pareció que te merecías una noche libre.

¿De verdad puede haber alguien tan bueno? Lo miro negando lentamente con la cabeza mientras mi respiración empieza a acompasarse.

—Así que...

—Así que... tienes que contarme qué está pasando. Lo del *fanfic*, el acosador, la policía. Todo.

Nos sentamos en el muro exterior de su casa y observamos a los niños que juegan en el parque del otro lado de la calle. Tiene razón, tengo que contarle lo que está pasando. Pero antes debo disculparme en persona por usar su tragedia en El levantamiento del *fandom*.

—Oye, siento mucho lo de la entrada. En ese momento ni siquiera se me ocurrió pensar en cómo te afectaría. Fue una estupidez por mi parte, lo siento mucho.

Él asiente.

—Gracias. Sé que tienes muchas cosas encima en este momento, pero quería que supieras que no ha molado nada.

—Te doy toda la razón.

—Vale. No creas que puedes escaquearte de lo obvio.

Mantengo la mirada clavada en los niños del parque. A lo mejor si no veo su reacción a lo que estoy a punto de decir, resulta más sencillo. Respiro hondo.

—Esto va a parecerte una locura. Yo misma no me lo creía, pero el año pasado, cuando Violet, Katie, Nate y yo entramos en coma, nos trasladamos a *El baile del ahorcado*.

Espero a que se ría, y como no lo hace, me arriesgo a mirarlo. Se limita a parpadear unas cuantas veces, como si estuviera intentando encontrarle sentido a mis palabras.

—¿Que os trasladasteis adónde? —dice por fin.

—A *El baile del ahorcado*. A un universo alternativo donde *El baile del ahorcado* es real.

—Vale —dice.

Su voz es una mezcla de confusión e incredulidad.

—Violet, Katie y yo nos despertamos, pero Nate se quedó allí atrapado. —Nos sumimos en un silencio prolongado—. Le dispararon mientras estaba allí. El caso es que Violet y Katie están intentando traerlo de vuelta, pero el problema es que Fanboy lo está fastidiando todo. En sus publicaciones, está convirtiendo en malo a Nate y poniéndolos a todos en una situación muy peligrosa, pues quiere liberar un virus que acabará con ellos. Por eso quería localizar a Fanboy y por eso acepté tu idea de crear El levantamiento del *fandom*, para intentar ayudar a Violet y Katie. ¿Lo entiendes?

Tiene cara de conejo asustado. Niega con la cabeza, despacio.

Miro de nuevo hacia el parque. Ojalá volviera a tener seis años y estuviera en los columpios con Violet y Nate.

—Por eso tengo que encontrar a Fanboy, para evitar que siga enredando con el universo en el que se encuentran y darles una oportunidad de luchar. Creo que es Fanboy quien me está acosando. Para él no es más que un juego enfermizo para ver quién consigue más seguidores, no tiene ni idea de lo que está haciendo.

Nos quedamos callados durante mucho rato. Danny mantiene su preciosa cara fruncida en un gesto de preocupación e incredulidad. Se pasa los dedos ansiosos por los rizos oscuros.

—¿Danny? —digo al fin—. Piensas que estoy loca, ¿verdad?

Se muerde el labio y la piel que queda alrededor de los dientes se le pone blanca de la presión. Me mira de una forma distinta. Con suspicacia.

—Alice, ¿fuiste tú quien agredió a Violet?

—¿Qué?

—Necesito saberlo, ¿agrediste a Violet en el hospital?

Noto que el pánico empieza a apoderarse de mis pulmones. Quiero decírselo. Pero me oigo decir:

—No, por supuesto que no. Es mi mejor amiga y está inconsciente. Es que, a ver, ¿quién podría estar tan loco y ser tan cabrón como para hacer algo así?

Parece aliviado durante un instante, pero su rostro vuelve a tensarse.

—El mismo loco cabrón que te deja mensajes en el espejo y arranca tu foto del anuario.

Me trago la culpa.

—Sí —digo—. Eso tendría sentido.

—Tienes que contarle a la policía lo del acosador, Alice. Tienes que contarles lo de Fanboy. Es un tipo peligroso.

Me suena el teléfono.

Preciosa, ¿dónde estás? x

—Mierda —mascullo, y me bajo del muro—, tengo que irme. Se lo contaré a la policía, te lo prometo, pero solo cuando esté preparada, ¿de acuerdo?

—¿De verdad sigues queriendo acudir a la cita con Russell después de todo lo que ha pasado?

—Tengo que hacerlo —respondo.

No parece muy convencido.

CAPÍTULO 26

ALICE

He quedado con Russell en un bar que se llama Willow Tree. Joder, de verdad que no es nada sin su personaje de la pantalla. Me espera sentado a una mesa redonda en el centro de la sala, y está todavía más bueno que de costumbre, vestido con una camiseta blanca que le marca los pectorales. Me odio a mí misma por fijarme en lo musculados que tiene los brazos. Al verme, se pone de pie.

Me da un beso en la mejilla y su loción para después del afeitado me abrasa las fosas nasales. Me pasa las manos por la cintura y tengo que contenerme para no apartárselas de un manotazo. Hace una eternidad que no me manosea un chico.

Me siento frente a él y esbozo mi mejor sonrisa.

—El Willow Tree, ¿eh?

—Sí —dice mientras se aparta el pelo de los ojos—. Pensé que te gustaría.

—Me encanta.

Todavía sigo esbozando mi mejor sonrisa.

—¿Cómo están tus amigas? —pregunta.

Me encojo de hombros y les ordeno a mis ojos que se mantengan secos.

—Siguen en coma, pero están estables. Estoy segura de que se pondrán bien.

—Pero es raro, otro temblor de tierra en la Comic-Con, tus amigas vuelven a entrar en coma... Deberías escribir sobre ello en ese sitio de *fanfic* que tienes, eso sí que dispararía las vistas.

Me quedo mirándolo con incredulidad. ¿Cómo pudo llegar a gustarme este tipo alguna vez?

—Eh... Sí, supongo —consigo decir.

Una camarera se acerca a nosotros. Mira a Russell y una sonrisa enorme le invade el rostro.

—Señor Jones, es un placer volver a verle. ¿Qué puedo ofrecerle esta noche?

Me pide un cóctel del que nunca he oído hablar. Me cabrea que no me haya preguntado qué me apetecía. La camarera me sonríe como si fuera la mujer más afortunada del mundo por tener a Russell para decidir lo que voy a beber, y luego se va.

—Gracias por ayudarme con El levantamiento del *fandom* —le digo.

Frunce el ceño.

—¿Con qué?

—El levantamiento del *fandom* —repito—. Mi página de *fanfic*.

—Ah, sí, claro. Para eso están los amigos. —Está claro que no ha leído ninguna de mis entradas. Lo cierto es que tampoco esperaba que lo hiciera, pero aun así me escuece un poco—. Bueno, ¿por dónde vas con el libro número tres? —pregunta. Dios, no se anda por las ramas.

—Me lo estoy pensando —digo, pues quiero mantenerlo de mi lado—. El levantamiento del *fandom* me está ayudando mucho a recuperar la creatividad. De hecho, lo estoy utilizando para pulir algunas ideas, por eso es tan fantástico que estés involucrado en él.

Me sonríe. Esto va muy bien: si cree que mi *fanfic* lo ayudará a conseguir otro papel cinematográfico, lo publicitará sin parar. Fanboy no tiene ninguna posibilidad.

Russell desliza una mano bronceada y perfecta sobre la mesa y la apoya sobre la mía.

—Bueno, pues cuéntame más sobre esa página de *fanfic*, Alice. ¿Qué tienes planeado escribir a continuación?

—Pues...

Me interrumpe el zumbido de mi teléfono. Está sobre la mesa, boca abajo, así que pienso que tal vez es un mensaje de mi acosador. El pánico me encoge el estómago. Ojalá ese maldito cóctel llegara de una vez, necesito relajarme.

—Lo siento —le digo a Russell—. Será mejor que compruebe que no es Timothy.

Russell se echa a reír.

—Nunca te interpongas entre una chica y su editor.

Le echo un vistazo rápido a mi teléfono.

Pero no es el acosador. Es Danny. Y su mensaje hace que el corazón se me desboque por completo. No hay cantidad de alcohol que consiga relajarme después de esto.

¡Russell es Fanboy! ¡Lárgate de ahí!

VIOLET

Ash y Katie están preparando la cena cuando volvemos al cuartel general. El banquete es escaso en comparación con el tamaño de la iglesia —una única olla de guiso y una hogaza de pan—, pero el aroma es intenso, apenas contenido por las paredes de piedra. La boca se me hace agua de inmediato. Llevo todo el día sin comer.

Enseguida cuento cuatro sillas, así que supongo que Willow y Daisy no van a unirse a nosotros. No puedo evitar sentir una enorme sensación de alivio por no tener que enfrentarme a Daisy. La culpa no ha parado de roerme por dentro. Sé que Ash y ella no tenían una relación cuando me acosté con él, pero, aun así, fue una jugada un tanto ladina, y me recuerda a cuando sorprendí a Alice en la cama con Willow. A lo dolida que me sentí al saber que mi amiga era capaz de traicionarme de esa manera. Y hace que me dé cuenta no solo de cómo es posible que Daisy se sienta en este momento, sino también de por qué Alice pudo hacer lo que hizo. Porque quería a Willow de verdad. Igual que yo quiero a Ash.

Katie y Ash levantan la mirada, y cuando me ven, sus caras se iluminan. Nate está a mi lado, Katie y Ash me sonríen, hay comida en la mesa... durante un maravilloso y fugaz segundo, todo parece perfecto.

Ash trota hacia mí y me toma de las manos; después me guía hacia la mesa como si estuviéramos solos en la iglesia, como si Nate y Katie no existiesen.

—He pensado que tendrías hambre —dice.

Llego a la mesa y Katie me susurra al oído:

—Claro, de tanto follar.

293

No puedo evitar reírme.

—He hecho pan —dice Katie, que señala una hogaza deforme que hay sobre la mesa—. Empezando de cero.

Tiene restos de harina en la nariz, y eso le da un aire hilarante y adorable a la vez.

—Tiene un don innato —dice Ash.

Katie se echa a reír.

—Solo he tenido que imaginarme que la masa era la cara de Thorn y le he metido una paliza de muerte.

Ash aparta una silla para que me siente y me guiña un ojo. Siento que se me enrojecen las mejillas, y no consigo desviar la mirada cuando se quita la chaqueta y la funda de la pistola y las coloca en el respaldo de su silla.

—Podemos comer más tarde —le digo—. Antes tenemos que encontrar el bidón.

—¿El bidón? —pregunta Ash.

—Lo enterré debajo de la iglesia —dice Nate, que me agarra de la mano y me guía hacia una puerta de madera—. Mañana liberará un virus que solo afecta a los impes. Voy a ver si logro crear un antídoto.

Katie debe de dejar caer un tenedor; el sonido de algo de metal que golpea contra la porcelana retumba por toda la iglesia como el timbre de una alarma.

Nate y yo franqueamos la puerta y recorremos un pasillo de piedra con una ligera pendiente descendiente. Es el mismo pasillo de la película *El baile del ahorcado*, el pasillo que conducía a la celda de Baba. El corazón todavía me arde cuando pienso en ella, en que no conseguí ayudarla como ella me ha ayudado a mí tantas veces. Noto que el aire se enrarece en mis pulmones y me enfría la cara. Si recuperamos ese bidón, si encontramos un antídoto, nos iremos a casa. Me imagino la cara de felicidad de mis padres cuando Nate y yo nos despertemos. Casi siento el calor de sus brazos al estrecharme. Me trago el nudo que se me ha formado en la garganta y me doy la orden de concentrarme: todavía quedan muchos «si».

Entramos en una cueva de piedra, similar a la que nos sirvió de cárcel a Ash y a mí la última vez que estuvimos aquí. Nate enciende una antorcha y las llamas iluminan las paredes, salpicadas de musgo y agujereadas por el tiempo. Mi hermano cuenta los ladrillos y luego mete los dedos en un hueco del mortero.

—Está aquí dentro —susurra mientras saca una piedra con mucho cuidado.

Ambos nos asomamos al interior del agujero negro.

El bidón ha desaparecido.

La cámara de piedra parece encogerse, las paredes y el pánico se cierran sobre mí hasta que siento demasiado tensa hasta la piel. Si no conseguimos encontrar un antídoto, no podremos salvar a los impes... Nunca podremos volver a casa. Y no se trata solo de volver a casa. No soporto la idea de que todos los impes sufran una muerte horrible. De que Ash sufra una muerte horrible.

Del genocidio.

Pero cuando Nate se vuelve hacia mí, veo una chispa de emoción en sus ojos.

—Todavía hay esperanza —dice—. Si no puedo crear un antídoto, detendré el lanzamiento.

Comienza a remontar la pendiente hacia el cuerpo principal de la iglesia, y yo lo sigo, con la cabeza a mil por hora.

—¿Puedes hacerlo?

—Sé desde dónde van a detonarlos, pero deberíamos dejarlo todo en suspenso hasta mañana por la mañana; se rumorea que será el presidente en persona quien coordine el lanzamiento, así que si esperamos hasta entonces, podemos cortarle la cabeza a la serpiente.

Mañana es el cumpleaños de Nate. Lo cual significa una cosa: desconectarán su soporte vital y lo perderé para siempre.

¿De verdad deberíamos apurar tanto? Pero Nate tiene razón, matar al presidente Stoneback es la única manera de garantizar que no generen otro virus. Es la única manera de salvar verdaderamente a los impes.

Así que, a pesar de sentirme destrozada por completo, invadida por la ansiedad y el miedo, susurro mi respuesta:

—De acuerdo.

Cuando irrumpimos en el cuerpo principal de la iglesia, Ash y Katie nos están esperando con una expresión esperanzada en el rostro.

—Cambio de planes.

Estoy a punto de continuar, cuando una algarabía lejana de gritos me interrumpe. Nos volvemos hacia la fuente del ruido. Proviene de fuera, del otro lado de las grandes puertas de madera. La intensidad de los gritos aumenta. Es Daisy. Otra voz se une a la de ella, grave y ronca, sin duda enfadada. Thorn.

El miedo me endurece la piel, se me eriza hasta el último pelo de la nuca.

La puerta se abre y Daisy corre hacia Ash. Tiene la cara empapada de lágrimas.

—Lo siento mucho —jadea cuando cae sobre él como si tratara de protegerlo—. Estaba muy disgustada por lo tuyo con Violet... No sabía lo que decía. Se me debe de haber escapado que Nate nos traicionó... —Se vuelve hacia atrás y clava la mirada en Nate—. Lo siento mucho —repite.

Thorn levanta una caja de color verde oscuro ante él.

—El bidón —susurra Nate—. Pero ¿cómo lo has...?

Thorn sonríe.

—¿Lo estabas buscando?

ALICE

Se me debe de notar en la cara. «Russell Jones es Fanboy».

El corazón empieza a latirme con fuerza.

—¿Estás bien? —pregunta Russell.

Me obligo a sonreír.

—Sí, sí. Es solo... mi madre. Lo siento, será mejor que le devuelva la llamada. Se está poniendo como loca por una cosa.

Russell pone los ojos en blanco.

—Dichosas madres.

Voy al baño y llamo a Danny; los dedos me tiemblan tanto que apenas puedo sujetarme el teléfono contra la oreja.

Su voz contiene un dejo de urgencia.

—Al, gracias a Dios. ¿Sigues con Russell?

—Sí. Bueno, estoy en el lavabo de mujeres. —Echo un vistazo en torno a la habitación alicatada. Estoy de suerte, no hay nadie más—. ¿Qué quieres decir con que Russell es Fanboy?

—A ver, estaba espiándolo por Twitter, porque no estoy nada celoso, y lo vi etiquetado en una foto que había sacado un fan. Estaba en el cibercafé del otro día.

—¿Qué?

La lengua se me convierte en cartón. Pongo el teléfono en el altavoz para poder entrar en mis aplicaciones y seguir hablando con Danny. Localizo la foto enseguida. Es de hace ya varios días. Russell lleva unas gafas de sol, pero no cabe duda de que es él. Está encorvado sobre un ordenador, rodeado de escritorios modernos y paredes de color verde salvia. Danny tiene razón: es el mismo cibercafé hasta el que rastreó la dirección IP.

—No puede ser casualidad —dice Danny—. Quiere publicidad, te está ayudando a promocionar tu página... La guerra de *fanfics* entre Fanboy y Anime Alice no es más que un truco publicitario.

Se me dispara el ritmo cardíaco y noto que el vestido se me pega a la piel a causa del sudor.

—Joder, Danny. ¿Crees que Russell se coló en mi casa y escribió ese mensaje en mi espejo?

Se hace el silencio.

—No lo sé. Tal vez. Aunque no tiene mucho sentido, ¿por qué iba a querer asustarte? Eso podría hacer que dejaras de publicar en El levantamiento del *fandom*, y por lo tanto no sería nada bueno para él.

Seguro que Danny tiene razón, pero no consigo pensar con claridad.

—Pero ¿y si es él? Quizá esperase que se lo contara a la prensa, porque eso aumentaría aún más la publicidad. ¿Y si Russell es el acosador y ahora mismo me está envenenando con un cóctel? Porque, a ver, eso sí que le daría un montón de publicidad.

—Vale, en eso tienes razón. ¿En qué bar estáis?

—En el Willow Tree.

Danny emite un bufido burlón.

—Guau, pero mira que es gilipollas. Oye, no te muevas de ahí, iré a buscarte.

—No, tardarás demasiado. —Estudio toda la habitación con detenimiento. ¿Por qué no he salido de la coctelería en vez de venirme al baño? Ahora no puedo largarme sin que Russell me vea, y en estos momentos no puedo enfrentarme a él porque soy un manojo de nervios balbuceante. Poso la mirada en la ventana. Está entreabierta—. Tranquilo —digo—. He encontrado una ruta de escape.

Para cuando llego a casa, tengo diez llamadas perdidas de Russell. Lo más seguro es que sea la primera vez que una chica lo deja plantado. Esa idea me arranca una sonrisa, pero muy breve. Acabo de perder mi mejor opción de promocionar El levantamiento del *fandom*, y a Nate lo desconectan mañana. Una rígida bola de dolor se me forma en el estómago.

Mi única esperanza es detener a Russell. Impedir que publique en Fandalismo para que así el virus que mataría a mis amigos no llegue a liberarse. Aunque sea mi acosador, tengo que hablar con él y rogárselo. Le ofreceré un trato: yo escribiré el tercer libro siempre y cuando él deje de escribir.

Mi madre me grita desde el piso de abajo:

—Alice, acaba de llegarte un paquete.

Cojo mi móvil y bajo las escaleras. Son las nueve de la noche. ¿Quién reparte el correo a estas horas? El paquete está encima de la mesa de la cocina, es un sobre de papel marrón. Le doy la vuelta. No tiene sello, ni remitente. Solo mi nombre. Había supuesto que sería de mis editores, pero esto deben de haberlo entregado en mano. Comienzan a temblarme las piernas.

—Mamá —pregunto con voz pequeña.

—¿Sí?

—¿Quién ha traído esto?

—No sé. Estaba en la puerta. Espero que no hayas empezado a pedir maquillaje por correo otra vez, recuerda que la última vez era de imitación y te salieron granos.

—Solo fue un grano —murmuro.

Pone los ojos en blanco como si la adolescente fuera ella y luego se marcha de la habitación.

Me quedo a solas con el paquete en las manos, pensando que podría explotar en cualquier momento. Pero, aun así, no lo suelto. Soy esa chica inútil de las películas, la que hace gritar a todo el mundo: «No lo hagas, no lo hagas, aléjate del sobre». Pero tengo que saber qué hay dentro. Me tiemblan las manos y tengo el corazón acelerado. De alguna manera, me las ingenio para rasgar el papel. Contengo la respiración. No explota. «Lárgate ahora que todavía puedes», le estoy gritando a la rubia tonta del sobre. Pero en vez de hacerme caso, mira lo que hay dentro.

No es una bomba. Parece más bien la punta de una estilográfica o algo así.

Vierto el contenido del sobre encima de la mesa, demasiado asustada para tocarlo.

Es el cuchillo con el que corté a Violet.

Mi propio corazón delator, como el cuento de Edgar Allan Poe.

Russell debió de verme tirarlo al contenedor.

La bilis me sube por la garganta. Estoy a punto volver a meter el cuchillo en el sobre por si reaparece mi madre, cuando me suena el teléfono.

Es Russell.

Yo diría que no es el mejor momento para hablar, porque estoy segura de que solo me oirán los murciélagos y los perros, pero necesito saberlo. Así que respondo a la llamada y hago un esfuerzo por no vomitar en el altavoz.

—Alice, preciosa —dice—. ¿Qué ha pasado? ¿Te encuentras bien?

Miro el cuchillo ensangrentado que hay encima de la mesa de la cocina.

—¿Qué hacías el otro día en un cibercafé?

—¿Qué? ¿Y eso qué importa?

—Necesito saberlo. Dímelo.

Se ríe, pillado por sorpresa; es la primera vez que le detecto una emoción que no sea de seguridad.

—Vale, vale, si tanto importa... Estaba leyendo mis correos, viendo a gente desnuda en internet, ya sabes. ¿Por qué quieres saberlo?

—Entonces ¿no eres Fanboy?

—Fanboy... ¿tu escritor de *fanfics* rival?

—Ese.

—¿Por eso te has ido corriendo? —Deja escapar un suspiro—. Menos mal, pensaba que había perdido parte de mi encanto o algo así.

—Russell, en serio, ¿por qué estabas en ese cibercafé?

—Estaba esperando a alguien.

—¿A quién?

—Alice, te estás comportando de una forma un poco extraña.

O Russell está mintiendo cuando dice que no es Fanboy o sabe quién es Fanboy. Estoy a punto de presionarlo un poco más cuando oigo un pitido de «llamada en espera». Es Danny.

—Espera —digo—. Tengo otra llamada.

Russell empieza a hablar, pero le corto igual.

—¿Danny? Danny, ¿qué pasa?

—He localizado la nueva dirección IP. He echado un vistazo en Google Maps y lo más probable es que sea un bloque de pisos. ¿No me dijiste que Russell vive en un hotel?

—Sí.

—En ese caso, no creo que sea Fanboy.

CAPÍTULO 27

ALICE

Danny aparca delante de mi casa. Me ofrecí a ser yo quien lo recogiera, pero se negó en redondo. Es muy galante, sin duda el tipo de príncipe que se limpia la sangre de la cara antes de besar a la princesa.

Huelo el perfume Chanel de mi madre cuando se me acerca por detrás.

—Bien por ti —dice—. No te enamores de un chico solo porque conduzca un Porsche.

—Tú lo hiciste —grita mi padre desde la sala de estar.

—Y mira cómo ha salido —murmura ella lo suficientemente alto para que solo yo la oiga.

Papá entra en el vestíbulo, con el periódico colgando de la mano derecha.

—¿Es el friki de los ordenadores otra vez?

Se coloca a nuestro lado y mira por la ventana.

—Espero que tenga airbags en ese cuatro latas.

Vemos que Danny se desabrocha el cinturón de seguridad. No va a mandarme un mensaje, va a venir a la puerta.

Horror. De repente, su galantería me resulta menos atractiva.

—Se llama Danny —respondo con los labios apretados—. Y estoy segura de que tiene airbags, es muy responsable.

Me pongo los zapatos lo más rápido que puedo, desesperada por evitar ese incómodo momento de «padres conocen a chico en el umbral».

—Bueno, con Porsche o sin él —dice mamá—, ha durado más que la mayoría de tus demás novios. ¿Esta cuál es? ¿Vuestra segunda cita? —Se ríe de su propia broma y se asoma a la ventana—. Es mono, la verdad.

—Bueno, hasta luego.

Salgo a toda prisa por la puerta.

Me subo al asiento del pasajero y siento un hormigueo de emoción. Es como si tuviera el cuerpo lleno de electricidad. No sé muy bien si es porque estoy sentada al lado de Danny, porque estoy a punto de conocer a Fanboy o porque mis padres me están viendo alejarme en el antiPorsche. Creo que es una mezcla de las tres cosas.

—¿Estás preparada? —pregunta Danny, que se saca un trozo de papel del bolsillo.

Me lo tiende y lo cojo. Es una dirección. La dirección de Fanboy. La emoción se convierte en nerviosismo.

—Más preparada que nunca.

Introduce el código postal en un viejo navegador.

—Bueno, ¿cuál es el plan? —pregunta.

—En realidad no tengo plan. Supongo que hablaré con

él y le preguntaré si podemos trabajar juntos, o puede que le pida que baje el tono de algunas de las cosas que está escribiendo.

—¿Y si es peligroso?

El coche se pone en marcha con un traqueteo. Pienso en mis padres, que siguen mirando desde la ventana del vestíbulo, y sonrío.

—Sí, no voy a mentirte, eso es algo que me preocupa bastante, pero es un riesgo que tengo que correr. A Nate lo desconectan mañana y me estoy quedando sin tiempo.

El coche avanza dando saltos de conejo unos cuantos metros antes de aceptar su destino y echar a rodar muy despacio.

Es curioso pensar que, hace solo unos cuantos días, Danny no era más que un tipo que yo conocía casi de vista, y ahora puedo decir con exactitud cuántas veces me ha tocado, cómo huele, cuántos rizos se le escapan hacia la frente.

—¿O sea que no vas a mencionar el hecho de que tus amigos están en coma? —pregunta.

Me pongo a mirar por la ventanilla con la esperanza de que la pregunta desaparezca. Pero no es así. La dejo suspendida en el aire durante unos segundos más.

—No. Está demasiado chiflado —digo al fin.

—Me gustan los chiflados.

Me ofrece una sonrisa tímida. Creo que ha notado que se me ha quebrado la voz.

Continuamos en silencio. Cuando otros chicos me han llevado en coche, siempre han tratado de impresionarme subiendo las revoluciones del motor y saliendo de los cruces acelerando como idiotas. Un tipo hasta trató de seducirme haciendo unos cuantos trompos en el aparcamiento de un supermercado. Creo que se esperaba una mamada, no medio litro de vómito en el regazo. Pero Danny conduce como un padre. Me encanta. El sol del atardecer le roza de perfil y le ilumina la barba incipiente y las pestañas. Inhalo profundamente. El olor a papel, menta y diésel hace que me sienta segura, así que me permito repasar los diferentes escenarios posibles cuando llegue hasta Fanboy.

Todos terminan con una puerta cerrándose en mis narices, o con algo aún peor.

Pero al menos tengo que intentar convencerlo de que deje de escribir en su blog, para que mis amigos tengan una oportunidad.

Ni siquiera el olor de Danny y su coche consigue evitar que me muera de miedo.

Danny debe de darse cuenta, porque dice:

—¿Estás bien?

—Estoy bien —respondo en piloto automático.

Él no aparta la vista de la carretera, pero responde sin rodeos:

—No, no lo estás.

Eso me hace sonreír. Es como si ni siquiera se fijara en la ropa de Gucci ni en que voy exfoliada. Sigo sonriendo cuando el navegador nos dice que hemos llegado. Danny se detiene delante de un bloque de apartamentos. ¡Qué digo bloque de apartamentos! Son un montón de almacenes reconvertidos, y son impresionantes. O Fanboy vive con sus padres o es viejo y está forrado.

Me vuelvo hacia Danny.

—La cosa es que alguien ha dejado un cuchillo dentro de un sobre en mi puerta.

Se queda boquiabierto.

—¿Qué? ¿Estás bien? ¿Has llamado a la policía?

Niego con la cabeza.

—Esto ha ido demasiado lejos, tenemos que llamar a la policía. Ahora.

Me miro las manos. Algunas mentiras son buenas. Algunas mentiras son malas. Pero Danny debería saber la verdad de todas formas.

—Yo soy la psicópata.

—¿Perdón?

—La psicópata que le hizo daño a Violet. Fui yo.

Danny se pega a la puerta del coche, como si intentara fusionarse con ella o estuviera planeando su fuga.

—¿Qué? ¿Le rajaste el brazo a Violet? ¿Por qué?

—Porque necesitaba transmitirle un mensaje. Tenía que conseguir que supiera cuándo iba a celebrarse la reunión de los Taleter para que se enterara de lo del virus.

—¿Te refieres a... lo que se publicó en Fandalismo?

Asiento.

—Alice. Son páginas de *fanfic*. No son reales. Agrediste a tu amiga comatosa.

—Lo sé, ya lo sé. Pero es que sí es real, Danny. Los temblores de tierra, los comas sin explicación médica. Todo eso ya ha sucedido dos veces en la Comic-Con, ¿no crees que debe de ser algo más allá que una coincidencia espeluznante?

Se queda callado durante un rato largo.

—De acuerdo. En eso tienes razón. Pero ¿cortar a Violet en el brazo?

Se me llenan los ojos de lágrimas.

—Por favor, no pienses mal de mí. No podría soportar

que lo hicieras. Todo el mundo piensa que soy una arpía estúpida y vanidosa, pero tú no. Ni siquiera a mis padres les caigo muy bien.

Sueno patética, hasta puede que un poco manipuladora, pero lo digo en serio. Hasta la última palabra. Y no podría dejar de llorar aunque lo intentara, teniendo en cuenta la forma en que Danny me está mirando ahora mismo.

Pero su expresión se relaja, su mirada de ojos oscuros se suaviza.

—Está bien, está bien. Solo demuestra bajo cuánta presión te encuentras en estos momentos. No pienso mal de ti, pero sí creo que necesitas ayuda.

Trago saliva.

—Buscaré ayuda, lo prometo. Cuando todo esto termine y mis amigos se hayan despertado, buscaré ayuda. Pero ahora mismo, te necesito.

Creo que nunca había pronunciado esas palabras. Ni siquiera se las he dicho a Violet. Te necesito. Soy la persona más dependiente que conozco, y sin embargo he aprendido a no pedir ayuda jamás. A no mostrar debilidad jamás. Escudriño el rostro de Danny, anticipando el rechazo.

—Estoy aquí, ¿no? —dice.

Recorro el camino de entrada junto a Danny. Las piernas me tiemblan a cada paso y de pronto me doy cuenta de que me estoy percatando de todo tipo de cosas aleatorias: el camino está agrietado, hace poco que han cortado la hierba, la farola titila por encima de nuestras cabezas, el aire huele como si estuviera a punto de llover.

—¿Cómo sabremos cuál es el piso de Fanboy? —pregunta Danny.

Me encojo de hombros.

—Comenzaremos llamando a las puertas, haciendo preguntas y viendo si alguien actúa de forma sospechosa.

—¿Y si eso no funciona?

—Gritamos.

Mi cerebro baja el volumen de los pensamientos en mi radio interna y la cabeza se me llena de preguntas. ¿Cómo es Fanboy? ¿Cuántos años tiene? ¿Sabrá quién soy? ¿Y si en realidad él es ella? ¿Y qué voy a decirle a esta persona sin género, sin edad y sin rostro que podría ser un psicópata acosador? «Por favor, deja de escribir tu *fanfic*, está alterando el universo alternativo en el que residen en estos momentos mis amigos inconscientes». Respiro hondo. Al menos este plan no implica mutilar a mi mejor amiga, y al menos Danny está conmigo.

Llegamos a la puerta doble que lleva al portal. Intento girar el pomo, pero, como era de esperar, el edificio está cerrado con llave. Paso un dedo por las placas de bronce que contienen los números de los pisos.

Ya puedo mirar todo lo que quiera. Cualquiera de estos nombres podría ser el suyo.

Un nombre me llama la atención.

—Madre mía —susurro.

Esta es la persona a quien Russell esperaba en el cibercafé. Timothy O'Hara.

«El cabrón de mi editor».

—¿Alice? —dice Danny. Su voz me llega como si estuviera a un millón de kilómetros de distancia—. Alice, ¿qué pasa?

Veo mi dedo temblando sobre el timbre, incapaz de apretarlo.

—Ese gilipollas —susurro—. Es Fanboy. Timothy es Fanboy.

—¿Quién es Timothy? —pregunta Danny.

—Mi puñetero editor, ese es.

Observo cómo mi dedo presiona el botón, que libera un zumbido largo y monótono. Lo presiono durante mucho tiempo, dejando que la ira se filtre hacia el metal a través de mí. No hay respuesta. Me saco el teléfono del bolsillo y pruebo a llamarlo. No hay respuesta. Este patrón se repite varias veces. Zumbido. No hay respuesta. Llamada. No hay respuesta. Al final Danny tapa el timbre con una mano.

—No creo que esté en casa.

—Bueno, pues tendrá que volver en algún momento.

—Tengo patatas fritas en el coche, podríamos montar otra vigilancia —sugiere tratando de ayudarme.

Asiento, y luego vuelvo a apretar el timbre, solo por probar suerte.

Al menos sé que no es Timothy quien ha estado enviándome esas cosas horribles. Puede que esté escribiendo un blog de *fanfic*, pero no tiene madera de psicópata acosador. Entonces, ¿quién podría ser?

—No te preocupes —dice Danny mientras volvemos caminando a su Corsa—. Si no aparece, te llevaré a su oficina mañana a primera hora.

—¿No tienes trabajo?

—Diré que estoy enfermo. No lo he hecho nunca, será divertido.

—Dios, soy una mala influencia —digo.

Niega con la cabeza.

—No, no lo eres. Ahora duerme un poco, pareces agotada. Yo me quedaré vigilando.

Mientras me dejo atrapar por el sueño, urdo un plan. Haré un trato con Timothy, el mismo que iba a hacer con Russell: aceptaré escribir el tercer libro siempre y cuando deje de escribir ese dichoso blog. Puede que entonces mis amigos tengan alguna oportunidad de volver a casa antes de que desconecten el soporte vital de Nate.

El tono de llamada de mi teléfono me despierta. Durante un segundo, olvido dónde estoy. Parpadeo un par de veces. Estoy delante del piso de Timothy, sentada en el coche de Danny... y mi vida se está desmoronando.

Saco el teléfono del bolso y el brillo crudo y electrónico de la pantalla me deslumbra. ¿Será mi acosador otra vez? Pensándolo bien, no creo que llamara. Aun así, es un alivio cuando veo que es Jane, la madre de Violet. Pero el alivio dura poco. Jane solo tiene mi número para cuando no consigue ponerse en contacto con Violet, y teniendo en cuenta que Violet está en coma y es tarde, deduzco que algo va muy mal.

Respondo con voz temblorosa:

—¿Señora Miller?

La voz de Jane me llega como si me estuviera hablando por radio, toda siseos y resuellos, como si acabara de vomitar.

—Ay, Alice, Alice... No sé cómo contarte esto, cariño.

Se interrumpe para tratar de coger aire y todo mi cuerpo sufre un bloqueo. Sin embargo, mi cerebro parece estar en llamas, arde mientras proyecta sin parar terribles e interminables escenarios.

—Por favor, dímelo ya —logro articular con voz ronca.

Danny me está mirando, con los ojos oscuros preocupados y abiertos como platos.

A Jane parece costarle respirar.

—Lo siento mucho, Alice. Lo siento muchísimo. Tengo una noticia terrible.

VIOLET

Thorn le pasa el bidón a un impe que tiene detrás.

—Thorn, por favor —dice Nate—. Ese bidón...

—No quiero oírlo —grita él.

La pistola que sostiene en la mano refleja el sol de la tarde cuando la utiliza para indicarnos que salgamos. La puerta de la iglesia se cierra con un clic a nuestra espalda y nos precinta fuera. Recuerdo, demasiado tarde, la funda de la pistola de Ash, colgada en el respaldo de su silla.

Thorn señala a Nate con un brazo trémulo y la hermosa cara contraída por la rabia.

—... siempre has sido tú. Fuiste tú quien habló con Howard Stoneback.

—Sí —admite Nate con voz hueca.

Doy un paso hacia Thorn y el resplandor de su arma aparece en mi visión periférica y me provoca un espasmo en el estómago.

—¿Cómo has sabido lo del bidón? —pregunto.

Me aparta de en medio dándome un golpe.

—Dejémoslo en que me lo ha dicho un pajarito.

Apunta con el arma a la cabeza de Nate. Hay menos de un metro de aire entre mi hermano y una bala. El mundo se ralentiza a mi alrededor. Hasta el último poro, hasta el último pelo de la cara de Nate se enfoca con nitidez en mi mente. Juro que veo cómo se le dilatan de terror las pupilas.

—¡Me dejaste quemar a tres de los rebeldes en quienes más confiaba! —grita Thorn.

—Oh, venga ya —interviene Ash—. Solo buscabas una excusa.

Me llevo las manos a la cara, desesperada.

—Por favor. Ahora Nate nos está ayudando. Si le disparas...

Quiero contarle lo del presidente, lo del virus, lo de que Nate va a llevarnos al sitio desde donde van a detonarlos, pero la furia que transmiten los ojos color lavanda de Thorn me dice que es inútil. Quiere sangre.

Bien, pues si quiere sangre, que se quede con la mía.

Me interpongo entre Nate y el arma. Me yergo todo lo que puedo, hincho el pecho con la intención de hacerme más grande que el objetivo que tengo detrás.

Thorn alarga el brazo, el espacio que me separa de esa bala disminuye aún más.

—Solo quiero al chico —dice.

Desvía el arma y lanza un disparo de advertencia hacia un callejón cercano. La explosión asusta a un grupo de palomas. Las aves se dispersan en el aire, pero el batir de sus plumas apenas resulta audible por encima del retumbo de mis oídos. Y es entonces cuando la veo, un pájaro un poco más pequeño, forcejeando con su propio peso, luchando por levantarse del suelo. Las plumas del pecho le brillan con una miríada de rubís diminutos. La bala de Thorn le ha atravesado el ala.

Aquel acertijo que me dijo Yan, el mensaje de Baba. Este es el pájaro de pecho rojo.

«Observa al pájaro de pecho rojo alzar el vuelo. Cuenta hasta tres, muévete a la derecha».

Me vuelvo hacia Katie. Al principio la veo fruncir el ceño como si estuviera haciendo exactamente la misma conexión que yo. Creo que hasta es posible que susurre «el petirrojo».

«Uno...».

Thorn me mira con los ojos entornados.

—Muévete.

Pero no puedo moverme, no puedo. Si me muevo, Thorn disparará a Nate.

Ash y Katie dicen mi nombre, a lo que sigue otro ladrido de Thorn:

—Quítate de en medio, niña.

Continúo protegiendo a Nate con mi cuerpo, sacudiendo la cabeza como una mujer poseída.

«Dos...».

Noto que Nate me agarra de los hombros, que intenta apartarme, que intenta salvarme. Pero me niego a moverme o a que me muevan, es como si tuviera los pies clavados al suelo. Aprieto los puños, tenso las rodillas y permanezco inmóvil por completo.

—QUÍTATE —grita Thorn.

«Tres...».

Si estuviéramos en una película, todo se ralentizaría en este preciso instante. El segundo que transcurre entre ese grito y el momento en que Thorn aprieta el gatillo se prolongaría durante minutos. Yo vería cómo la expresión resuelta de Katie se transforma en una mirada de aceptación. La vería precipitarse hacia mí a velocidad media. Y por última vez, absorbería hasta la última peca espolvoreada con harina de su rostro, las arrugas de la sonrisa aún reciente del rato que hemos pasado en la iglesia y hasta el último mechón de pelo que se le arremolina en torno a los hombros mientras cae despacio hacia mí. Pero no estamos en una película. Y ese segundo acaba en un abrir y cerrar de ojos.

Katie cae contra mí, un peso muerto, y hace que mis brazos se desplieguen por voluntad propia, que la cojan y eviten que se estampe contra el suelo. Aunque tampoco es que fuera a sentirlo. Porque ya está muerta, ha muerto en ese segundo rápido e implacable. Me fallan las piernas y me desplomo sobre el suelo acunándola en mis brazos. Sus ojos de color verde guisante se pierden en el vacío, y la herida de bala que tiene en la nuca, el trozo de cráneo que le falta, vierte más sangre hacia mi regazo de la que jamás imaginé que pudiera contener un solo cuerpo.

—Dios —susurra Thorn—. ¿Qué he hecho?

ALICE

—¿Qué pasa? —pregunto. Se me entrecorta la respiración, incapaz de satisfacer la repentina necesidad de aire de mi cuerpo. Jane está llorando, me da la sensación de que incluso podría tener náuseas. «Oh, Dios, por favor, que no sea Violet»—. Por favor, Jane, dímelo ya —suplico.

—Es Katie —consigue decir—. Katie está muerta.

Me tiembla todo el cuerpo, mis entrañas gritan. Katie no puede estar muerta, es imposible. Toda esa vida, todo ese calor, está claro que no puede... desvanecerse sin más. Pongo la cabeza entre las rodillas, temerosa de que mi cerebro continúe convulsionando hasta hacerse pedazos. No puedo respirar, tengo los pulmones hambrientos, en llamas, pero se me ha cerrado la garganta. No puede estar muerta. No puede. Empiezo a jadear, a llorar y el estómago se me contrae. Estoy a punto de vomitar. Quiero vomitar. Tal vez entonces logre deshacerme de esta horrible sensación de pánico, de que nada volverá a estar bien jamás.

Danny se vuelve sobre mi espalda y me estrecha contra su cuerpo. Sus brazos parecen no terminar nunca y me siento contenida por completo.

—Respira —me susurra en el pelo—. Respira, Al, respira.

Me las arreglo para inhalar una fugaz bocanada de aire, luego otra, y luego otra, hasta que alcanzo una especie de ritmo espasmódico y los pulmones dejan de dolerme tanto.

—¿Puedes llevarme? —consigo resollar.

—Haré todo lo que necesites.

Jane nos recibe en el vestíbulo. Me aprieta contra su jersey y me acaricia el pelo.

—Oh, Alice, cariño, lo siento tanto.

—¿Qué ha pasado? —pregunto.

Las palabras le salen estranguladas.

—No lo saben, algún tipo de hemorragia cerebral.

—¿Dónde está?

—Sigue en la UCI.

—¿Puedo verla?

Me analiza, con los ojos rojos e hinchados.

—Sus padres han dicho que les parece bien, pero ¿crees que es buena idea?

—Necesito verla... para... para... para...

El pánico vuelve a crecer dentro de mí y me cuesta respirar.

Danny interviene:

—¿Para creer que es real?

Asiento con la cabeza y, justo antes de emprender el familiar camino hacia la UCI, no puedo evitar preguntarle a Jane:

—¿Todavía vais a... ya sabes... mañana?

Hablo del plan de desconectarle el respirador a Nate, pero no logro obligarme a pronunciar las palabras.

Jane me sostiene la mirada, la culpa le crispa el rostro.

—Sí —susurra—. Mañana al mediodía.

CAPÍTULO 28

VIOLET

Miro a Thorn, y veo en su cara el reflejo de mi propia conmoción, de mi propia devastación. Esto no debía pasar. Katie no debía morir. Alguien empieza a gritar, alguien empieza a llorar, alguien empieza a zarandearme el cuerpo una y otra vez. Vuelvo la cabeza hacia uno y otro lado, confundida, antes de darme cuenta de que soy yo. Estoy gritando, llorando y zarandeándome. Pero la piel se me ha engrosado y no siento los elementos en la cara ni las convulsiones que me recorren de arriba abajo. No reconozco como propios los gritos que el enlosado me devuelve con violencia. Es como si ya no existiera en este mundo.

Lo único que penetra en mi envoltura de conmoción es el zumbido monótono de la línea plana del monitor, que resuena en alguna tierra lejana.

El arma de Thorn cae en el suelo a mi lado. Ash debía de estar abrazándome, porque me doy cuenta cuando se aparta para recogerla.

Oigo las palabras de Thorn como si atravesaran algo espeso y frío, una cortina de nieve quizá. No, no es nieve. Hielo.

—Ruth, mi dulce Ruth —murmura—. ¿Qué he hecho?

Quiero quitarle el arma a Ash. Quiero coger esa odiosa pistola y dispararle a Thorn en la odiosa cara. Pero es como si estuviera atrapada bajo ese bloque de hielo, inmovilizada en las aguas heladas. Entumecida, como una estatua, contemplando las figuras fantasmagóricas que se ciernen por encima de mí.

Ash le responde.

—No se llama Ruth. Es Katie.

El calor de su aliento en mi oído hace que note un calor que se me acumula en la espalda, una presión tranquilizadora y el tañido continuo de dos corazones. Ash y Nate están recostados sobre mí, rodeándonos a Katie y a mí con los brazos, envolviéndonos en algo seguro y protector. Mi piel vuelve a ser fina y empiezo a sentir de nuevo, el zumbido desaparece de mis oídos y cobro conciencia de que sigo llorando, temblando, de que las lágrimas y los mocos me gotean por la barbilla.

Mis dedos revolotean sobre la cara de Katie, y me pregunto si estarán demasiado asustados para tocarla, temerosos de que el más suave de los impactos la haga añicos. Pero de repente, se mueven por voluntad propia y le apartan el pelo de la cara, le cierran los párpados con suavidad. Katie no se hace añicos. No hace nada.

¿Por qué se ha movido Katie? ¿Por qué se ha sacrificado? ¿Era ella en realidad la destinataria del mensaje? Quiero respuestas, deseo con todas mis fuerzas entenderlo, pero mi cerebro se niega a funcionar.

—Os ayudaré a enterrarla —dice Thorn—. Y después aceptaré mi sentencia.

Y como ahora mismo no me importa lo que le pase a Thorn, como no me importa nada que no sea el hecho de que Katie está muerta, me sorprendo respondiendo con un simple:

—De acuerdo.

Enterramos a Katie en el cementerio, una pequeña parcela herbosa situada detrás de la iglesia, cubierta de maleza y descuidada. El traqueteo repetitivo de las palas contra la tierra, el dolor que siento en la espalda y el sudor que me corre por la cara me resultan extrañamente tranquilizadores. Con palada de tierra, miro hacia la iglesia y hago una súplica o algún tipo de pacto: «Por favor, que me despierte y Katie siga viva. Si está en coma, volveré a por ella, lo prometo. Por favor, llévame a mí en vez de a ella. Por favor».

La iglesia no responde. Dios no responde. Bajamos a Katie hacia el interior de la tierra; yace en la trinchera como una muñeca rota. Me agacho, le cruzo los brazos sobre el pecho y le coloco cardos alrededor de la cabeza para que parezca la reina dormida de un cuento de hadas. Luego, con delicadeza, dejo caer un puñado de tierra sobre su cuerpo. Unas cuantas motas de barro le caen sobre las mejillas y se suman a sus pecas. Espero que abra los ojos, que me diga que soy una meneagargajos y que suelte una de sus encantadoras carcajadas.

Pero no lo hace.

Me dirijo hacia la iglesia, sola, y dejo que los demás terminen el trabajo. Ojalá pudiera quedarme y ofrecerle a Katie la preciosa ceremonia que se merece, pero tengo la sensación de que mi cuerpo está a punto de doblarse sobre sí mismo y dejar de funcionar. Ya en la iglesia me siento a un escritorio al azar y me quedo mirando las paredes de piedra. Apenas me doy cuenta de que Daisy aparece ante mí. Se arrodilla en el suelo y me mira a la cara con sus perfectos ojos castaños.

—Lo siento muchísimo, Violet.

Creo que asiento con la cabeza.

—Cuida de Ash —continúa.

Y entonces supongo que debo de disculparme, porque ella se ríe con tristeza, me dice que no pasa nada y sale de la iglesia.

ALICE

Los padres de Katie están encorvados sobre su cadáver, tan inmóviles que podrían estar hechos de piedra. Su madre me ve y empieza a llorar. Me mata lo mucho que se parece a Katie: el mismo pelo rojo, los mismos ojos verdes. Me envuelve en un abrazo torpe y su cara choca contra la mía.

—Muchas gracias por venir, cielo. Significaría mucho para nuestra niñita.

Se le rompe la voz y vuelve desplomarse sobre su hija.

—De nada —me las apaño para decir.

Le han quitado todos los tubos y los goteros, así que parece que Katie está dormida. Pero la respiración no le levanta el pecho, sus pestañas no parpadean. Su cara delicada y pecosa está flácida. Pero son sus manos las que me impactan de verdad. Las manos de Katie nunca están quietas, siempre están tamborileando, rasgando las cuerdas invisibles de un violonchelo que solo ella oye. No consigo contenerme. Me acerco y tomo una de sus manos entre las mías.

—Cielo santo —susurro.

¿Cómo es posible que alguien tan cálido esté tan frío?

«¿La he matado yo? ¿Será algo de lo que yo he escrito lo que ha llevado a su muerte?».

Me fallan las rodillas al pensarlo, y Danny da la impresión de aparecer de la nada para pasarme un brazo por la cintura y mantenerme erguida.

—Te tengo —dice, recuesta mi cabeza sobre su hombro.

—Katie hoy, Nate mañana —susurro contra su cuello—. Todas las personas a las que quiero están muriendo.

Danny me ayuda a recorrer el camino de entrada y abre la puerta de mi casa. Todavía es muy temprano y no hay nadie despierto, así que llama a mis padres.

—Señor y señora Childs. Soy Danny, Alice está conmigo. Ha pasado algo horrible.

Mis padres bajan la escalera a trompicones, confusos por el sueño.

Me derrumbo sobre mi madre, llorando.

Ella me abraza y me acaricia el pelo.

—Alice, ¿qué ha pasado?

No puedo responder.

—Es Katie —dice Danny—. Murió anoche.

Mi madre me estrecha con más fuerza. Y a continuación se une mi padre. Ambos me abrazan con tanta intensidad que apenas puedo respirar.

—Oh, Alice, lo siento mucho —susurra mamá.

Papá también está llorando, se lo noto en la voz.

—Pobres, sus padres.

Me tumbo en el sofá con la cabeza en el regazo de mi madre, como si tuviera tres años, y mi padre prepara té para todos. Nadie se lo bebe. Danny se sienta a mi lado y junto a mi madre, y creo que también me acaricia el pelo. Nadie habla, no se oyen más ruidos que los míos, que lloro y lloro hasta que, al final, no me quedan más lágrimas y el sol ha iluminado el cielo.

El reloj marca las siete. Katie murió anoche. Nate muere hoy. El dolor es como una piedra densa y dura en mi pecho. Necesito encontrar a Timothy, y tengo que obligarlo a parar. Tiene que pagar por esto. Miro a Danny. Tiene bolsas bajo los ojos, de un tono azul amoratado, y tiene el pelo aún más alborotado de lo normal.

—Tenemos que irnos —le digo.

Mi madre parece algo alarmada.

—Creo que hoy deberías quedarte en casa. Has sufrido una conmoción tremenda.

Pero ya estoy poniéndome de pie, con las piernas débiles y el cuerpo dolorido, con esa piedrecita golpeándome en las costillas.

—Tengo que encontrar a Timothy. Tengo que ir a su despacho.

Danny asiente.

—Yo conduzco.

—No —respondo—. Es demasiado céntrico, será más sencillo coger el metro.

No me había dado cuenta de que mi padre está plantado en el umbral, con una taza de té frío todavía en las manos.

—Alice, podemos llevarte al hospital si sientes la necesidad de hacer algo. Pero ir a ver a tu editor, coger el metro... Tu madre tiene razón, estás en estado de choque.

—Estoy bien —digo mientras cojo el bolso y me dirijo hacia la puerta—. Solo tengo que ir a buscar a Timothy.

Es evidente que no estoy bien, una de mis mejores amigas murió ayer, y murió haciendo justo lo que yo debería haber estado haciendo: ayudar a Violet, salvar a Nate. Pero la piedra que me retumba en el pecho me recuerda que tengo que ser fuerte. No pienso perder a nadie más por culpa de ese maldito hombre.

—Vale, pues entonces nosotros también vamos —dice mi madre, que se apresura en seguirme.

Papá la imita, y me sorprende que estén dispuestos a salir de casa sin siquiera peinarse ni lavarse los dientes.

Eso me hace sonreír, pero aun así digo que no con la cabeza.

—No hace falta. Danny me acompañará.

Y me doy cuenta de que él ya está a mi lado.

La secretaria de Timothy frunce el ceño cuando me ve. Nunca le he caído bien a esa zorra. Nunca le cae bien nadie.

—Alice —dice—. Timothy no te espera hoy.

—Lo sé. Pero necesito verlo, es urgente.

La mujer mira la pantalla de su ordenador, y luego me mira a mí, y luego otra vez a la pantalla.

—¿Has tenido noticias suyas esta semana? —pregunta al fin.

—No, no sé nada de él desde la Comic-Con.

—Me dio mucha pena enterarme de lo de tus amigas, Alice. Lo oí en las noticias.

Sus palabras están desprovistas de emoción, vacías. Es el equivalente verbal de un tuit de «nuestros pensamientos y oraciones están contigo».

La ignoro. ¿Cómo le digo que una de ellas ha muerto? ¿Cómo voy a decírselo sin dejar que se me caiga la piedrecita y que el dolor tome el control?

—¿Puedo ver a Timothy? —pregunto sin más.

—Lleva días sin venir al despacho. Envió un correo electrónico diciendo que se tomaba la semana libre para gestionar una crisis personal.

La furia se inflama en mi interior. «Una crisis personal». Está atrincherado en su piso destruyendo las posibilidades de volver a casa de Violet y Nate. Respiro hondo e intento evitar que me tiemble la voz.

—¿Has probado a llamarlo?

Ella niega con la cabeza.

—Lo he intentado un par de veces, pero no me ha contestado. Lo llamaré ahora, le dejaré un mensaje diciéndole que lo estás buscando.

—Gracias —murmuro.

Salgo corriendo de la oficina, con Danny pisándome los talones.

—¿Y ahora qué? —pregunta.

—Volvemos a su piso y tiramos la puñetera puerta a patadas.

Cuando llegamos al otro extremo de Londres, son ya más de las diez de la mañana. El pánico sigue creciendo dentro de mí y me siento a punto de explotar. Y, desde luego, este no es el mejor momento para que mi acosador loco me envíe un mensaje, así que cuando me vibra el teléfono y veo el mismo número desconocido, soy incapaz de contener un grito:

—¡Ahora no, asqueroso gilipollas acosador!

—Ostras, Alice, ¿otra vez tu acosador?

Asiento.

—No puedo enfrentarme a esto ahora.

Con mucha delicadeza, Danny me quita el teléfono de las manos. Abre el mensaje y veo que se le ensombrece la expresión.

—Será mejor que lo leas.

Son mi *fandom*. Deja de entrometerte, zorra.
Atentamente, Fanboy.

Fanboy es el acosador. Timothy es Fanboy.

—¡La hostia! —exclamo, y la furia me corre por las venas—. Fue Timothy. Él fue quien escribió en mi espejo y me envió ese cuchillo. Ese cabrón enfermizo.

Debió de leer lo de las heridas del brazo de Violet en los periódicos y decidió asustarme. Pero ¿por qué? ¿Tanto lo cabreó que me negara a escribir el tercer libro? ¿Y cómo supo que había sido yo quien le había rajado el brazo a Violet?

Danny posa una mano sobre mi teléfono, como si pudiera protegerme del mensaje abierto en la pantalla.

—Voy a llamar a la policía.

Pero en menos que canta un gallo estoy fuera del coche y corriendo hacia el edificio de Timothy, con los tacones repiqueteando sobre el asfalto. Vuelvo a intentarlo con el timbre. Nada. Me saco el teléfono del bolsillo e intento llamarlo de nuevo. No hay respuesta.

—Al, tenemos que llamar a la policía —dice Danny cuando llega a mi lado.

Me he quedado sin ideas, pero entonces un hombre con un maletín sale por la puerta, supongo que para ir a trabajar. Por instinto, por educación, solo Dios sabe por qué, pero el caso es que nos deja pasar. Y sin más complicación, entramos en el edificio.

Subo las escaleras de dos en dos. Llegamos al apartamento de Timothy y presiono el timbre. Restalla por el hueco de la escalera. No hay respuesta.

—Timothy —grito—. Timothy, soy Alice. Tengo que hablar contigo. Es muy importante.

Trato de mantener la ira apartada de mi voz. Es mucho más probable que abra la puerta si no piensa que van a darle una paliza.

Pero, a pesar de mi lógica, no aparece.

Empujo la tapa del bocacartas de la puerta y echo un vistazo a través de la rendija. Noto una tufarada de un olor raro. Durante un instante me recuerda a la ciudad impe, un hedor a carne podrida y mierda. Se me contrae el estómago.

—Timothy —grito a través del buzón. Miro a Danny—.
En serio, ven a oler esto.

—Lo huelo desde aquí —dice—. Es como si algo hubiera
muerto ahí dentro.

Danny intenta forzar la manija de la puerta.

Una de las ventajas de ser escritora es que conozco a la
gente. Timothy guarda una llave de repuesto justo donde yo
esperaría que lo hiciera: escondida encima de la luz que
ilumina su puerta. No es tan obvio como debajo del felpudo
o en una maceta, pero sí fácilmente accesible. La inserto en
el ojo de la cerradura con una fuerza innecesaria y, una
vuelta de llave después, entramos en el vestíbulo.

CAPÍTULO 29

VIOLET

Al día siguiente, Nate nos lleva a Ash, a Willow y a mí al lugar del lanzamiento. El trayecto en coche por la ciudad transcurre en un abrir y cerrar de ojos, y me doy cuenta de que no he dejado de mirarme las manos en todo ese tiempo. No he hecho más que contemplar la tierra que aún tengo bajo las uñas y en los surcos de la piel. Katie murió ayer y hoy es el cumpleaños de Nate. Van a desconectarle el respirador. Una lágrima enorme me salpica la mano y magnifica la tierra de la tumba de Katie.

El Humvee se detiene.

—Ya hemos llegado —anuncia Nate.

Estamos otra vez en el Coliseo. Las paredes altas y circulares me provocan pavor. Imagino que aún oigo los ecos de la multitud pidiendo sangre impe a gritos. Nos bajamos del Humvee y el familiar olor del polen hace que se me dispare el ritmo cardíaco. Aguanto la respiración mientras franqueamos la puerta lateral de madera e intento apartar la imagen de la horca de mi mente. «No estará —me digo—. Alice y yo la eliminamos en nuestro libro».

Avanzo a trompicones mientras intento observarlo todo con la vista: el muro circular de piedra, una hilera tras otra de asientos en pendiente, el tramo de asfalto liso bajo mis pies. Me duele la cabeza y oigo mi propio pulso. Tiene un aspecto muy distinto al de la primera vez que lo cruzamos. Vacío y silencioso, sin un solo gema a la vista. A pesar del brillante círculo de cielo suspendido sobre el Coliseo, noto la enorme frialdad del aire en la piel: es como si estuviera plantada en medio de un cuenco de sombras.

Estoy a punto de volverme hacia Nate cuando algo me llama la atención: unas formas altas y puntiagudas en la parte delantera del Coliseo. Las horcas. El mero hecho de ver esos postes de madera, esas cuerdas colgando, hace que mi cuerpo desaparezca, devorado por una capa de sudor.

—¿Qué narices...? —susurro para mí.

Me acerco al escenario de madera, pues me siento atraída hacia él de una forma extraña. Casi alcanzo a ver el fantasma de Rose, mi fantasma, de pie sobre una trampilla. De forma automática, me llevo las manos a la garganta. Y a medida que voy acercándome, me doy cuenta de que hay algo que no encaja del todo. La madera está demasiado limpia; la han lijado y le han dado una capaz de barniz. Me impulso con los brazos temblorosos para encaramarme al escenario.

—¿Violet? ¿Estás bien? —pregunta Ash.

Pero apenas lo oigo. Me arrodillo sobre las tablas y paso los dedos por los contornos cuadrados de las trampillas.

Mis uñas chocan contra los glóbulos de barniz seco, que brillan como perlas de ámbar entre las rendijas. Las trampillas son falsas, solo son ranuras talladas en la madera e imposibles de abrir. Enseguida miro hacia el lugar donde debería situarse el verdugo y me percato de que no hay palanca.

—Es una réplica —me dice Ash. Señala la pared que tengo a la espalda—. Mira.

Cuando me doy la vuelta veo una placa de bronce gigantesca. Treinta, cuarenta columnas de números y nombres se alzan sobre el resplandor metálico y le confieren la apariencia de un paisaje urbano al amanecer.

—¿Qué son? —pregunto.

Acaricio un número con un dedo. Nate sube al escenario de un salto.

—Son los números de los impes, seguidos de su nombre. Es un monumento en memoria de todos los impes a los que colgaron aquí.

Recorro los valles y las crestas con los dedos, y avanzo a lo largo del escenario hasta el final de la lista.

—Cuántos impes. —Se me entrecorta la voz—. Suficientes para llenar una ciudad. —Me arrodillo para ver el último número; el reflejo de mi cara me mira desde los dígitos 753811. El último impe al que colgaron en este lugar. Leo su nombre en voz alta—: Rose.

Oigo que Willow coge una gran bocanada de aire.

Estoy a punto de disculparme cuando oigo una voz, suave y tranquila, que surge de debajo del escenario:

—El gobierno os construyó un monumento, y los Taleters lo utilizaron para ocultar su laboratorio. Típico.

Yan sale por la parte de atrás del escenario y se apoya contra la estructura como si formara parte de la madera.

—¿Quién es este? —pregunta Ash.

—No pasa nada, está de nuestro lado —digo, y bajo del escenario para acercarme a Yan—. Es adivino, como Baba.

Yan mira a Nate y lo saluda con un gesto de la cabeza.

—Nate.

Nate le devuelve la sonrisa.

—¿Os conocéis? —pregunto confundida.

Nate sonríe.

—Sí.

Yan hace caso omiso de los demás y me mira solo a mí, frunciendo el ceño.

—Violet, ¿qué pasa? —Me roza la cara con los dedos—. Oh, Violet, lo siento mucho. —Se le llenan los ojos de lágrimas cuando se da cuenta de lo que le ha pasado a Katie—. El mensaje... no sabía que... —se interrumpe.

—¿Baba lo planeó? —pregunto con la voz quebrada—. ¿Katie debía morir?

Yan mueve la cabeza, un pequeño temblor.

—Tal vez. —Se queda callado—. Puedo ayudar...

Es una pregunta más que una afirmación. Se está ofreciendo a calmarme. Pero quiero soportar la pérdida; me ayudará a mantenerme concentrada. Detenemos al cabrón del presidente y salvamos a los impes, salvamos a mi hermano pequeño tanto aquí como en casa. Esa es la razón por la que vinimos aquí, y es lo único que hará que su muerte tenga sentido.

Yan asiente con la cabeza como si lo entendiera.

—Vamos, entonces.

Abre una trampilla que sí es de verdad, oculta a la vista, al lado de las horcas falsas.

—Debemos tener cuidado —susurra Ash—. El presidente tiene el corazón más negro que el carbón. Nos mataría sin dudarlo.

Recuerdo la sonrisa retorcida de Stoneback.

—Lo sé —digo.

Yan nos guía por un tramo descendente de escaleras. Cojo a Ash de la mano, y no distingo si el sudor brota de mi piel o de la suya. Probablemente de ambas. Doblamos por un pasillo. Espero el tufo húmedo y terroso de la piedra, pero el olor es más limpio, más medicinal, y me pregunto si no volverá a tratarse de una fusión momentánea con mi cuerpo del mundo real.

Nos acercamos a una puerta, la textura de la madera apenas visible en la oscuridad.

—El laboratorio está ahí dentro —dice Nate en voz baja.

Ash y Willow sacan las armas de los cinturones. Yan los imita. Empiezo a pensar que ojalá yo también estuviera armada; aunque seguro que me disparaba en el pie, al menos me sentiría más segura... más fuerte. Lo único que nos separa del presidente Stoneback es una lámina de manera. Empiezan a temblarme las piernas.

Ash le pega una patada a la puerta, que se abre volando.

—¡Dejad de hacer lo que estéis haciendo! —brama.

Entramos en una habitación sin ventanas. Una luz descarnada me hiere los ojos y un olor a antiséptico me invade las fosas nasales. Parpadeo para librarme de las manchas oscuras que me dificultan la visión, la sangre me retumba en los oídos.

Y ahí está él.

El presidente Stoneback.

Tiene la cabeza agachada; presa del frenesí, tamborilea con los dedos contra una pantalla y el pelo le cae sobre la cara formando ondas. Le ha crecido desde la última vez que lo vi.

—Aléjate del ordenador muy despacio, Stoneback —ordena Ash.

El hombre levanta la cabeza, con una sonrisa irónica dibujada en la cara.

Ahogo un grito. No es el presidente. Es el hombre que salía proyectado en la luz de la estación de metro. El hombre que me recordaba del bucle. Oscar.

Nos sonríe con una boca carnosa y ávida.

—Llegáis demasiado tarde.

—¿Qué quieres decir con que llegamos demasiado tarde? —pregunta Ash.

—¿Dónde está el presidente?

El terror hace que se me agudice la voz cuando me doy cuenta de que esa odiosa víbora debe de estar al acecho no muy lejos de aquí.

Oscar me mira.

—Ah, Violet. La viajera ha regresado. ¿Cómo está tu amiga? Alice, ¿verdad?

Oír el nombre de Alice en sus labios me provoca una oleada de náuseas. Me acerco a él, olvidándome por completo de que no tengo armas.

—¿De qué conoces a Alice?

—La conocí cuando estuvo aquí la última vez, aunque solo de pasada. Dudo que ella se acuerde de mí. Me di cuenta enseguida de que era una impe. Su ansia de perfección me fascinó. Fue ella quien me dio la idea del suero.

Ash me pasa un brazo alrededor de la cintura.

—No le hagas caso, Violet, tenemos que concentrarnos en detener el virus.

—Como ya os he dicho, llegáis tarde —insiste Oscar—. Se detonarán dentro de unos minutos. Y nadie, excepto yo, puede revertirlo, soy el único que conoce el código. —Mira el arma que Willow sostiene en la mano—. Venga, dispara, aunque entonces nunca sabréis cómo detenerlo, ¿verdad?

Mete los largos dedos bajo el escritorio y presiona algo justo antes de que Yan se abalance contra su hombro y lo tire al suelo de bruces.

—Ha presionado un botón de pánico —masculla Yan para sí. Luego, en voz más alta, añade—: Inmovilizadlo.

Ash se sienta en las piernas de Oscar y Willow le sujeta los brazos.

Oscar se ríe de Yan.

—Claro, el sustituto de la vieja. Baba. ¿Y tú cómo llamas, telépata?

—Me llamo Yan, si tanto te importa —le espeta Yan, que se arrodilla a su lado—. ¿Vas a darme el código de desactivación o tendré que sacártelo a la fuerza?

—No te lo diré jamás, Pajarito Golondrina —le replica Oscar—. Y he fortalecido mi conciencia contra la gente como tú, así que tampoco conseguirás averiguarlo.

—Bien —dice Yan, y le coloca las manos en las sienes a Oscar—. Me encantan los retos.

Los rasgos de Oscar se contraen a causa de la tensión cuando Yan comienza a atacarle la mente.

«¿Pajarito Golondrina?». Le doy vueltas a esas palabras en la cabeza. Tienen algo que me provoca una sensación incómoda en el estómago.

Yan está absorto en la tarea que tiene entre manos, pero esto parece importante. Veo que la mano izquierda de Oscar empieza a crisparse.

—Yan —digo con suavidad, intentando no desconcentrarlo—. ¿Por qué te ha llamado «Pajarito Golondrina»?

Sin moverse, Yan consigue sisear:

—Es mi nombre. Yan significa «Pajarito Golondrina» en chino.

Aplica más fuerza sobre la cara de Oscar.

«Pajarito». Algo encaja de repente: las palabras de Thorn. «Dejémoslo en que me lo ha dicho un pajarito». La rabia se apodera de mí.

—¿Por qué le dijiste a Thorn lo del bidón?

No levanta la mirada.

—Os necesitaba aquí, Violet. A Nate y a ti. Os necesitaba en este laboratorio, en este preciso instante. Es la única forma de salvar a los impes, y es la única forma de devolveros a casa. Todo cobrará sentido muy pronto, te lo prometo.

Estoy a punto de replicar, a punto de presionarlo más, cuando alguien dice mi nombre. Es un susurro brusco junto a mi oído, a pesar de que no haya nadie cerca. «Violet».

Me vuelvo en redondo. Ahí está otra vez. «Violet».

—¿Qué pasa? —me pregunta Nate.

—Yan, ¿eres tú? —digo.

Pero él está demasiado ocupado con Oscar para responderme. Y no es su voz. Ni siquiera es una sola voz; parecen más bien varias voces que hablan al unísono.

Nate me agarra por los brazos.

—¿Qué pasa, Violet? ¿Qué oyes?

—Oigo a alguien susurrando mi nombre.

El pánico comienza a dominarme. ¿Viene del otro lado, de nuestro mundo? Lo oigo de nuevo. «Violet». Pero no me resulta familiar, está claro que no son ni mi madre ni mi padre; tal vez sea el personal del hospital. «Violet, ven rápido». La voz va alejándose de mí. «Violet, debes darte prisa». Es como si viniera del otro lado de la pared. Miro en esa dirección. Hay una puerta. Y de detrás de la puerta surge un tenue brillo azulado.

—Ahí dentro —digo.

«Violet, Violet, por aquí».

Me desplazo hacia la voz y la ansiedad y el miedo me provocan calambres en el estómago.

«Rápido, Violet, no hay tiempo que perder».

—¿Viene de ahí dentro? —me pregunta Nate mientras señala la luz azulada.

Asiento, y sin pensármelo dos veces, abro la puerta de un empujón.

Detrás de ella hay uno de los espectáculos más perturbadores que he visto en mi vida: una vasta sala tallada en la piedra, como una cripta. Y alineados en hileras perfectas, formando una cuadrícula sin fin, hay tubos con duplicados.

Llenan toda la sala, cada uno de ellos contiene un cuerpo que flota en un líquido espeso y transparente. A algunos les faltan miembros, a otros les han arrancado jirones de piel. Algunos no son más que niños. Se me llena la boca de vómito cuando atisbo unos tubos mucho más pequeños, algunos de los cuales contienen bebés que han sido transferidos de una bolsa a otra, que nunca abrirán los ojos ni los oídos, atrapados en un mundo de oscuridad.

Un zumbido eléctrico resuena en la habitación, y el olor a medicamentos y sangre resulta abrumador.

—Dios mío —susurro—. ¿Qué es esto?

Pero ya sé la respuesta incluso antes de que Nate responda.

—Es un almacén de duplicados —susurra como si su voz pudiera molestarlos—. No tenía ni idea de que estuviera aquí.

—¿Por qué los almacenan aquí? —pregunto.

—Un suministro inagotable de sujetos con los que experimentar. Dudo que sus dueños gemas lo sepan.

—Me estaban llamando, Nate. Los duplicados me estaban llamando hace un momento. Están... conscientes.

Las lágrimas se me escapan de los ojos mientras mi mirada salta de un tubo a otro. Las personas que los ocupan no son vegetales; tienen conciencia de su entorno.

Nate me pone una mano en el hombro.

—Tal vez hayan formado una especie de mente colmena; en ese caso solo sería necesario que unos cuantos fueran telépatas para poder contactar contigo.

—Pero ¿por qué querían que los encontrara? —pregunto.

Freno en seco ante uno de los tubos. Un grito se me escapa de los labios.

—¿Qué ocurre? —pregunta Nate.

Pero me sorprendo respondiendo no a Nate, sino al cuerpo desnudo que flota en el tubo que tengo delante:

—Cabrón embustero.

338

ALICE

El piso de Timothy no tiene el aspecto que me había imaginado. El correo sin abrir forma un montoncito pequeño sobre la alfombra, y la puerta de la sala de estar, que está a medio abrir, deja entrever montañas de cajas de pizza vacías y platos sin lavar. Madre mía, y ese olor.

—Timothy —llamo.

Danny levanta la mirada de su teléfono.

—Acaba de publicar una entrada hace unos diez minutos, Alice. Y además es la última, el episodio final. No cabe duda de que está vivo.

Enfilo el pasillo sorteando un jersey sucio y una taza de lo que parece ser té frío. La leche se ha coagulado en la superficie. A saber cuánto tiempo lleva ahí.

—¿Timothy? Soy Alice, ¿estás bien?

A lo mejor el blog ha sido demasiado para él. A lo mejor el episodio final lo ha hecho sobrepasar el límite. A lo mejor ha pulsado el botón de «publicar», se ha trincado una botella de vodka y se ha desmayado. Casi espero encontrármelo tumbado en el sofá con una aguja colgando del brazo.

Danny recoge la taza de té frío para que no la tiremos.

—Mierda, está claro: voy a llamar a la policía.

Busca por todas partes una superficie donde dejar la taza, pero al final se rinde y vuelve a depositarla en el suelo.

—¿Para decirles qué? —replico—. «El piso del editor de mi amiga huele a gato muerto, así que hemos decidido allanarlo».

—Te ha amenazado —dice Danny en voz baja—. Él también allanó tu casa.

Llego a la puerta del salón y me detengo con la intención de prepararme para ver a mi editor inconsciente.

—¿Timothy? —repito.

Pero la llamada que antes era firme y desafiante ahora suena vacilante y asustada. Danny debe de darse cuenta, porque me agarra de la mano.

La puerta emite un crujido cuando la abrimos del todo para entrar. Es como si un grupo de estudiantes hubiera celebrado una fiesta en casa de los padres de uno de ellos. La mesita de café antigua está llena de tazas, platos y bolas de papel estrujadas. Hay un montón de ropa en una esquina y se han dejado la tele encendida sin sonido. Debe de haber estado aquí hace bastante poco.

—Algo no va bien —le digo a Danny, y por fin expreso el miedo que me reconcome—. Timothy no es tan guarro, y ese olor no es solo a pizza rancia y té frío.

Me saco el teléfono del bolsillo y marco el número de Timothy. El tono de llamada de un iPhone inunda la sala.

Danny me aprieta aún más la mano con la suya.

—Viene del armario del pasillo —susurra.

Sin soltarnos la mano, avanzamos con sigilo hacia la puerta del armario. El tono de llamada continúa sonando alegremente, en completa discordancia con la creciente sensación de temor y el tufo a putrefacción. Empiezo a tener la impresión de que estamos protagonizando nuestra propia película de terror. Casi espero que algún payaso sediento de sangre salga de repente del armario blandiendo una daga en una mano y con un manojo de globos en la otra, pero la pena y la falta de sueño forman una especie de barrera protectora a mi alrededor, y en realidad me parece más una pesadilla que una película.

Nos detenemos el uno al lado del otro, de cara a la puerta del armario. El tono de llamada deja de sonar y el piso se sume en el silencio. Lo único que oigo es mi propio aliento, la sangre que me late en los oídos.

—¿Estás segura de que quieres hacerlo? —susurra Danny. El sonido de su voz me sobresalta, pero consigo esbozar un aturdido gesto de asentimiento con la cabeza.

Veo que Danny abre la puerta del armario, y es como si todo estuviera ocurriendo a cámara lenta, porque ya sé lo que hay ahí dentro. Quién hay ahí dentro.

La puerta gira sobre sus goznes y libera hacia fuera todo el hedor de la carne podrida.

Tiene la garganta rajada y los bordes del corte amarillos, y a juzgar por su estado, Timothy lleva muerto bastante tiempo. Grito. Y de inmediato Danny me está atrayendo hacia él, cerrando la puerta del armario con el pie. Empiezo a notar un zumbido extraño en los oídos y de repente me siento muy lejos; una neblina de conmoción me protege del horror. Me doy cuenta de que aún tengo el teléfono en las manos. Empiezo a golpear el teclado con torpeza y, presa del histerismo, marco el número de emergencias. Ni siquiera me ha dado tiempo a pulsar el botón de llamada cuando una voz nasal atraviesa el zumbido.

—Si yo fuera tú, no lo haría —dice.

Me doy la vuelta y veo a un hombre. Es alto, guapo y extrañamente fantasmagórico. Parece tener la piel estirada, como si se hubiera sometido a demasiadas operaciones.

Está apoyado en el marco de una puerta y, detrás de él, veo un pequeño estudio. En el escritorio hay un ordenador, y el brillo de la pantalla ilumina una silla.

Sus dedos, largos y elegantes, empuñan una pistola con la que apunta primero a Danny y después a mí.

—Alice —dice—. Ya era hora de que nos conociéramos.

CAPÍTULO 30

VIOLET

—¿Ese es...? —comienza Nate.

—El presidente Stoneback —termino por él.

—No lo entiendo —dice mi hermano—. ¿Por qué iba un presidente a guardar aquí su duplicado? Debe de saber que experimentan con ellos.

Rodeo el tubo.

—No es el duplicado del presidente. Es el presidente. Está en coma —farfullo confundida—. Está en coma y necesitaba un lugar donde esconder su cuerpo para que nadie se enterara. ¿Qué mejor lugar para esconder un cuerpo inconsciente que entre un montón de cuerpos inconscientes?

—¿Por qué está en coma? —pregunta Nate.

Me doy la vuelta para mirarlo a la cara. ¿Cómo se lo explico? ¿Cómo le digo que el presidente está en nuestro mundo, que ha cruzado al otro lado, tal como he hecho yo, y ha dejado atrás un cuerpo inconsciente, exactamente igual que yo? Me limito a negar con la cabeza y escudriño el interior del contenedor turbio. Hay un círculo minúsculo en la parte interna del brazo del presidente.

—Mira. —Lo señalo para que Nate lo vea—. Es el verdadero presidente, no un duplicado.

De pronto experimento una súbita sensación de comprensión, seguida de una oleada de adrenalina y una repentina claridad de pensamiento. Miro su rostro perfecto y digo:

—Así que tú eres el autor loco.

ALICE

El hombre hermoso y alongado regresa de espaldas hacia el ordenador, siempre de cara a nosotros, sin bajar el arma en ningún momento. Lo conozco de algo, pero no recuerdo bien de qué.

Danny me da un apretón en la mano.

—¿Lo conoces? —sisea.

Hago un gesto de asentimiento con la cabeza.

—Creo que sí.

El hombre sonríe. Tiene los dientes tan perfectos que parecen falsos.

—Venga, Alice. Me sentiré superofendido si no me recuerdas. Aunque la última vez que me viste estaba en una pantalla en *El baile del ahorcado*.

Resuello.

—¿Presidente Stoneback?

Se echa a reír.

—Me temo que sí, querida.

Danny adopta una expresión de incredulidad.

—¿El presidente Stoneback de *El baile del ahorcado*? ¿Te refieres al actor? Alice, ¿qué está pasando?

Stoneback le lanza una mirada asesina a Danny.

—Este chico es un fastidio. ¿Puedo dispararle, Alice?

—No —grito.

Intento empujar a Danny para que se oculte detrás de mí, pero no le resulta complicado resistirse. Terminamos medio forcejeando, intentando protegernos el uno al otro del daño.

—¡Qué tierno! —exclama Stoneback, que salva la distancia que nos separa de él con dos zancadas cómodas—. Una pelea de enamorados.

Estampa la culata de su pistola contra la cabeza de Danny con tal rapidez que apenas tengo tiempo de gritar.

—¿Danny? ¿Danny?

Me arrodillo a su lado y le tomo el pulso. No lo ha perdido, pero es débil. Veo el rojo de su sangre pegoteándole los rizos y goteándole por la frente. Se la limpio con el pulgar.

Levanto la mirada hacia Stoneback, olvidándome del arma que tiene en la mano.

—Déjalo en paz, asqueroso de mierda.

Me abalanzo sobre él, con las garras por delante, gritando. Pero el presidente es fuerte y rápido, y enseguida me pone en evidencia como la impe que soy. En cuestión de segundos, me ha retorcido el brazo y me lo está sujetando con fuerza detrás de la espalda.

—Entonces, ¿tú eres Fanboy? —pregunto.

Se ríe.

—Eres una simia hermosa, Alice, pero una simia de todos modos. ¿De verdad pensabas que el idiota de tu editor destruiría a los impes?

—Quería volver a ponerle el «dis-» a la distopía —respondo.

El presidente me susurra al oído. Un escalofrío me recorre la columna vertebral.

—El *fandom* es una bestia delicada, Violet. Quiere conflicto, pero también quiere esperanza. Pude meterme en la cabeza de Timothy durante un tiempo, pero, al igual que Sally King, empezó a resistirse.

—¿Quieres decir que al principio Timothy sí era Fanboy?

—Timothy creó el blog Fandalismo estando bajo mi influencia, y todo parecía ir bien. Al principio pensé que el *fanfic* allanaría el camino para el tercer libro. Conseguí que sobornara a los de esa estúpida página de Daily Dystopia para ver si conseguía convenceros a Violet y a ti de que escribierais algo horrible de verdad para los impes. Pero al cabo de un tiempo, Timothy comenzó a rebelarse; sabía que el *fandom* no reaccionaría bien a un genocidio impe total. Sin embargo, cuando llegué aquí me di cuenta de que no necesitaba el tercer libro. La *fanfic* era suficiente.

—¿Y por qué cruzar ahora a este mundo? —pregunto—. ¿Por qué no la primera vez?

—Si lo recuerdas, la primera vez estábamos atrapados en un bucle, así que el tiempo limitaba la tecnología. Construías una máquina lo más rápido que podías, y de repente se desintegraba y se reiniciaba como si nada. Pero Violet y tú rompisteis el círculo, y de pronto podíamos progresar. No solo podíamos llevaros a nuestro mundo, también podíamos cruzar al vuestro.

—¿Cuándo cruzaste, con exactitud?

—Lo de que eres la forma más baja de *Homo sapiens* es verdad, ¿no, impe? —Se ríe—. Llegué cuando se abrió el túnel, cuando cruzaron Violet y Katie.

—¿En la Comic-Con?

—Sí, en la Comic-Con; qué mejor lugar para llegar, fui el mejor *cosplay* de la historia. Incluso salí en un par de... ¿cómo se llaman...? ¡Selfis! Para ser una panda de monos feos, os encanta miraros a vosotros mismos, ¿no?

A mi cerebro le está costando muchísimo asimilar todo esto.

—Pero Violet me dijo que Baba la había visitado en un sueño. Creía que era Baba quien quería que cruzaran.

—Y así era. Oh, todo esto tiene una circularidad maravillosa, ¿no crees?

—¿A qué te refieres? —digo levantando la voz a causa de la frustración.

—La primera vez que cruzasteis a nuestro mundo, yo te lleve a ti y Baba coló también a Violet. Me robó la idea de utilizarte para escribir la secuela, pero se aseguró de que volvieras siendo proimpe. Me quito el sombrero ante la adivina. Me engañó. Pero bueno, esta vez fui yo quien se aprovechó de su túnel. Ella abrió el túnel para llevarse a Violet y Katie, y yo me conecté con mi propia tecnología y me colé en este universo sin que nadie me detectara.

—Pero estoy segura de que Baba se habría dado cuenta de que ibas a hacerlo —digo.

—Sus habilidades adivinatorias se habían debilitado, Alice. Tal vez por la vejez, puede que con un poco de ayuda de Timothy, ¿quién sabe? Sus premoniciones de Fanboy eran confusas, en el mejor de los casos. Para cuando se dio cuenta, ya era demasiado tarde. Yo ya estaba aquí. Y de repente podía influir en mi mundo a través del *fandom*, de una manera con la que antes solo podía soñar. Lo primero que hice después de matar al imbécil de tu editor fue matar a Baba... con un teclado, nada menos. Qué poder, Alice. Tienes muchísimo poder y ni siquiera lo sabes; crear mundos y personas, manipularlos como marionetas.

Se me llenan los ojos de lágrimas.

—Nate no es una marioneta, Willow no es una marioneta, Violet... —he empezado a gritar— ¡NO ES UNA MARIONETA!

Lo que dice a continuación me rompe el corazón:

—Bueno, marionetas o no, hicieron justo lo que yo esperaba de ellos: entraron en un mundo en el que puedo aniquilarlos con solo apretar un botón. No tuve más que conseguir que Timothy empezara a convertir a Nate en malo y que sembrara en la mente de los padres de Violet unas cuantas ideas acerca de desconectarle el soporte vital. Dices que no sois marionetas, pero os he manipulado con la misma facilidad que si fuerais peones. Pensé que tú también cruzarías, pero da igual, porque puedo acabar contigo aquí y ahora, impedir que escribas otra secuela y lo fastidies todo con tanta paz y amor.

—Pero todavía podrían detener el virus, o conseguir el suero y sobrevivir como gemas —replico.

—Ah, sí, el suero. A Oscar se le ocurrió esa maravillosa idea cuando te conoció en el bucle en el que te infiltraste. Así que gracias. El poder de convertir a los impes en gemas. Es un engaño, ¿no te das cuenta? El suero no funciona. Pero teníamos que ofrecerles algún tipo de protección a esos pocos impes... digamos «especiales». A fin de cuentas, ningún gema estaría de acuerdo en eliminar a todos los impes, no cuando son tantos los que se hacen pasar por gemas, cuando hay tantos niños gema con la sangre sucia, medio impe. Y para cuando se den cuenta de que el suero es un fiasco, será demasiado tarde. El virus estará ahí fuera. Ha llegado el momento de hacer una limpieza a fondo, Alice.

Las lágrimas me corren por la cara. La última esperanza, la de que mis amigos lograran sobrevivir tomando el suero, se ha hecho añicos. Me retuerzo para intentar liberarme de las garras del presidente. Una punzada de dolor me sube por el brazo.

Stoneback debe de ver mis lágrimas, porque se echa a reír.

—Ay, sí, las maravillosas emociones de los simios. Te envié esas amenazas con la esperanza de desestabilizarte, de intentar detener tu astuto trabajito en El levantamiento del *fandom*.

Me arrastra hacia el ordenador, y no tengo más remedio que obedecer.

—Antes de matarte, Alice, quiero que veas cómo mueren.

Me obliga a mirar la pantalla, su última entrada en Fandalismo, sujetándome dolorosamente la barbilla con los dedos. Encima del texto hay un gráfico nuevo. Una foto de una golondrina, coja y muerta, envuelta en el alambre de púas que Fanboy ha convertido en su firma.

Es un símbolo, un mensaje.

El levantamiento del *fandom* ha fracasado.

Fanboy ha ganado.

Nate se colocó al lado de Oscar.

—¿Estás listo, Nate? —preguntó Oscar.

—Adelante —contestó Nate.

Oscar apretó el botón. No sucedió nada. Pero Nate le oyó susurrar las palabras:

—Está hecho.

Nate se imaginó los bidones con virus detonando a lo largo y ancho del país. Se imaginó las partículas virales esparciéndose por el aire, suspendidas en la atmósfera como una neblina, esperando a ser inhaladas por los incautos impes y gemas. Y luego se lo imaginó contagiándose de un impe a otro, como la más mortífera de las gripes.

Hizo caso omiso de la culpa que le abrasaba el estómago y se llevó la botella de suero a los labios. Tenía un sabor dulce y suave, nada parecido a lo que él esperaba.

—Esto es agua con azúcar —dijo con un nudo de miedo en la garganta.

Oscar asintió.

—Mis disculpas, Nate. No es nada personal, ya sabes.

—Pero Howard dijo...

—Howard tiene un mensaje para ti: rata una vez, rata para siempre.

—¿Se refiere a mí o a él? —dijo Nate, que se dejó caer de rodillas, sobrecogido por el dolor, la ira y la culpa.

Había colaborado en la destrucción de su pueblo. Los impes. Y ahora él también moriría.

Nate miró a Oscar, con las lágrimas nublándole la visión.

—Mátame ya. Por favor, te lo ruego.

Oscar esbozó una sonrisa, una sonrisa perfecta, en una cara perfecta, en un cuerpo perfecto, dotado de un sistema inmunológico perfecto que lo protegería de un destino imperfecto, y dijo:

—¿Y qué tendría eso de divertido?

El blog termina.

Fanboy ha destruido a los impes.

—Violet —susurro—. Nate. Lo siento mucho.

El presidente me obliga a ponerme de rodillas y me clava el cañón de la pistola en la sien. Mi primer instinto es sollozar, suplicar, y durante un segundo, creo que voy a hacerme pis encima. Pero miro a Danny tumbado en el suelo, comenzando a abrir los ojos, y siento que algo cobra fuerza en mi interior. No le daré al presidente la satisfacción de verme asustada. Le sostengo la mirada a Stoneback y fuerzo a mis labios a curvarse en una sonrisa. A continuación digo con voz suave:

—¿Sabes? El último párrafo estaba demasiado recargado.

VIOLET

—¿Qué hacemos? —pregunta Nate.

Recuerdo la herida de bala en el cuerpo de mi hermano, el pitido monótono del monitor cuando Katie murió, las palabras que Alice me talló en el antebrazo. Si lo matamos en este universo, morirá en el nuestro. Puedo matar al presidente e impedir que escriba todo ese veneno. Entonces podremos detener el lanzamiento del virus. Puedo salvar a todos los impes, puedo salvar a Ash e irme a casa con Nate.

—¿Violet? —insiste Nate.

Sonrío.

—Lo matamos.

Cojo un extintor cercano y lo estrello contra el tubo una y otra vez. Vierto hasta el último ápice de rabia, de injusticia y de desesperación que tengo en el cuerpo en ese ariete de metal, y solo me detengo cuando el cristal comienza a resquebrajarse. El líquido se escurre y el tubo se eleva y deja que el presidente caiga desmadejado. Lo cogemos lo mejor que podemos y lo tendemos en el suelo; el líquido le resbala por la piel y forma un charco a su alrededor.

—¿Lo matamos sin más? —dice Nate—. ¿A sangre fría?

No puedo contarle lo del autor loco, jamás lo entendería. Pero no pasa nada, el presidente ha cometido muchos otros crímenes en los que centrarse.

—Está intentando aniquilar a los impes, Nate. Ha asesinado a incontables personas. Esta es la única manera.

Nate asiente y se lleva una mano al cinturón para sacar un cuchillo de caza curvado. Levanta la mirada un instante.

Le agarro la mano de manera que ambos empuñemos el arma.

—Lo haremos juntos.

No hay tiempo para debatir la moralidad del asesinato. Creo que ambos sabemos que lo que vamos a hacer está mal. Levantamos la hoja muy por encima del pecho del presidente. Por instinto, sin necesidad de ponernos de acuerdo, apuntamos hacia su negro, negrísimo, corazón.

—A la de tres —dice Nate.

Contamos juntos.

—Uno... dos... tres...

Me sorprende la facilidad con que le clavamos ese cuchillo, con que se lo hundimos directamente en la carne.

ALICE

Cierro los ojos y me preparo para el chasquido del gatillo, para el estallido de ruido y la nada que me espera. Pero nada de eso llega. Más bien oigo una especie de gruñido grave. La presión de la pistola se aparta de mi sien. Abro los ojos. Stoneback se está agarrando el pecho con ambas manos, la sangre brota por debajo de ellas como si se hubiera apuñalado a sí mismo con un cuchillo invisible. Al principio, creo que se ha disparado a sí mismo por error, pero es imposible; el arma seguía apretada contra mi sien hace solo unos segundos, y no se ha producido ninguna explosión. Se mira el pecho y luego vuelve a mirarme a mí.

—Me ha encontrado —susurra.

—¿Quién? —grito—. ¿Quién te ha encontrado?

Se obliga a pronunciar su nombre, y me rocía la cara con sangre al hacerlo.

—Violet.

El arma se estampa contra el suelo solo unos segundos antes que el presidente. Un charco de sangre se extiende por el suelo de la cocina. Me aparto de él. Al fin y al cabo, llevo puestos unos Jimmys.

—¿Stoneback? —susurro, temerosa de poder despertarlo.

No responde. Utilizo la puntera de un zapato para darle unos golpecitos en la cara. Se le queda colgando hacia un lado marchita, inerte. No cabe duda de que está muerto. No tengo ni idea de cómo ha sucedido, pero de alguna manera Violet ha matado al presidente Stoneback. Ha matado a Fanboy.

A lo mejor también se las ha arreglado para impedir que lancen el virus.

Y a lo mejor, solo a lo mejor, existe una posibilidad de que pueda traerse a Nate a casa. Se me hincha el pecho.

Le echo un vistazo a mi reloj de pulsera. Las 11.30 h. Bueno, no tiene ninguna oportunidad si desconectan el soporte vital de Nate dentro de treinta minutos.

Tengo que detenerlos.

Me apresuro hacia el ordenador. La última entrada se publicó hace más de veinte minutos, y ya tiene cientos de vistas. Podría sentarme y escribir un epílogo, un texto en el que el suero sea real, intentar ayudar a mis amigos por medio del *fandom*. Pero no tengo tiempo. Tengo que concentrarme en lo que puedo hacer en este mundo. Debo confiar en que Violet esté aportando su granito de arena en su mundo, y a juzgar por el presidente muerto que yace despatarrado en el suelo ante mí, algo está haciendo bien.

Dedico un momento a poner a Danny en posición de recuperación. Él gime, abre los ojos y clava la mirada en mí.

—¿Al? ¿Te encuentras bien?

—Sí, tengo que irme a hacer una cosa muy importante, luego vamos a conseguirte ayuda de verdad, ¿vale?

Sonríe con debilidad.

—¿Acabas de salvarme?

No puedo evitar reírme.

—Supongo que sí.

Me limpio la sangre aún caliente del presidente de la cara y me agacho para besarlo en los labios. Sabe a manzanas, a menta y a casa.

VIOLET

Nos quedamos mirando al presidente, los dos respirando de forma superficial, con las manos aún unidas y sujetando el cuchillo. Su sangre brota a borbollones desde el contorno de la hoja y se mezcla con el fluido en el suelo.

Un estruendo de golpes nos llega desde la habitación que tenemos detrás, donde Yan está llevando a cabo su fusión de mentes. El cuchillo cae al suelo con un ruido metálico y vuelvo corriendo al laboratorio, desesperada por ayudar a mis amigos, desesperada por mantener a Ash a salvo.

El origen de los golpes se aclara de inmediato: Willow y Ash intentan mantener cerrada la puerta que conduce al pasillo. La cerradura ya ha cedido, y con cada empellón que recibe desde el exterior, la hoja se abre un poquito más. Corro a ayudarlos recostando todo mi peso contra ella.

Ahora Yan está tecleando como un loco en el ordenador, con Oscar inconsciente a sus pies.

—Ya casi estoy. Solo necesito que ganéis un par de minutos más.

La puerta se comba; un aguijonazo de dolor me sube por los brazos hasta el pecho.

—El suero es falso —explica Yan mientras espera a que algo cargue—. La mente de Oscar estaba bastante bien protegida contra la telepatía, pero eso sí he conseguido sacárselo. Es un engaño para convencer a Jeremy y a los demás gemas de seguir adelante con lo del virus.

Y entonces se carga otra pantalla y Yan vuelve a concentrarse en el teclado.

Nate sonríe.

355

—Entonces menos mal que el suero ya no era el plan.

Al otro lado de la puerta estallan disparos. Ash y Willow se tiran encima de mí y me aplastan contra el suelo. El frío del piso me escuece en la mejilla, el corazón me golpea las costillas con furia y los músculos se me tensan de miedo. No podemos morir, ahora no, no cuando estamos tan cerca de detener el lanzamiento y volver a casa.

La puerta se abre de golpe y cuatro Taleters entran en la habitación, armados hasta los dientes. Apuntan a Yan directamente.

—No —grito.

Willow se mueve más rápido de lo que yo creía posible, sus largas piernas lo ayudan a interponerse en la trayectoria de las balas. Una serie de flores rojas brotan a lo largo y ancho de su pecho. El latido de los disparos me retumba en los oídos y el horror me invade el corazón. Willow se desplaza dando tumbos hacia atrás, con la cara paralizada por la conmoción.

—¡NO! —Un grito que procede del exterior de la habitación—. ¡NO, DIOS, NO!

Willow se desploma contra el suelo. Silencio. Jeremy Harper entra corriendo en la habitación y se derrumba sobre su hijo. El eco del llanto de Jeremy se combina con el ruido de la respiración trabajosa de Willow. El dolor me oprime el pecho. «Willow no. Él no se merece esto».

Yan me mira con cara de agotamiento. Su voz resuena en mi cabeza. «Ya está hecho. El lanzamiento ha fracasado. Has salvado a los impes».

Jeremy mece la cabeza de su hijo.

Burbujas de sangre emergen de los labios de Willow.

—¿Papá? —dice.

—Hijo mío, hijo mío, lo siento mucho, hijo mío —susurra Jeremy—. No sabía que eras tú, no lo sabía...

Willow comienza a toser. Habla de nuevo, esta vez de forma más débil.

—Papá, esto tiene que parar. Por favor.

Jeremy entierra la cabeza en el pecho de su hijo y rompe a llorar.

—Hijo mío, hijo mío, hijo mío... —murmura una y otra vez, como si fuera una oración.

Willow consigue susurrar:

—Violet.

—Estoy aquí —digo.

Le lanzo una mirada ansiosa a Ash, que asiente con firmeza para darme fuerza. Me acerco hasta donde yace Willow.

Él se vuelve hacia mí, pero la mirada de sus ojos se pierde en la lejanía.

—Te pareces muchísimo a ella —dice.

Y como no sé cómo actuar, me agacho y lo beso en la frente. Cuando me incorporo de nuevo, Willow está sonriendo. La luz abandona sus ojos y la sonrisa desaparece de sus labios, pero sigue siendo el hombre más hermoso que he visto en mi vida.

El grito que escapa de la boca de Jeremy es casi inhumano, animal en su crudeza, en su intensidad. Oigo los sollozos suaves de Nate, el arrastrar de pies incómodo del resto de los Taleters. La furia se desborda en mi interior, me da poder y ahuyenta el dolor. Le agarro la cara a Jeremy clavándole los dedos en las mejillas. Es un hombre roto, pero tendrá que escucharme.

—Hemos detenido el lanzamiento del virus —digo—. Vuestro presidente está muerto. Howard está muerto. —Guardo silencio, porque decir el nombre de Willow es demasiado duro, así que más bien digo—: Tu hijo está muerto. El suero era un engaño. Acaba con esta perversidad antes de que se derrame más sangre.

Jeremy me mira. Durante un instante, creo que va a ordenarles a los Taleters que me maten, así que el corazón se me para a medio latido, pero al final dice:

—Sacad a mi hijo a la superficie.

Los gemas levantan a Willow como si lo trasladaran en un ataúd invisible y salen del laboratorio. Jeremy ni siquiera me mira, se limita a marcharse. Pero, antes de hacerlo, vuelve la cabeza por encima del hombro y dice:

—Las cámaras están repletas de explosivos. Soltad a Oscar y él iniciará la secuencia de autodestrucción. El virus se perderá para siempre.

Yan baja la mirada hacia Oscar y sonríe.

—No hace falta, también le he sacado la secuencia de autodestrucción. Es oficialmente prescindible.

—No puedes hacerlo —le digo a Yan—. No puedes, hay cientos de duplicados ahí dentro. Si detonas los explosivos, ellos también morirán.

Yan exhala despacio.

—Violet, los bidones han implosionado y han acabado con el virus antes de que se liberara. Pero todos los planes que explican cómo diseñarlo de nuevo están aquí. Están en esta habitación de una forma u otra, en el ordenador, en la cabeza de Oscar. No hay copias de seguridad, Oscar es la copia de seguridad.

—¿Así que también vas a matar a Oscar? —grito indignada—. Un asesinato es un asesinato, Yan. Eso nos hace tan malas personas como ellos.

—Creo que acabas de matar al presidente —me replica Yan—. ¿O es que cuando lo haces tú no cuenta?

Nos miramos con fijeza durante unos instantes. Tiene razón. Y es nuestra única oportunidad de volver a casa. Una vez que el virus sea destruido para siempre, una vez que haya salvado a los impes, podré salvar a mi hermano pequeño.

—Además —susurra Yan—, ¿por qué crees que te han llamado los duplicados?

Niego con la cabeza, confundida.

—Encerrados en esos tubos —dice Yan—. Utilizados para experimentar. Tratados peor que los animales.

Me llevo una mano a la boca.

—¿Quieren morir? —susurro, y noto el calor de mi aliento en la palma.

Yan asiente.

—¿Tú no querrías?

Me quedo callada.

—Es hora de irse a casa, ¿no?

Miro hacia esos ojos de invierno. Se me entrecorta la respiración y me duele el corazón. Ash. Estoy a punto de dejarlo atrás; lo menos que puedo hacer es protegerlo de otro ataque viral.

—Haz lo que tengas que hacer —le digo a Yan.

Nate da un paso adelante; una expresión de confusión le contrae la cara.

—¿Alguien más oye eso? —Tiene la mirada perdida.

—¿Qué es? —pregunto.

—Oigo una voz que canta. —Frunce la nariz, como cuando se está concentrando—. Hay alguien cantando el «Cumpleaños feliz».

CAPÍTULO 31

ALICE

Miro hacia el Corsa de Danny. Habrá bastante tráfico y el hospital no está lejos... Siempre he sido una buena corredora. Doy unos cuantos pasos tambaleantes con mis Jimmys y después mascullo:

—A la mierda con ellos.

Y los lanzo a la cuneta. Entonces, corro más rápido que nunca hacia el hospital. Me duelen las plantas de los pies y me arde el pecho, pero aun así sigo adelante, dando gracias a Dios por la longitud de mis piernas. Enfilo a toda velocidad una vía principal, me choco contra varios peatones e ignoro sus gritos de indignación. El hospital aparece en mi campo de visión y giro para cruzar la calle; un taxi está a punto de atropellarme y el estruendo del claxon me sirve de acicate.

Llego al hospital empapada de sudor, con el pelo pegado a la cabeza y el cuello, con el pecho dolorido y luchando por inhalar un aire que no existe. Ni siquiera miro a la recepcionista, y subo las escaleras de dos en dos. Hoy no es un día para coger el ascensor. Me preocupa desmayarme de cansancio si dejo de moverme aunque solo sea un segundo.

Llego al pasillo de la habitación de Nate justo a tiempo para escuchar a Adam y a Jane cantando el «Cumpleaños feliz». A ambos se les quiebra y falsea la voz bajo el peso de la emoción; se derrama por el pasillo, mezclada con el aroma de las velas.

Lo he conseguido, justo a tiempo.

Irrumpo en la habitación.

—¡ALTO! —grito.

Adam y Jane sostienen en las manos una tarta de chocolate con dieciséis velas; las llamas titilan con sutileza y proyectan sombras sobre la cara de Nate. Se callan en cuanto me ven, con los rostros surcados de lágrimas, paralizados a media canción.

Cojo aire profunda y dolorosamente.

—No, Adam, Jane, por favor, no lo hagáis.

—Alice... —comienza Jane.

Pero ya ha aparecido un guardia de seguridad.

—¿Va todo bien por aquí dentro?

—No —grito—, no va todo bien. Están a punto de matar a Nate, están a punto de desconectarle el soporte vital cuando estamos muy cerca. Ya he perdido a Katie, no puedo perder también a Nate. Y sé que Violet puede lograrlo, sé que lo conseguirá. Ya ha matado a Fanboy, solo necesita un poco más de tiempo.

—Violet está en coma —dice Adam con la cara anegada de pena y simpatía.

—Pero va a despertarse, sé que será así, y Nate también. Dadles solo un poco más de tiempo, por favor.

Una médica da un paso adelante, con una expresión de preocupación deformándole los rasgos.

—Señorita, ¿se encuentra bien?

—Sí, me encuentro estupenda de narices, ¿no le parece?

Suelto una carcajada histérica. Estoy empezando a perder los papeles, la frustración y la desesperación de que nadie me escuche empieza a tironear de los minúsculos hilos que a duras penas me mantienen entera.

La médica da otro paso hacia mí.

—Creo que solo necesitas respirar hondo...

Antes de que pueda contenerme, me he lanzado hacia ella. No sé por qué. Creo que solo quiero hacerla comprender. No pretendo hacerle ningún daño, o al menos no creo que sea así. Pero el guardia de seguridad no lo interpreta de la misma manera. Siento que sus manos se cierran sobre mis hombros y, en cuestión de segundos, me saca a rastras de vuelta al pasillo.

—¡No! —grito—. Adam, Jane, por favor, no lo hagáis.

—Lo siento —oigo decir a Adam.

Rompo a llorar. Lloro y lloro hasta que me siento como si mi cuerpo estuviera a punto de hacerse añicos. El guardia de seguridad y un par de enfermeras tratan de cogerme en brazos, me dicen que me calme, me dicen que respire, me preguntan si pueden llamar a alguien.

Es entonces cuando oigo el zumbido constante del monitor.

VIOLET

Siento toda la fuerza del impacto en el pecho. Y de repente ya nada de esto importa. Ni el virus. Ni Oscar. Lo único que importa es que, al otro lado de las capas del tiempo y el espacio, en algún lugar, mis padres están a solo unos instantes de desconectar el soporte vital de Nate.

—Rápido —le grito a Yan—. Destruye el virus. La historia tiene que terminar antes de que sea demasiado tarde.

Nate retrocede y me mira.

—Oigo algo. Un tono largo.

—Oh, por favor, no —susurro.

Es demasiado tarde.

Mientras Nate me mira con fijeza, la luz de sus ojos se apaga y, muy despacio, comienza a caerse al suelo.

Rompo a llorar, unas lágrimas calientes y furiosas me rebosan de los ojos. Mi hermano está muerto. Mi hermano de verdad, el que está en casa, y mi hermano nuevo, a quien había aprendido a querer en este mundo. El dolor me hace pedazos.

Espero que la mano que noto en el hombro sea la de Ash. Pero cuando me doy la vuelta veo que es Yan.

Sonríe con amabilidad, pero cuando habla no es su voz la que emerge, es la de Baba.

—Tenías razón, Violet. La historia tenía que terminar para que volvieras a casa. Pero no era necesario que salvaras a los impes; perdóname, ese era mi propio plan secreto. Pero los has salvado, Florecilla.

—¿Baba? —susurro.

—Sí, hija mía.

363

—Pero tú estás...

—Sí. Estoy muerta. Y lo que estás oyendo no es un fantasma, sino un fragmento telepático implantado en el resto de los adivinos justo antes de mi muerte. Una especie de cinta grabada.

Yan se echa a reír, y por cómo se le ilumina la cara, toda llena de asombro por el mundo, sé que en este momento Baba habita en él.

—¿No tenía que salvar a los impes? —repito—. ¿Cuál era el final de la historia, entonces?

Yan sonríe.

—Captaste bien la idea, hija mía. Solo te equivocaste de historia.

—¿Qué quieres decir? —pregunto con voz vacilante.

—No era la historia de los impes la que tenías que concluir. Era la tuya.

—¿Mi historia?

—¿Cuál era el final de tu historia, Violet? Solo tienes que cerrar los ojos, y vendrá a ti.

Cierro los ojos y me llega, tal como acaba de decirme.

«Dentro de menos de una semana, mi hermano morirá».

—¿La muerte de Nate? —susurro—. ¿La muerte de Nate es el final de mi historia? —Siento el peso de mi hermano entre mis brazos. Oigo el pitido monótono del monitor en mis oídos—. ¿Nate tenía que morir para que volviéramos a casa?

Yan me sujeta la cara con ambas manos.

—Así es, hija mía. Pero no pierdas la esperanza. Todas las buenas historias son historias de renacimiento, ¿no te parece?

Pero apenas oigo sus palabras. Lo único que oigo es el latido de esa frase en mis oídos:

«Dentro de menos de una semana, mi hermano morirá».

Y sé que Baba tiene razón.

Mi historia ha terminado.

Es hora de irse a casa.

Abro los ojos justo a tiempo de ver a Ash sentado junto a Yan, con una expresión de angustia en la cara.

—Adiós, mi amor —le susurro.

Y entonces empiezo a alejarme, cada vez más rápido, como un tren que circula a toda velocidad por un túnel.

Me veo desde arriba, veo a Nate, nos veo a todos: a Oscar tendido en el suelo, a Yan acuclillado a mi lado y mirando al cielo como si pudiera verme escapar. Y veo a Ash, a mi maravilloso Ash, depositando mi cuerpo en el suelo. Las lágrimas le ruedan por las mejillas, las preguntas le brotan de los labios y los ojos más azules que he visto en mi vida desaparecen poco a poco de mi vista.

Y entonces, como si despertara de un sueño, abro los ojos.

Estoy cubierta de cables, tengo agujas en las manos y un tubo en la nariz.

Me incorporo de golpe.

—¡NATE! —grito.

Me bajo de la cama de un salto, me arranco las agujas y los tubos del cuerpo y los arrojo sobre la cama. Suelto una palabrota cuando el dolor hace acto de presencia. Me tiemblan las piernas y la cabeza me da vueltas, y durante un segundo me fijo en el caos de letras que me han tallado en el brazo, pero tengo que llegar a Nate. Está justo en la habitación de al lado.

—¡Nate!

Me tambaleo hacia el pasillo. Alice está desplomada en el suelo llorando, con un guardia de seguridad preocupado y un grupo de enfermeras a su alrededor.

Levanta la mirada y me ve. Su cara estalla en la sonrisa más grande que he visto en mi vida.

—¡Violet! Estás despierta. —Pero de repente se le oscurece la expresión—. Es demasiado tarde. Es demasiado tarde. Ya se ha ido.

—¡No! —grito, y me fallan las piernas—. Mamá, papá, no podéis. No podéis.

Primero oigo la voz de mi madre, seguida de la de mi padre.

—¿Violet? ¿Esa es Violet?

Salen corriendo al pasillo, su rostro una mezcla de todas las emociones posibles. Perder a un hijo para a continuación recuperar al otro. ¿Qué deben de estar sintiendo? Pero no tengo tiempo para la empatía.

—¿Qué habéis hecho? —grito, y el pitido monótono sigue retumbando por el pasillo.

Se detiene.

Me ayudan a ponerme de pie y entro cojeando en la habitación de Nate, con el corazón desbocado y el pecho ardiendo.

Los médicos se miran unos a otros.

—Hora de la muerte...

—No —grito, y me desplomo sobre su cama, le agarro la cara con las manos temblorosas—. Por favor, no, no después de todo esto. Estábamos tan cerca. Muy cerca.

Pero oigo algo en el interior de mi cabeza, una voz que no me pertenece. Es Yan.

«Todo va a ir bien, Violet. Todas las buenas historias terminan con...».

Pero no consigue terminar la frase, porque en ese momento oigo algo. Un sonido que hace que se me encoja el estómago, que me estalle el corazón, que las paredes grises del hospital se llenen de color. Un sonido que hace que la actividad del personal del hospital se dispare, que mis padres y Alice caigan de rodillas de la alegría.

Un sonido que solo puede significar una cosa.

Renacimiento.

«Pip».

6 MESES MÁS TARDE

VIOLET

Caminar por Londres junto a Nate todavía me llena de alegría. Esperaba que a estas alturas ya me pareciera normal tenerlo a mi lado parloteando sin parar sobre su nuevo descubrimiento de ciencia ficción. Pero todavía no me lo creo del todo. De vez en cuando, lo abrazo y le digo que lo quiero. Y sin excepción, él se escabulle de mi presa y me dice que soy imbécil. Pero, como yo, Nate recuerda su segunda visita al mundo de *El baile del ahorcado*, recuerda su oscura historia de fondo, recuerda el virus y la muerte de Katie, y recuerda despertarse en medio de un mar de médicos atónitos, velas de cumpleaños humeantes y familiares llorosos. Así que la palabra «imbécil» siempre va seguida de un:

—Yo también te quiero, hermanita.

El viento londinense se filtra a través de mi parka; me siento muy agradecida cuando doblamos la esquina y la cafetería de Frank aparece ante nosotros, derramando su luz dorada y su aroma a café en grano hacia la calle. A través de las ventanas, empañadas por la condensación y bordeadas de nieve, vemos a Alice y Danny. Están sentados el uno al lado del otro, acurrucados ante un ordenador portátil y dos tazas humeantes. Desde que sentamos a Danny y le explicamos toda la fantástica y retorcida historia, su relación no ha parado de ganar fuerza. Es cierto que nos costó unas cuantas horas convencerlo de que no estábamos perdiendo la cabeza todos a la vez, y de que no estaba siendo víctima de una elaboradísima broma, pero después de haber visto al presidente sangrando de forma inexplicable por el pecho y de conocer el misterio que rodeaba a nuestro coma, terminó por creernos. Y como Alice señaló en tono despreocupado, alguien que afirma con asiduidad la existencia de OVNIS no está en posición de discutir sobre la existencia de los túneles transdimensionales.

Por suerte, ni a Alice ni a Danny los implicaron en los extraños sucesos del apartamento de Timothy aquel día. Ambos le dijeron a la policía que habían ido a comprobar si Timothy estaba bien y que se habían encontrado su cadáver metido en un armario y a un hombre desconocido muerto en el suelo. Las pruebas apoyaron la teoría de que el presidente Stoneback había asesinado a Timothy, y el forense determinó que el hombre no identificado había muerto una semana después de un ataque cardíaco. Afortunadamente, el corte que Violet le había infligido, visible por encima del corazón de Stoneback, era demasiado superficial para provocar la muerte y para explicar la cantidad de sangre que había perdido en nuestro mundo. Continúa siendo un misterio tanto para los médicos como para las autoridades.

Solo nosotros cuatro sabemos la verdad.

—Ahí está Dalice —dice Nate, que se mete dos dedos en la boca y finge vomitar.

Le doy un codazo.

—Venga ya, son muy monos.

Se ríe.

—Sigues siendo una romántica empedernida, ¿eh?

Asiento con la cabeza. Soy una romántica empedernida. Perder a Ash no ha hecho sino fortalecer ese rasgo. Es que, a ver, encontrar el amor verdadero en un universo alternativo tiene algo que confirma tus creencias en el destino y, por desgracia, en «el único». Y digo «por desgracia», porque es lo que tiene creer en «el único»: por definición, es irremplazable. Todavía ahora lo extraño más de lo que creía posible. Todas las sombras se acomodan a su forma, Todas las risas lejanas me hacen volver la cabeza mientras lo busco a la desesperada y todas las mañanas, justo antes de despertarme, siento el roce de su piel contra la mía. En ocasiones desearía no ser capaz de recordarlo esta vez, porque entonces al menos podría mirar el cielo invernal, tan azul que duele, sin que las lágrimas me empañaran la vista.

Nate debe de percatarse del repentino cambio de mi semblante, porque me pone una mano en el hombro.

—A lo mejor este no es el final de lo tuyo con Ash, a lo mejor un día vuelves a cruzar.

—Dios, espero que no —digo con la mayor sinceridad de que soy capaz—. No creo que mi corazón sobreviviera a otra temporadita en ese sitio.

Y esa es la tragedia: lo que mi corazón anhela por encima de todo lo demás solo puede existir en un lugar que sin duda sería mi muerte.

Abro la puerta de la cafetería y disfruto del consuelo del calor y las charlas cuando me envuelve. Nos sentamos en el otro banco del reservado, frente a Dalice. Sin dedicarnos siquiera un «hola», le dan la vuelta al portátil para que lo veamos.

—Tachán —cantan al unísono.

—¡Madre mía! —grito al mismo tiempo que agarro el portátil—. Esto es precioso, chicos.

Una bandada de golondrinas doradas vuela en círculo en la parte superior de la pantalla, libre de los bucles de alambre de púas plateado que brillan debajo. Y en el centro de la pantalla hay cuatro sencillas palabras: El levantamiento del *fandom*.

Fue idea de Alice. Hicimos una lluvia de ideas acerca de cómo conservar la libertad de los impes, de cómo mantenerlos libres no solo de los gemas, sino también de nosotros. De los autores, los editores, la compañía cinematográfica, los escritores solitarios de *fanfic*. Y ella dijo:

—Tal vez deberíamos entregársela al *fandom*.

Después de mi tristemente célebre crisis en la Comic-Con, los fans estuvieron intrigados durante meses. «¿Por qué nunca debería haber un tercer libro?». Pues bien, la respuesta está a punto de revelarse: no nos corresponde a nosotras escribir el tercer libro, la historia ya no nos pertenece a Alice y a mí, pertenece al *fandom*. Alice ha logrado convencer a los herederos de Sally King para que aprueben la idea, incluso ha persuadido a unos cuantos famosos de alto perfil para que se involucraran en la promoción. Y mientras terminamos nuestros estudios, seremos las guardianas del blog y nos aseguraremos de que ninguna voz se convierta en dominante, de que ninguna narrativa única pueda influir en su mundo. Tal vez así los impes y los gemas puedan escribir su propio futuro.

Danny y Nate clican en las distintas páginas y hablan en voz muy alta y emocionada. Hay espacios para colgar *fanfic*, *fanart* y *fanvids*. Es increíble. Danny tiene un gran talento para el diseño web.

Alice estira un brazo y me agarra la mano.

—Habría estado muy orgullosa de ti, Vi.

Bebo un trago de café; siento el escozor de las lágrimas en los ojos.

—Tal vez.

—Tal vez, mis narices —replica ella—. Estaría rebosante de orgullo. Salvaste a los impes, trajiste a Nate de vuelta a casa y ahora estás a punto de publicar el *fansite* más ambicioso que existe.

—Ojalá estuviera aquí para verlo —digo.

Alice sonríe.

—En parte lo está.

Danny clica en el menú desplegable y se abre una nueva página. El corazón se me encoge y se me hincha en igual medida. Varias fotos de Katie me devuelven la mirada desde el ordenador. Su preciosa sonrisa destella en la pantalla; en fiestas, tocando en orquestas, disfrazada de hélice de ADN y estrujada entre Alice y yo. Y escrito en la parte superior en letras doradas: «Esta página está dedicada a nuestra mejor amiga, Katie».

Me levanto y le doy un abrazo a Alice por encima de la mesa, lloro entre su pelo del color de las flores de cerezo y le doy las gracias en un susurro. Me estrecha con fuerza y me doy cuenta de que ella también está llorando. Al cabo de unos minutos, me desenvuelve con delicadeza del abrazo y me clava su mirada azul tinta.

—Siento no haber podido escribirte un final más feliz.

Mi mano cae de forma automática sobre el hombro de Nate.

—Fue lo bastante feliz —respondo.

Algunos finales son negros. Algunos finales rezuman color. Mi final, como la ciudad en la que perdí a mi querida Katie y en la que dejé a mi único amor verdadero, está lleno de matices grises.

Nate pone su mano sobre la mía.

—Venga. Ha llegado el momento de darle el poder al *fandom* de una vez por todas. ¿Quién quiere hacer los honores?

—Lo haremos juntos —respondo.

Coloco el cursor y miro esperanzada a mis tres amigos. Uno por uno, van colocando el dedo índice sobre el mío.

—Adelante —digo.

Juntos, presionamos el botón de publicar.

Algo, una sombra o una risa distante, atrae mi mirada hacia el otro lado de la ventana, hacia el extremo opuesto de la calle, hacia una figura solitaria. Tiene la cabeza gacha y los coches que pasan hacen que su silueta aparezca y desaparezca de mi vista, pero lo reconozco de todos modos.

Se me acelera el corazón. La risa se abre paso entre mis labios y mi cuerpo comienza a temblar a medida que lo inunda la alegría. Claro. El presidente cruzó a nuestro mundo; los túneles funcionan en ambos sentidos. ¿Cómo es que no se me había ocurrido antes?

Nate sigue mi mirada y ahoga un grito.

—¿Ese es...? —pregunta.

Pero solo cuando la figura levanta la cabeza y me permite atisbar esos ojos más azules que el azul, me atrevo a susurrar:

—Sí.

AGRADECIMIENTOS

Tengo que darle las gracias a mucha gente maravillosa y alentadora. Hasta que me publicaron, nunca me había parado a pensar en cuánta gente se necesita para poner un libro en una estantería: es sin duda un esfuerzo de equipo. Así que, allá va...

A mis queridos hijos, Elspeth y Charlie. Habéis llenado mi vida de amor, risas y alegría. Sois el centro de mi universo y ser vuestra madre es una bendición.

A Simon Rainbow. No puedo expresar con palabras lo feliz que estoy de tenerte de nuevo en mi vida. Cada día me sorprendes con tu amor, bondad y fuerza interior. Ni siquiera he necesitado un túnel transdimensional para darme cuenta de que lo de «el único» no es un mito. ¡Bonus! Que siempre seamos como los guisantes y las zanahorias, cariño.

Mamá y papá. De verdad que tengo unos padres increíbles. Dedicaros este libro me parece un gesto nimio en comparación con el amor y el apoyo que me habéis dado a lo lardo de toda mi vida. ¡Gracias, chicos!

Antes de darle las gracias a esta persona, siento que necesito confesarlo sin tapujos: ¡su nombre también debería estar en la portada! Kesia Lupo, eres una estrella. Muchas gracias por ayudarme a darles forma de novela a un montón de ideas desordenadas y amorfas. Siempre te muestras encantadora, servicial y solidaria, y siempre ves las cosas con gran claridad. Me encanta escribir contigo, gracias.

Chicken House Publishers, de verdad que sois una pequeña familia de libro. Un agradecimiento especial a Barry Cunningham por apoyarme siempre tanto y por creer en mí como escritora, y a Rachel Leyshon por su fe en Alice y en mi capacidad para hacerle justicia en la página. Un agradecimiento enorme a Jazz Bartlett por sus increíbles ideas publicitarias y su gran entusiasmo por el *fandom*, y un gracias gigante para Fraser Crichton, de quien creo que es posible que tenga un pequeño planeta por cerebro; ¡mereces un respeto por entender esta trama mejor que yo! Y por último, muchas gracias también a Elinor Bagenal, de quien defiendo que es una maga de la venta de libros: muchas gracias por tu arduo trabajo tanto con *El baile del ahorcado* como con *El baile del rebelde*; mis libros se han traducido a más idiomas y se han vendido en más países de los que jamás me hubiera atrevido a soñar. Helen Crawford-White y Rachel Hickman, vuestras cubiertas son preciosas, muchas gracias por crear no una, sino dos, impresionantes camisas para el libro.

A mis queridos lectores, no solo por todos vuestros consejos y apoyo, sino por ser personas tan fantásticas: Isobel

Yates, Heather Thompson, Jenny Hargreaves, Helen Spencer, Shanna Hughes, Lucy Fisher, Gill y Len Waterworth (también conocidos como mamá y papá). Y a Liam Gormley, por leer un borrador temprano y asegurarme que valía la pena perseverar.

A los concursos de Big idea y de Times/Chicken House Children's Fiction. Estas dos competiciones me han permitido cumplir mi sueño. Y gracias a Angela McCann por haber creado un concepto tan genial para *El baile del ahorcado*, sin el cual este libro no existiría: espero que disfrutes mucho de esta secuela.

Durante el último par de años he hecho algunos buenos amigos escritores; la comunidad de escritores me ha acogido de muy buen grado y me ha apoyado mucho. Gracias a todos los maravillosos autores, bibliotecarios y libreros que me han apoyado. Un fuerte grito extra para Melinda Salisbury, a quien me gusta considerar la madrina del *fandom*, y para Shanna y N. J. Simmonds por su constante apoyo y entusiasmo.

Ojalá pudiera darles las gracias a todos los blogueros que han apoyado a *El baile del ahorcado*; por favor, sabed que el hecho de que no os haya mencionado por vuestro nombre no significa que no os aprecie enormemente. Me habéis ofrecido vuestro tiempo, entusiasmo y apoyo a lo largo y ancho de todo el mundo a cambio de nada, y os estoy muy agradecida a todos. Muchísimas gracias. Un saludo especial a los blogueros de Northern Book: ¡muchas gracias por ser alucinantes en general!

A las editoriales extranjeras y todas las personas maravillosas con las que he trabajado en los últimos dos años. Ojalá pudiera daros las gracias a todos por vuestro nombre; por favor, sabed que todos me habéis ayudado a aumentar mi confianza y valor para continuar con la historia del *fandom*.

A mis fantásticos sobrinos: Isobel, James, George y Alice Yates. Jamás dejáis de provocarme sonrisas. Y un gran agradecimiento al doctor Dave Yates y a la doctora Helen Yates (alias hermanita) por sus respuestas sobre cuestiones médicas y hospitalarias, y a Len Waterworth (alias papá) y Alan Gronner, mi querido tío, por sus conocimientos informáticos.

Y un último gracias a ti por haber leído hasta aquí, ¡no cabe duda de que te has ganado una taza de té!